BURST (Teil II)

F.W.G. Transchel

BURST (Teil II)

Katastrophe am Jupiter

Ein Misa Vebiletti-Abenteuer (#2)

Bibliografische Information der Deutschen Nationalbibliothek:
Die Deutsche Nationalbibliothek verzeichnet diese Publikation in der
Deutschen Nationalbibliografie; detaillierte bibliografische Daten sind im
Internet über http://dnb.dnb.de abrufbar.

© 2017 Copyright F.W.G. Transchel, www.fwgt.de

Illustration: Vadim Motov, vadim-motov.com

Korrektorat: Sabine Maria Steck

Herstellung und Verlag: BoD – Books on Demand, Norderstedt

ISBN: 978-3-74483-819-1

1

Der Asteroid zerplatzte wie eine Seifenblase und die Schwerelosigkeit und Leere des Weltalls verwandelte sich in dicken, süßlichen Sirup, in dem Misa herum strampelte.

Obschon sie erschöpft die Bewegung spürte, kam sie nicht vom Fleck, doch auch das wusste sie nur, weil sie … es eben wusste. In diesem Universum gab es keine Sterne mehr, kein Raumschiff *Leopold*, nicht den Ganymed oder die Rettungsmission und das Rätsel um den Jupiter. Nur schweren, dicken Nebel, der Misas Verstand umwölkte und durch den sie wie in Watte gepackt Stimmen zu hören begann.

»… Scheiße.«

»Den Defibrillator, schnell.«

Sie verstand die Bedeutung der Sätze nicht und wusste nicht, wem, wo oder wann man das Gespräch zuordnen könnte, sondern umarmte die warme Erkenntnis, dass es etwas … irgendetwas außerhalb der sich immer weiter verfestigenden Glocke aus Nichts um sie herum gab. Sie erinnerte sich an einen dumpfen, fernen Schmerz, doch es gelang ihr nicht, eine Zuordnung zu finden. Hatte sie einen Unfall gehabt?

»Hier.«

»Gut. Aufladen.«

Es gab eine Art sensorisches Echo im Universum der Misa Vebiletti, doch war es nicht mehr als die unscheinbare, bescheidene Welle, die ein Wassertropfen hinterlässt, wenn er auf den Ozean trifft. Die Watte wurde zu Granit und Misa selbst wurde, noch während sie wieder mit den Armen ruderte – und jedenfalls war es das, was sie dachte, dass sie tat – zu einem einzelnen Block aus ewigem, kaltem Eis, der in einem Halo aus Überraschung zerbarst.

»Bereit?«

»Jetzt.«

Die Stimmen wurden klarer und wie bei einem Sprung in kristallklares Wasser vorher feststeht, dass man frieren wird, wusste der Verstand hinter dem Bewusstsein noch vor dem

Elektroschock, was er zu tun hatte und beschleunigte zurück auf normales, lebendiges Niveau. Die Manifestation des Defibrillators in Misas Körper war ein einzelner, absurd hoher Ton, der einfach im Universum stand und, so schien es, nicht wieder weggehen musste. Für den Bruchteil eines Gedankens gab es keinen Schmerz, keine Fragen, keine Sorgen, doch auch keine Antworten dazu. Für die Spanne einer von der Unschärferelation eines zum Menschen zusammengesetzten, komplexen Systems aus Atomen und Elektronen namens Misa Vebiletti gab es nichts, nicht einmal mehr das Universum um sie herum. Und dann platzte die Seifenblase in der Seifenblase und das Universum um sie herum forderte ein, was ihm gehörte, während es seinerseits die Sorgen zurückgeben würde.

Misa fuhr hoch und schnappte nach Luft. Schädel und Knie dröhnten vor Schmerz, der voll süßer, warmer Gewissheit war, am Leben zu sein.

Ekstatisches Lachen erhellte den Korridor, als der Effekt des Schocks sie alles, was zuvor passiert war, vergessen ließ und nur die Wonne des Augenblickes zählte. Misa wusste nach einem Moment nicht mehr warum sie lachte, noch, warum ihr Tränen über das Gesicht liefen, noch, warum sie im aufgerissenen Weltraumanzug in der Luftschleuse lag.

Lethargisch verfolgte sie, wie zwei Paar starke Arme sie anhoben und irgendwohin trugen. Dann bekam sie eine Art Medikament und schließlich wurde es wieder dunkel.

***

Es war so dunkel, dass ihre Augen nicht begriffen, dass das Blinken und Leuchten der LEDs, die alle möglichen unwichtigen Funktionen vom Türöffner über die Schubladenbeleuchtung hin zum automatischen Haarföhn illustrierten, keine übersteuerten Supernovae des tristen, kalten Weltalls waren. Langsam gewöhnten die Augen sich schließlich an die Dunkelheit und Misa begriff, dass sie in ihrer Kabine sein musste, in völliger Finsternis und mit weniger Schmerz, als ihr Körper erinnerte. Sie spürte in gewisser Weise die groteske Inversion von Phantomschmerz, indem ihre Nerven, Zellen, Knochen … ja alles, was sie als Teil ihrer körperlichen Existenz begriff, laut aufschrien, weil sie nichts spürten. Das Fehlen des Schmerzes ließ sie, noch leicht benommen vom Schlaf, schlussfolgern, dass sie entweder tot oder sediert oder beides war, und führte zum unvermeidlichen Aufsetzen auf die Bettkante. Misa ächzte, bejubelte die Mühsal der körperlichen Aktivität und umarmte die zurückkehrende Benommenheit, die ihr zweifelsfrei existenter Kreislauf sich ob der überraschenden Aktivität in einer Mischung aus wütendem Aufruhr und beschwingter Funktionalität genehmigte. Sie genoss das Pochen ihres Herzens, das die ganze Brust auszufüllen schien, und lächelte in die Dunkelheit hinein.

Ja, sie war am Leben.

Kaum dass sie sich gefangen und beschlossen hatte, die jähe Ruhe und Geborgenheit im warmen Bett noch einen Moment zu liebkosen, surrte die servomechanische Tür zur Seite und blendete sie mit dem frischen, künstlichen Licht der Korridore der *Leopold*.

»Ich entschuldige mich, dass ich Sie so direkt aufsuche, doch ich hatte keine Ruhe, solange die Biosensoren nicht anzeigten, dass sie wach und erholt sind«, sagte die vertraute Stimme von Hugo Marcus, bevor sie ihn sehen konnte, was, ob er wollte oder nicht, dazu führte, dass Misa eine beinahe wahnhafte Erinnerung an Wortfetzen in einem vor Panik klirrenden Lautsprecher eines Weltraumhelms in den Kopf schoss.

Sie kämpfte gegen den beinahe reflexhaften Drang, klischeehaft und konformistisch zu fragen, was passiert sei, und brachte nur ein kurzes, kraftloses »Hallo« zurück.

»Hallo«, sagte auch Hugo Marcus sanft, als er vor ihr stand. Sein Gesicht wandelte sich von einer harten, überstrahlten Miene des Korridors in eine weiche, viel zu empathische Karikatur seines Wesens, als er in die Dunkelheit der Kabine trat und dankenswerterweise nicht das Licht aktivierte. »Es freut mich außerordentlich, dass Sie es geschafft haben«, sagte er umständlich und Misa begriff, dass ihr Verstand nun wieder auf normalem Niveau arbeitete, denn sofort fragte sie sich, ob er nicht eigentlich hätte sagen wollen, dass ein Verlust ihrer wichtigen, aber letztlich austauschbaren Existenz bedauerlich, aber doch zu kompensieren gewesen wäre. Sie schob den Gedanken achtlos beiseite und lächelte das aufrichtige Lächeln einer Genesenden.

»Die Hand wird noch eine Weile taub sein, aber unsere Projektionen zeigen, dass kein dauerhafter Schaden vorliegt«, sagte Hugo Marcus wie beiläufig, doch Misa verstand überhaupt nicht, was er meinte, bis sie an sich selbst herunter blickte.

Das war also der Grund für die flüchtige Assoziation des Phantomschmerzes. Ihre rechte Hand war beinahe abgefroren.

Panik stieg in ihr Gesicht und brachte das bekannte Gefühl der rauschenden Ohren und brennenden Wangen zurück. »Was ist passiert?«, fragte sie schließlich doch und ignorierte einfach den Selbsttadel, der eigentlich damit verbunden war.

»Sie haben die Dekompression verhindert, indem Sie Ihr Knie abdrückten«, sagte Hugo Marcus und lächelte. »Und zwar viel länger, als es, soweit ich weiß, menschenmöglich gewesen wäre. Doch selbst als Sie, nachdem Sie die Rettungsleine erreicht hatten, bewusstlos in die Luftschleuse schwebten, war die Mikrofraktur auf Höhe des linken Knies so fest umklammert, dass wir Mühe hatten, Sie in eine brauchbare Position zu bekommen. Als dann der Herzstillstand eintrat, konnten wir immerhin den Oberkörper frei bekommen, um Sie zu reanimieren«, sagte Hugo Marcus und setzte sich sachte neben Misa auf ihre Pritsche.

»Sie haben mich wiederbelebt?!«

Misas hörte, wie ihre Stimme zitterte, und ihre Eingeweide zogen sich zusammen. Fasziniert beobachtete sie, wie ihr Körper darauf reagierte, was ihr Verstand nicht fassen konnte.

Er nickte. »Die Dekompression nebst Temperaturgradient hätten Sie knapp überlebt, die Erfrierungen waren zweiten Grades. Doch die Umklammerung des Knies belastete ihr Herz-Kreislauf-System so stark, dass es schließlich aufgab …« Er musterte sie und machte eine kurze Pause, aus der aufrichtige Bewunderung sprach. »… weil Sie nicht aufgaben.«

Misa sah ihn fragend an.

»Sie haben starke Muskelbündelrisse in der Hand und dem Arm, doch das wird sich geben. Die Nerven sind durch die Hyperstimulation abgestorben, doch können sie leicht ersetzt werden. Zu diesem Zweck habe ich bereits ein enzymatisches Wachstumsgel vom Prototyper synthetisieren lassen. Ferner denke ich, dass ich nicht zu viel verspreche, wenn ich sage, dass Bavaria dafür aufkommen wird. Schließlich hat man mir auch neue Beine bezahlt.«

»Sie haben mir das Leben gerettet«, stammelte Misa ungelenk.

»Ja, und niemals werde ich vergessen, wie Sie mich auf dem Mars aus dem Sandsturm geholt haben. Wir sind nicht quitt, sondern viel mehr als das«, sagte er und lächelte sanft. Misa begriff, dass seine Dankbarkeit echt war und er sie erst jetzt, nachdem er sich revanchieren konnte, zu zeigen vermochte. Sie sah ihm in die Augen und nickte. »Partner im Überleben«, sagte sie und seufzte. »Wie geht es weiter?«

Hugo Marcus wischte mit einem Zwinkern die Melancholie in seinen Augenwinkeln weg und besann sich auf das hier und jetzt. »Nachdem wir Sie an Bord und auf der Krankenstation stabilisiert hatten, habe ich den Schub Richtung Ganymed eingeleitet. Die Patrouillen waren da, wo wir sie erwartet haben, und haben nun mehr als einen Tag Rückstand. Wir schaffen es.«

»Puh, Glück gehabt«, gab Misa lakonisch zurück, denn noch immer hatte sie Mühe, einfach zur Tagesordnung überzugehen, allein sie spürte, dass es notwendig war. »Was tun wir, wenn wir da sind? Man wird uns kaum mit offenen Armen empfangen«, sagte sie, während sie den Analysemodus in ihrem Sprachduktus aufrechterhielt.

Hugo Marcus nickte. »Da haben Sie Recht. Es gibt aber noch mehr Probleme, als nur einen Landeplatz zu suchen.«

Sie blickte ihn fragend an und sah, dass ihm unbehaglich wurde. Als wäre die gelähmte Hand nicht genug der Unbill, sah Misa, wie sich ein düsterer Schleier über Hugo Marcus' Gesicht legte.

»Die Detonation der Ladungen … war kein Unfall. Jemand hat sie vom Schiff aus absichtlich zu früh gezündet. Die Aufzeichnungen der vorderen Sensorenphalanx zeigen deutlich, dass das Steuersignal von der *Leopold* kam und sie sozusagen planmäßig detonierten.«

Misa erschrak, obwohl sie innerlich irgendwie schon damit gerechnet hatte. »Jemand will uns sabotieren«, flüsterte sie, als ob derjenige am Ende des Raumes hätte stehen und lauschen können.

Das Gesicht des Nankam-Spions blieb regungslos, doch der Raumschiff-Captain in ihm antwortete schließlich. »Jemand hat uns sabotiert. Und es ist nicht ausgeschlossen, dass er als nächstes versuchen wird, die *Leopold* ebenso lahmzulegen, wie er es mit der *Endeavour One* getan hat. Der einzige Grund, dass es noch nicht passiert ist, wird sein, dass er nicht die Möglichkeit hatte, die Konstruktion ausgiebig zu prüfen, bevor man los flog.«

»Es kann keiner der Wissenschaftler sein«, sagte Misa.

»Und warum, bitteschön, nicht? Nach allem, was wir wissen, bleiben nur fünf Leute, wenn wir davon ausgehen, dass wir beide uns trauen können«, sagte er scharf, aber nicht verletzend. »Es wäre töricht, die Hälfte davon auszuschließen, nur weil Sie sie etwas besser kennen. Denken Sie nach, Misa. Können Sie wirklich sicher sagen, dass Rabinovic, van Hefeghem oder Schmitz nicht daran beteiligt sind?«

Misa musste nicht nachdenken. Resigniert senkte sie den Kopf.

»Gut. Da wir nun auf demselben Stand sind, schlage ich vor, dass wir beide beim nächsten Meeting genau beobachten, wie die anderen sich verhalten. Ich lasse die Schiffssensoren und Roboter alle … Passagiere und kritischen Sektionen des Schiffes überwachen, aber besser wäre es natürlich, wenn wir selbst herausfinden könnten, wer es ist.«

Misa spürte einen Stich in ihrem Verstand, stellte aber fest, dass sie ihn ausblenden musste, wenn Hugo Marcus keine Skrupel hatte, die Roboter zur Überwachung zu verwenden. Es war gewiss nicht unvernünftig, anzunehmen, dass er sie schon länger beobachtet hatte, vielleicht die ganze Zeit über. Was hatte er auf diese Weise über sie herausgefunden? Und sagte er die Wahrheit, wenn er meinte, dass er ihr jetzt vertraute? Misa seufzte einmal mehr und blickte nachdenklich auf die leblos und schlaff herabhängende Hand. »Wann treffen wir uns?«

»Zur Schiffszeit 11:45«, sagte Hugo Marcus geduldig, ehe er die Irritation in Misas Augen erkannte, die anzeigte, dass sie eine Weile kein Zeitgefühl gehabt hatte. »Verzeihung«, fügte er hinzu. »Das ist in drei Stunden.«

»In Ordnung«, gab sie zurück. »So lange werde ich dann noch die Ruhe und Abgeschiedenheit meiner Kabine genießen, wenn ich darf.«

»Selbstverständlich«, sagte Hugo Marcus und stand auf. Und mit einem Feixen fügte er noch hinzu: »Seien Sie ganz unbesorgt: Ohne Sie fange ich nicht an.«

Damit überließ er Misa, die sich dankbar zurück in den Schlafsack fallen ließ, wieder der Dämmerung ihrer Kabine.

***

Sie wurde wach, als Claudie van Hefeghem die Doppelkabine betrat, um sich frisch zu machen. Tatsächlich waren sie sich hier nur selten über den Weg gelaufen, da der Tagesablauf an Bord für die Passagiere wider Willen weit weniger geregelt war als beispielsweise für Hugo Marcus, der praktisch die ganze Zeit auf der Brücke der *Leopold* zu sein schien. Artig erkundigte die Mars-Niederländerin sich nach Misas Befinden, als sie endlich bemerkte, dass sie wach war, und ebenso höflich antwortete Misa auch.

»Die Spannung steigt«, sagte sie schließlich, ohne dass Misa sie sofort verstand, sondern sie stattdessen nur fragend anschaute.

»Ganymed. Bald haben wir das sozusagen inzwischen mystifizierte Ziel der Reise erreicht.«

»Genau«, sagte Misa. »Haben Sie eine Vorstellung davon, was wir dann tun werden?«

»Nicht wirklich«, meinte van Hefeghem, während sie mit einem seltsamen Werkzeug in ihren Haaren beschäftigt war. »Ich meine, wir müssen herausfinden, was dort passiert ist. Ob es wirklich ein Burst war, wie Rabinovic meint.«

»Millennium wird uns kaum ungestört herumlaufen lassen«, merkte Misa an.

»Ich mache mir eher Sorgen darüber, ob wir den Außenposten erreichen werden, aber natürlich haben Sie Recht. Es wäre nicht gut für ihr Image, wenn man uns abschießen würde, wenn man uns auch insgeheim und im Stillen zum Schweigen bringen kann.«

Sie war sich absolut nicht sicher, wie viel wirkliche Besorgnis im Zynismus der Funktionärin steckte. Van Hefeghem war lange Zeit schon nicht mehr mit der Forschung beschäftigt, sondern mit dem mühsamen Geschäft der Detailarbeit rund um Grünbaums Versuche, die Agentur zusammen zu halten, und deshalb war ihre zögerliche Antwort auf die Frage nach einer Forschungsstrategie nicht weiter verwunderlich. Dennoch fragte sich Misa, ob sie als Saboteurin in Frage kam. Immerhin, sie hatte auffälliges Interesse an ihren Entdeckungen über die Rückseite des Jupiters gezeigt, und wer konnte schon sicher wissen, ob sie nicht Millenniums Ohr in der MSA war? Misa schüttelte den Kopf, so sehr wühlten ihre Gedanken sie auf. Dies war nicht die Zeit für Vorverurteilungen und grundlose Verdächtigungen. Jedenfalls noch nicht.

»Wie bitte?« Van Hefeghem sah Misa fragend an. »Sie schütteln den Kopf. Sind Sie anderer Meinung?«

»Ich … Entschuldigung«, stammelte Misa. »Ich war mit den Gedanken woanders«, erwiderte sie wahrheitsgemäß, ohne jedoch den Grund für ihr Kopfschütteln zu verraten. 'Marcus hat Recht', dachte sie, man konnte sich bei niemandem sicher sein, wenn man auch über die Methoden streiten konnte.

»Wollen wir nicht schon einen Drink in der Messe nehmen?«, fragte Misa höflich und hoffte inständig, dass sich damit das Thema wechseln ließ. Sie fühlte sich einfach nicht wohl mit Spionageverdacht im Kopf. Hugo Marcus' Ansprache hatte in gewisser Weise viel mehr ihre Unbekümmertheit zerrissen, als es der nahe Tod außerhalb der *Leopold* vermocht hätte.

Sie befahl sich, einfach nicht weiter darüber nachzudenken, als sie, doch immer noch etwas wacklig auf den Beinen, Claudie van Hefeghem in die Offiziersmesse folgte.

***

Sie hatte kurz darüber nachgedacht, ob synthetischer Alkohol – wenn man davon absah, dass diese Beschreibung nur dazu diente, den Unterschied zu terranischer Trinkkultur deutlich zu machen und nicht, um eine chemische Unmöglichkeit zu persiflieren – ihren Zustand eher bessern oder verschlechtern würde und so saß sie auf dem gemütlichen viktorianischen Sofa und harrte der Dinge, die kommen würde, allen voran der bestellte Mango-Shake, den einer der Roboter gleich aus der Prototyping-Luke holen würde. Nachdenklich blickte sie Claudie van Hefeghem an, die arglos am Strohhalm einer Marsvariation eines sehr alkoholhaltigen Erdengetränkes namens Matrix Flash zog. Der Roboter kam zurück und stellte den geschlagenen Joghurt vor sie und war sich seiner Wirkung offenbar nicht bewusst, denn auch wenn es nicht direkte, vollkommene Abscheu war, der Gedanke daran, dass er alles, was in der Messe passierte, aufzeichnete und vom Hauptcomputer der *Leopold* analysieren ließ, versetzte ihr ganzes Wesen in Aufruhr. Immer wieder einmal ging es ihr so gut, dass die Hand, die noch immer reglos und schlaff herunter hing beinahe in Vergessenheit geraten wäre, doch dieses Überlebensmal, wie sie es nennen wollte, um den seelischen Schmerz zu lindern, schaffte es immer wieder im passenden Augenblick, ihre Aufmerksamkeit zu reklamieren.

»Herr Marcus sagte, dass Sie vollständig genesen würden?«, fragte van Hefeghem wie beiläufig, doch Misas Herzschlag beschleunigte und ließ ihr fast sofort Schweiß ausbrechen.

»Das hat er gesagt, ja«, meinte sie schmallippig. »Und, wenn ich so offen sein darf, für Zweifel ist in meinem Verstand auch kein Platz.«

Van Hefeghem nickte betreten. »Das verstehe ich.«

Misa war nicht danach, noch weiter über ihre Verletzung sprechen, aber auch nicht wieder über die Mission. So nahm sie einen Schluck des Mango-Lassis und lehnte sich betont bequem zurück.

»Misa … sagen Sie mal, glauben Sie, dass wir einen Saboteur an Bord haben?«, fragte van Hefeghem unvermittelt.

Sie riss überrascht die Augen auf, mahnte sich selbst jedoch zur Ruhe. »Wie meinen Sie das?«, fragte sie langsam.

»Es hat sich auf dem Schiff herumgesprochen, dass die zweite Sprengladung zu früh zündete«, sagte van Hefeghem ungerührt. »Und nachdem ich sicher war, dass Sie … nun ja, halbwegs gut damit umgehen können …«

»Machen Sie sich um mich keine Sorgen«, meinte Misa spitz, stellte jedoch fest, dass van Hefeghem die Bemerkung aus echtem Mitgefühl gemacht haben musste und nicht nur, weil sie sich dazu verpflichtet fühlte. Sie bemerkte einmal mehr, dass die lange Reise und die Tatsache, dass sie sich schon so lange alle gemeinsam auf der *Leopold* befanden, ihre Nerven strapazierten. Misa sehnte sich auf einmal seltsamerweise danach, vom Redeschwall ihrer Freundin Püppi in der alten Grotte unter Gagarin City hypnotisiert zu werden, gleichsam all die Wirrungen und Entbehrungen dieser seltsamen Reise, die noch nicht einmal ihr Ziel erreicht, geschweige denn das Rätsel um Ganymed und den Jupiter geklärt hatte, hinter sich zu lassen.

»Ich mache mir um uns alle Sorgen. Haben Sie vergessen, was mit der *Endeavour One* geschehen ist? Florian ist tot und wir haben nicht herausgefunden, wieso der Hauptenergiekern versagte …«

Die Betonung des Namens des Ingenieurs, der überdies hinter Captain Garriott der inoffizielle Missionsleiter von wissenschaftlicher Seite gewesen war, machte Misa klar, wie nahe Claudie van Hefeghem ihm gestanden haben musste – ein Umstand, der ihr bisher unbekannt gewesen war.

»Es … tut mir leid«, sagte sie vorsichtig und blickte Claudie van Hefeghem an. »Sie haben Recht.«

Misa entschloss sich, ehrlich zu ihr zu sein. Vielleicht war es töricht, ihr zu vertrauen, aber sie war nun schon ein paar Mal dem Tod von der Schippe gesprungen. Sie würde sie kaum hier angreifen, denn es konnte jeden Moment der Rest der Besatzung die Messe betreten. Irgendwie hatte Misa das Gefühl, dass sie, da sie die tödliche Kälte des Weltalls am eigenen Körper gespürt hatte, nicht nur gestärkt aus der Krise hervorging, sondern auch den nötigen Abstand zu den anderen gewonnen hatte, der ihr zuvor noch gefehlt hatte. Überrascht beobachtete Misa ihre eigenen Gedanken und dachte, wie seltsam es war, so über das eigene Beinahe-Ableben zu denken. Doch andererseits, was nützte es schon, sich hier einer fatalistischen Denkweise hinzugeben?

»Die *Leopold* mag in Gefahr sein«, sagte Misa schließlich, »doch glauben Sie, dass, wenn der Saboteur an Bord ist, wovon wir schon ausgehen sollten, er sich selbst mit opfern würde, nur damit wir Ganymed nicht erreichen?«

Van Hefeghem runzelte die Stirn. »Ich glaube, das hängt ganz davon ab, was uns dort erwartet«, meinte sie düster.

Misa nickte still, doch dann brach sich doch wieder die Neugier in ihr Bahn: »Was denken Sie denn, was uns dort erwartet?«

»Antworten, jedenfalls«, gluckste es von der Tür her. Pavel Rabinovic stand an den schweren Stahlrahmen gelehnt und musterte die Frauen, die verdattert in der Sitzgarnitur verharrten. Er grinste und schien gerade eine gute Phase zu haben.

»Werden Sie mit uns speisen?«, fragte Misa.

»Machen Sie Witze? Ich habe mittlerweile eine recht gute Technik entwickelt, die es mir erlaubt, meine Zeit auf der Weltraumtoilette zu minimieren, wobei ich gleichzeitig so viele Nährstoffe aufnehme, dass ich praktisch keinerlei physiologische Mangelerscheinungen bekommen sollte, bis wir auf dem Ganymed ankommen. Und es wäre höchst töricht, dieses zugegeben sehr persönliche Ritual zu unterbrechen, nur um mich direkt hier zu übergeben. Doch ich möchte Ihren Appetit nicht mit weiteren Details in Verlegenheit bringen, meine Damen.« Er zwinkerte, verbeugte sich theatralisch und setzte sich in den schweren Sessel gegenüber.

»Also Misa, schön, Sie wieder auf den Beinen zu sehen«, sagte er bedeutungsschwer und sie spürte, dass er noch etwas hinterher schieben würde. »Was halten Sie von unseren Saboteur-Mutmaßungen?«

Er hatte also mindestens mit Van Hefeghem darüber gesprochen. Waren jetzt etwa schon alle vom Spionage-Thema beseelt wie sonst nur Hugo Marcus?

Misa räusperte sich. »Ich habe mir noch keine rechte Meinung dazu gebildet«, sagte sie vorsichtig. »Und ich glaube auch nicht, dass ein Klima des Misstrauens unsere Mission vorantreiben wird.«

»Da könnten Sie Recht haben«, sagte Rabinovic, fügte jedoch hinzu: »Ich für meinen Teil werde mich nicht darauf verlassen, dass alles von allein gut geht, wenn Sie erlauben.«

»Natürlich«, antwortete sie und bleib gleichzeitig ratlos. Hugo Marcus hatte ihr eingeschärft, ganz besonders auf Reaktionen und Äußerungen der »Gäste« zu achten, und jetzt diskutierte sie stattdessen mit diesen Leuten, die sie immer noch als ihre Kollegen begriff, ganz offen über die Sabotage-These.

Misa bemerkte, dass langsam das unterschwellige Aroma von getrocknetem Erbrochenem zu ihr hinüber gekommen war, und empfand Mitleid für Rabinovic. Er war vermutlich jetzt der brillanteste Wissenschaftler jenseits der Marsumlaufbahn, und trotzdem hatte er so schwer unter der Raumkrankheit zu leiden. Gewiss war er der Letzte, der ein Interesse daran hatte, die Reise zu verzögern oder gar zu verhindern. Oder war all das am Ende nur vorgespielt? Misa konnte es nicht fassen. Da empfand sie echtes Mitgefühl für jemanden, und die Situation und Hugo Marcus und der Rest des Universums schafften es sogar jetzt noch, dass ein letzter Zweifel, heimlich und leise, in ihrem Verstand verblieb.

Misa fluchte in Gedanken und lächelte. Sie würde mitspielen. Und die beiden Wissenschaftler würden ihre Arbeit machen.

»Nehmen wir für einen Moment an, Sie hätten Recht und es gäbe einen Saboteur oder Spion oder was auch immer. Ich habe eine Aufgabe für Sie beide: Die Person, die als nächstes den Raum betritt, ist Ihr Ziel. Versuchen Sie, anhand der Äußerungen, Regungen und dem allgemeinen Verhalten zu beweisen, dass es sich um die gesuchte Person handelt. Und: Sprechen Sie mit niemandem darüber«, sagte sie.

Verwirrt und etwas perplex nickten Van Hefeghem und Rabinovic. Misa wollte zunächst nur erreichen, dass ihr Aktionismus kanalisiert wurde. Und vielleicht kam ja wirklich etwas dabei herum.

Sie sprachen nicht mehr davon, denn, wie Misa feststellte, sie hatten jetzt eine geheime Absprache getroffen, nur sie drei. Sie wunderte sich, ob es wirklich klug war, derartige Ränke zu schmieden, aber immerhin behielt sie die Kontrolle. Oder so etwas in der Art.

Als wäre dies noch nicht genug Grund gewesen, ihre eigene Loyalität anzuzweifeln, kam es, wie sie es sich beinahe nicht schlimmer hätte ausmalen können. Mit breitem Grinsen und zufriedener Körperhaltung stapfte Hugo Marcus in die Offiziersmesse, scheinbar ganz ohne darauf zu achten, wer in der Couch-Garnitur saß, und gab erst mal einen kräftigen Drink in Auftrag. Rabinovic und van Hefeghem tauschten bedeutungsschwere Blicke, und Misa wusste, dass sie jetzt vielleicht ein Problem hatte.

»Guten Tag, die Herrschaften«, sagte Marcus und setzte sich, ganz der Herr im eigenen Haus, in den großen ausladenden Herrensessel gegenüber den anderen. Er schien die angespannte Stimmung so langsam wahrzunehmen und zog, ohne jedoch etwas zu sagen, die linke Augenbraue hoch. Ihm war klar, dass er, wenn es nicht sein Schiff gewesen wäre, unfassbar unhöflich gewesen wäre, doch schien er sich ganz und gar in dem Wissen zu suhlen, dass es sich eben doch anders darstellte und er als Captain den Konventionen des gestellten Umgangs entgehen konnte.

»Wir sprachen gerade über Loyalität«, sagte Misa und hoffte, dass es als Hinweis ausreichen müsste, ihm zu verdeutlichen, woher die plötzliche, angespannte Stille stammte. Aufmerksam verfolgten alle drei die Reaktion des Captains.

»Ah, Loyalität. Sie kann für beide Seiten überaus lästig sein«, sagte er mit dem unverwechselbaren Habitus eines Intellektuellen, der einen anderen Intellektuellen plagiierte, ohne dass Misa gewusst hätte, von wem der Aphorismus stammte. Seine Sichtweise war, und das hatte sie auch zuvor gewusst, dass Denken außerhalb von Einschränkungen wie Moral und Loyalität gewiss fruchtbarer war, doch dass er es hier so offen zur Schau trug, überraschte sie dann doch.

»So verhält es sich doch aber mit jeder Regung, finden Sie nicht?«, sagte Rabinovic und schien recht zufrieden über seine Erwiderung.

»Diese Verallgemeinerung lasse ich zu«, nickte Hugo Marcus und tötete damit den Diskurs. »Wo bleiben nur unsere anderen Gäste, dieses Mahl erlaubt ausnahmsweise keine Verzögerung«, sagte er mit einer gewissen Hast.

»Sie sind immer zu spät, denn es gibt keinen Grund, an Bord eines Raumschiffes, das viele Tage durch das wahrhaftige Nichts schaukelt, so etwas wie Gewohnheiten zu pflegen«, bemerkte van Hefeghem.

»Erzählen Sie mir nichts vom Schaukeln«, sagte Rabinovic und rollte mit den Augen.

Eine Welle des Mitleids durchlief Misa, doch wieder dieses eigenartige Gefühl der verlaufenen Loyalität. Sie musterte die Runde. Irgendwie hatte van Hefeghems Vorwurf die anderen ins Grübeln gebracht. Und doch hatte sie damit recht, denn Karl Schmitz oder Colonel McNamara hatte Misa seit der Rettung der *Endeavour One* tatsächlich nur selten gesehen – wobei sie nicht sagen konnte, dass es sie sehr störte. Erstaunt stellte sie fest, dass sie kaum wusste, was Karl während der letzten zwei Wochen gemacht haben mochte – er hätte ihr eigentlich dabei helfen können, noch mehr Informationen aus den spärlichen Emissionen von Ganymed holen zu können, doch innerlich wusste Misa, dass es auch an ihr lag, ihn nicht danach gefragt zu haben.

»Ich werde sie holen gehen«, sagte Misa und erhob sich. Anerkennendes Nicken von Hugo Marcus.

Dann ein seltsames Kribbeln. »Was …«, begann Misa, unfähig den Satz zu Ende zu bringen, denn Funken sprangen von den Wänden und Instrumenten. Ein seltsames Leuchten schien aus allen Dingen zu kommen, doch gleich darauf war es wieder verschwunden, sodass Misa sich unwillkürlich fragte, ob sie halluzinierte oder die anderen es auch sahen. In einem Moment der gespenstischen Stille erstarb das Schauspiel und die Offiziersmesse fiel in Dunkelheit.

2

Die Messe war vollkommen dunkel und niemand rührte sich, wenn Misa ihren Ohren trauen konnte.

»Was … was ist passiert?«, fragte Claudie van Hefeghems Stimme.

»Burst«, sagte Rabinovic in seiner tiefen, marso-russischen Bassstimme.

»Was auch immer, die Hauptenergie ist ausgefallen«, sagte Hugo Marcus' Stimme vom anderen Ende des Raumes, wobei Misa sich fragen musste, wie er in der Dunkelheit so schnell von seinem Sessel zur Konsole gekommen war. »Und erst, wenn wir wieder Energie haben, bekommen wir auch Antworten.«

Misa wollte etwas entgegnen, doch der jähe Lichtausbruch traf sie frontal und blendete sie stark. Sie würgte ein paar ablehnende Worte der Unbill hervor, so erschreckt war sie.

»Oh, Verzeihung«, sagte die Silhouette von Hugo Marcus, die schemenhaft hinter dem alles überstrahlenden Lichtkegel einer Akkulampe stand, als Misa die Hände vors Gesicht warf.

Als die Blendung nachließ, sah sie, dass er mit zwei weiteren Notlampen ausgerüstet wieder zur Sitzgruppe zurückkehrte. Er sprach ruhig und entspannt, als wäre es eine Übung, doch dessen war sich Misa ganz sicher: Das war kein Zufall.

»Ich möchte, dass Sie diese Lampen nehmen und zum Labor der *Leopold* gehen«, sagte er an Misa und Rabinovic gewandt. »Ich werde mit Frau van Hefeghem die Brücke überprüfen und falls nötig zum Maschinenraum gehen. Bewahren Sie Ruhe, die Lebenserhaltung wird für wenigstens zwanzig Minuten ohne Energie reichen. Sobald Sie Energie haben, machen Sie eine volle Selbstdiagnose …«

Es gab ein widerliches, klatschendes Geräusch, gefolgt von einem dumpfen Gurgeln. Dann der verräterische, metallisch-gärige Geruch von frisch Erbrochenem.

»Entschuldigung«, sagte Rabinovic und trat von der Pfütze weg.

»Kein Problem, die Roboter werden sich dessen annehmen, wenn sie wieder aktiv sind«, sagte Hugo Marcus ungerührt. »Kotzen Sie, soviel sie müssen, aber gehen Sie trotzdem mit Misa zum Labor.

Wenn Sie Recht haben und es ein Burst war, dann brauchen wir Gewissheit.«

Rabinovic nickte betreten und nahm die zweite Lampe. Er würgte kurz, doch er schien sich für den Moment beherrschen zu können.

»Also dann«, sagte Marcus, gab Misa die letzte Lampe und öffnete die Tür zum Korridor der Leopold.

***

Als die Schritte von Hugo Marcus im Korridor verhallten, blickten Misa und Rabinovic ratlos in ihre gegenseitig fahl von den Taschenlampen erleuchteten Gesichter. Misa wusste, dass Rabinovic ohnehin blass gewesen wäre, doch im Schein der kalten LEDs wirkte er wie ein leibhaftiges Weltraumgespenst.

»Rechts um die Ecke, dann zweimal links«, erinnerte er sich an den Weg zum Wissenschaftslabor.

»Es ist doch erstaunlich, wie fremd bekannte Strukturen in der Dunkelheit wirken«, murmelte Misa und hatte Mühe, die erneut herbei schwirrenden Erinnerungen an Frachträume und Nuklearsprengköpfe und Dekompressionswarnungen zu vertreiben.

Rabinovic antwortete glücklicherweise nicht und Misa wusste auch wieso – er war genug mit sich selbst beschäftigt. Halb belustigt dachte sie daran, was für eine Chaotentruppe voller Handicaps und Psychosen den Ganymed retten sollte – selbst all die wirklich passierten, pompösen, glanzvollen Heldengeschichten der Welt waren in ihrem Kern nur erlogen, begriff sie.

»Wir sind da«, sagte das Gespenst vor ihr hohl und versuchte, am Schott zu drehen. Zwar gab es servomechanische Öffner an den Türen, aber auch die funktionierten nicht ohne Strom. Die altmodische, aber zweckmäßige Redundanz bestand in außen angebrachten, kleinen Schotträdern, die man manuell drehen konnte – wenn sie nicht festklemmten, so wie das vor Rabinovic und Misa.

»Auch das noch«, seufzte sie.

»Was denn, aufgeben? Misa, packen Sie mit an!« Rabinovics Entschlossenheit überraschte Misa, doch sein ungewohnt herrischer, sehr russisch akzentuierter Ton tat seine Wirkung.

Gemeinsam zogen sie am manuellen Öffner, bis ein tiefes Ächzen der Riegel das Schott beiseite laufen ließ.

Obschon das Labor in völliger Dunkelheit lag, bemerkten sie es *sofort*. Rabinovic legte den Zeigefinger an die Lippen und Misa verstand *sofort*. Irgendetwas stimmte hier nicht. Vorsichtig leuchteten zwei sich neugierig voran tastende Finger aus Taschenlampenlicht durch das Labor. Es war offenbar etwas unordentlicher als normalerweise, und man konnte einen der Roboter auf dem Boden liegen sehen, doch war das wirklich so unerwartet? Ungeduldig, aber dennoch mit der nötigen Bedächtigkeit setzte Misa langsam einen Schritt vor den nächsten, bis sie fast in der Mitte des Raumes stand. Was sie betraf, war anscheinend niemand hier, oder zumindest nicht mehr. Es war tatsächlich einiges unordentlich – einige Werkzeuge lagen nicht an ihrem Platz – doch im Großen und Ganzen sah es normal aus.

»Ich kann mir nicht helfen, mir gefällt das nicht«, sagte Rabinovic.

»Ist Ihnen nicht wohl?«, fragte Misa.

Rabinovic verzerrte gequält das Gesicht. »Natürlich ist mir nicht wohl, aber das meine ich nicht.«

Betreten blickte Misa zu Boden. »Moment mal!« War das Blut? Aufgeregt signalisierte sie Rabinovic, zu ihr zu kommen.

Der Mars-Russe ließ sich nicht lange bitten, blickte auf den Boden und erstarrte. Misa konnte sehen, wie er mit sich kämpfen musste. Dann sagte er: »Wir müssen das Labor absuchen. Vielleicht hat es einen Kampf gegeben.«

Sofort wusste Misa, was er dachte. Der Saboteur.

»Hier drüben«, flüsterte er schließlich, so laut er konnte. Misa eilte hinzu. Mehr Blut. Es sah beinahe aus wie Schleifspuren …

Gebannt rannten beide zur hinteren Wartungsnische des Labors.

Ein tiefes, grollendes Ächzen empfing sie, sodass Misa vor Schreck einen spitzen Schrei ausstieß. Captain James Garriott lag in einer kleinen Lache aus Blut hinter dem Vorhang der Wartungsluke und brummte undeutlich vor sich hin.

»McNamara«, flüsterte er, dann döste er wieder hinab in die Tiefen der Bewusstlosigkeit.

Wie paralysiert starrte Misa den massigen Körper des Militärs an. »Den Verbandskasten …«, stammelte sie, doch brauchte sie eine

Weile, ehe sie begriff, dass Rabinovic nicht in der Lage war, ihr zu helfen. Sie hörte wieder das seltsam und widerlich vertraute Gurgelgeräusch und musste sich fragen, wie viel ein Mensch eigentlich ertragen konnte. Der leichenblasse Rabinovic kam schließlich mit dem Erste-Hilfe-Kit von der Wandbefestigung zurück und blickte so bedauernswert drein, dass Misa ihn am liebsten erst einmal umarmt hätte. Doch langsam dämmerte es ihr. Garriott hatte Colonel McNamara nicht umsonst erwähnt. Der musste ihn niedergeschlagen haben und dann getürmt sein. Fieberhaft überlegte Misa, was nun zu tun war. Zunächst musste Garriott natürlich versorgt werden, doch er schien trotz der Blutungen nicht schwer verletzt zu sein, sodass es ausreichte, wenn Rabinovic bei ihm bleiben würde. In einer offenen Konfrontation wäre er ohnehin keine große Hilfe, schloss Misa.

»Was würde Hugo Marcus tun?«, fragte sie sich und wusste es eigentlich noch im selben Moment. Erst einmal die Energie wiederherstellen. Misa blickte zwischen die umgeworfenen Werkzeugbänke und suchte nach etwas, das man zumindest zu rudimentärer Selbstverteidigung verwenden konnte. Zufrieden fand sie einen Taschenschweißer und einen großen Hyperschlüssel, musste jedoch wieder einmal überrascht erkennen, dass ihr momentan nur eine Hand gehorchte und die andere nach wie vor kraftlos herunter hing, sodass sie nur das Schweißgerät wählte und den Schraubenschlüssel genervt wieder hinlegte, ehe sie zu Rabinovic und Garriott zurückkehrte.

»Ich werde Sie beide jetzt verlassen«, sagte sie und deutete zaghaft auf ihre neu erlangte Waffe, die gewiss eindrucksvoller hätte sein können, doch Rabinovic war ganz und gar damit beschäftigt, Garriott zu verarzten. »Pavel, kommen Sie mit ihm zurecht?«

Garriott stöhnte hingebungsvoll, als wolle er insistieren, nicht mit dem Astrophysiker alleingelassen zu werden. Rabinovic nickte matt und kraftlos, doch erkannte Misa Dankbarkeit darin, sie nicht begleiten zu müssen. Bevor sie das Labor verließ, prüfte sie gewissenhaft die Verriegelung der gegenüberliegenden Tür, ehe sie aus der manuell geöffneten hinaus trat und sie unter großer Anstrengung wieder verschloss. Sie hatte keine Ahnung von der Entschlossenheit McNamaras, aber wenn er in das Labor zurück wollte, so fand er zwei vollkommen wehrlose Männer vor und sie konnte sich lebhaft ausmalen, wie gut deren Chancen dann standen, noch einmal mit einer blutenden Platzwunde davonzukommen. Keine Frage, sie wusste nun, wer der Saboteur war, und es bestand ebenso kein Zweifel daran, dass er den Energieausfall zu seinem Vorteil nutzen wollte. Misa überschlug erneut ihre Optionen. Es war klüger, nicht allein in Richtung der Maschinensektion zu gehen, sondern zunächst Hugo Marcus aufzusuchen. Auch wenn sie dadurch wertvolle Zeit verlor, so würde sie immerhin nicht ins offene Messer eines durchtrainierten Militärs laufen. Rasch machte sie sich auf den Weg.

Es war eigentlich gar nicht weit, nur zurück in den Ringkorridor und dann um die Ecke und in die vordere Sektion …

Wie der Ausbruch dutzender Supernovae zugleich vernebelten bunt aufblühende Sterne plötzlich Misas Verstand und der dumpfe, kalte Moment der Erkenntnis beschied ihr, dass sie nicht vorsichtig genug gewesen war. Sie begriff noch, dass ihr jemand auf den Kopf geschlagen hatte und dass sie zu Boden gehen würde, doch auch, dass es nichts gab, was sie dagegen tun konnte.

***

»Halloooooooo.« Langsam öffnete Misa die Augen. Geblendet durch eine Taschen-LED.

Zerknirscht blickte Hugo Marcus auf Misa, die erst langsam begriff, dass sie auf dem Boden lag, den Schweißbrenner noch immer umklammert.

»Äh, Verzeihung.«

»Das können Sie laut sagen«, meinte Misa, doch Marcus schüttelte den Kopf.

»Lieber nicht. Wir haben keine Ahnung, was hier vorgeht. Die Hauptenergie ist ebenso wie die Notenergie ausgefallen, und ich habe das Gefühl, dass der sogenannte Saboteur hier herumschleicht.«

»McNamara«, sagte Misa leise und ohne weitere Erklärungen, doch es verfehlte seine Wirkung nicht.

»Das hatte ich auch schon gedacht. Woher wissen Sie es?«, fragte er.

»Captain Garriott liegt blutend im Wissenschaftslabor und wird von Rabinovic versorgt. Er hat es mir gesagt. McNamara muss ihn überrascht haben.«

Hugo Marcus nickte nachdenklich.

»Wir müssen in den Maschinenraum«, sagte er.

»Ja.«

»Misa?«

»Ja?«

»Entschuldigung.«

Sie schüttelte den Kopf. »Ich hätte es vermutlich auch nicht anders gemacht. Wir müssen vorsichtig sein.«

»Pssst.«

Sie sah, wie Hugo Marcus seine Lampe löschte und dann erst begriff sie, dass sie nun vor der Tür zum Maschinenraum standen. Sofort wurde es wieder stockfinster, und das ungute, schwindelerregende Gefühl, zu dessen brachialer Gewalt die Beule an Misas Stirn beitrug, kehrte zurück. Sie sah die *Leopold* in der Finsternis ihrer Gedanken, wie sie, während ihre Eingeweide langsam zu kochen begannen, immer kleiner wurde, bis nur noch ein einzelner Punkt übrig blieb. Misa würgte.

»Alles ok?«, fragte Hugo Marcus' Stimme neben ihr.

»Ja. Ja, es wird schon gehen«, sagte sie matt und konzentrierte sich. Sie hörte, wie ihr Kamerad sich an der manuellen Öffnung zu schaffen machte, und konnte nur hoffen, dass sie nicht schon zu spät waren. Ihr Unwohlsein schien angestrengter Konzentration zu weichen und der helle Punkt auf ihrer Netzhaut wurde etwas schwächer. Dann begriff sie, dass es die winzige, akkubetriebene Notbeleuchtungs-LED am Türöffner war, die nun erstarb, als Marcus sie betätigte, um die Verriegelung zu lösen. Das Schott ächzte, doch nicht so laut, dass man es in einigen Metern Entfernung hätte hören können. Misa roch den Luftaustausch mit dem Maschinenraum. Es war modrig-metallische Luft, die ihnen entgegen wehte. Dann, ganz langsam, gewann eine kleine, entfernte Lichtfigur Kontur. Misa kannte die Geometrie des Raumes nicht, doch auch sie konnte in der Finsternis des Energieausfalls sehen, wie jemand im Schein einer Taschenlampe ganz, ganz hinten an einem Aggregat hantierte. McNamara hatte gefunden, was er suchte.

»Kein Licht. Vertrauen Sie darauf, dass er sich sicher fühlt«, wisperte Hugo Marcus Misa zu.

»Wie gehen wie vor?«, fragte sie und merkte erst jetzt, dass sie zitterte.

»Was immer er tut, er darf es nicht abschließen. Vielleicht versucht er, den Reaktor zu sprengen.

»Geht das denn?«

Sie spürte, wie Hugo Marcus zögerte. »Vielleicht. Er ist jedenfalls mit dem Ziel an Bord, der Mission zu schaden. Und hatte genug Zeit, sich einen Plan zurechtzulegen. Vielleicht ist er für den Blackout verantwortlich, möglicherweise ist es auch ein Zufall.«

Misa dachte an das trocken dahin gesagt 'Burst', das Rabinovic in der Offiziersmesse ausgesprochen hatte. Sie wusste nicht recht, wem sie für den Moment glauben konnte, doch als Hugo Marcus »Also los!« flüsterte, wurde all das bedeutungslos. Sie wusste nur, dass sie ihn aufhalten mussten.

Hugo Marcus versuchte, Misa ein Zeichen zu geben, doch alles, was sie verstand, war, dass sie nun nicht mehr sprechen sollten. Im fernen Dämmerschein war jede Geste eine viel zu schnell verblassende Hieroglyphe in einem Labyrinth der Eile. Misa hielt sich an der rechten Wand. Langsam vortastend versuchte sie einerseits, nichts umzuwerfen oder andere Geräusche zu machen, aber andererseits in Richtung der Lichtquelle vorzudringen. Sie hielt den Handschweißer fest umklammert und ignorierte die pulsierenden Kopfschmerzen, die sich aus der Beule auf der Stirn entlang der Schläfen nach unten schlängelten.

Wieder Schwindel. Misa konnte sich kaum auf den Beinen halten und presste ihren Körper beinahe krampfartig an die Wand. Erst jetzt begriff sie, wie gespenstisch die Ruhe sein mochte, wenn der Reaktor nicht wie sonst das beruhigende, laute Grollen von sich annihilierender Materie abgab. Misa tat einen weiteren Schritt und diesmal schien sie wirklich den Boden unter den Füßen zu verlieren. Statt jedoch den harten Aufprall auf dem eloxierten Boden zu spüren, passierte – nichts. Erschreckt stellte sie fest, wie sie mit den Beinen in der Luft herumruderte, und brauchte mehr als nur einen weiteren Moment lang, ehe sie begriff, dass die künstlichen Gravitationsgeneratoren offenbar auch ihre letzten Energiereserven aufgebraucht hatten. War das gut oder schlecht?

Es würde jedenfalls schwieriger werden, McNamara, der sicher noch immer fünfzehn Meter entfernt war, zu erreichen, doch andererseits wäre ein Kampf aussichtsreicher, wenn der geübte Soldat seinen Technikvorteil nicht gegen die Gravitation nutzen könnte. Misa versuchte probeweise, sich ein wenig in die richtige Richtung abzudrücken und stellte irritiert fest, dass der nächste Bodenabschnitt wieder Gravitation aufwies. Sie sah aus dem Augenwinkel, wie eine Gestalt gegenüber wieder einmal mit den Händen herumfuchtelte, sah jedoch nur schwarze Leere, als sie den Kopf zu ihr hindrehte. Misa verfluchte das periphere Sehen und erkannte, dass sie Hugo Marcus von hier aus nicht verstehen würde, egal wie sie schaute, es sei denn, er machte den fatalen Fehler, die Taschenlampe zu aktivieren. Dann spürte sie einen Ruck und wusste, was er ihr zu verstehen geben wollte – er hatte offenbar absichtlich die Gravitation komplett abgestellt, denn mit einem maliziösen Seufzen begannen alle losen Teile im Maschinenraum zu schweben. Hinter einer Wolke aus sich verteilenden Containern, die ihr bedrohlich bekannt vorkam, verstarb das Licht der LED-Lampe. McNamara wusste also, dass sie da waren.

Unschlüssig, wie sie weiter vorgehen sollte, dachte Misa, dass sie auf jeden Fall den Ort seiner Bastelaktivität kontrollieren, und, wenn möglich, den Reaktor wieder aktivieren müssten. Langsam trieb sie ihren träge in der Luft hängenden Körper weiter an, wobei sie für diese Art Abenteuer eindeutig die falsche Seite gewählt hatte, denn die verletzte, immerhin leicht schmerzende Hand lag näher als die gesunde. Und so wankte Misa praktisch rückwärts gerichtet durch den Maschinenraum, immer genau horchend, ob McNamara nicht gerade direkt vor ihr auftauchte. Sie hatte Angst, die Orientierung zu verlieren, doch die beruhigende Nähe der Wand sorgte immerhin dafür, dass sie nicht in Panik verfiel. Ihr Magen drehte sich nach wie vor, doch die fehlende Schwerkraft war mithin etwas, von dem sie beschlossen hatte, dass sie sich daran gewöhnen würde.

Es gab ein weiteres, schwer ächzendes Geräusch, irgendwo vor ihr. Dann ein Lichtblitz, der kurz den Umriss von etwas … einem Knäuel von Extremitäten enthüllte und dann ob seiner Helligkeit und des jähen Verschwindens wegen als verbleichender Nachhall auf ihrer Netzhaut zurückblieb. Sie hörte Schreie und konnte sich nur vorstellen, dass Hugo Marcus Colonel McNamara gefunden hatte – oder umgekehrt. Misa beschloss, dass es nun einerlei war, die Lampe zu verwenden, und so würde sie wenigstens sehen, was geschah. Sie erschrak. Keine drei Meter entfernt im Todeskampf miteinander verschränkt, kamen zwei ebenso entschlossen wie verzweifelt wirkende Umrisse von Männern zum Vorschein, die in der Abwesenheit jeglicher Schwerkraft einander würgten.

Misa brauchte einen Moment, um das groteske Bild zu begreifen und entscheiden zu können, dass es echt war. Sie näherte sich langsam, immer fürchtend, dass sie Hugo Marcus schaden könnte, indem sie beim Versuch, ihm zu helfen, die Übersicht verlor. Entschlossen blickte sie auf den Schweißbrenner in der guten Hand und tastete sich weiter in den Raum hinein. Sie musste die Schutz und Stabilität verheißende Nähe der Wand verlassen, wenn sie ihrem Kameraden, nein, Captain, zu Hilfe kommen wollte. Die Taschenlampe nahm sie jetzt in den Mund, um die nötige Freiheit mit dem Brenner zu haben, und näherte sich weiter dem röchelnden, ringenden Haufen. Nach ihrer Einschätzung war es unwahrscheinlich, dass ohne Schwerkraft einer der beiden einen Vorteil erlangen könnte, denn schließlich gab es keine Möglichkeit, einen Druck ohne Gegendruck zu entfalten. Misa stellte sich die beiden vor wie zwei Flüssigkeiten, die man schüttelte, die sich jedoch von allein stets wieder entmischten.

Alarmiert stellte sie fest, dass es auf dem weiteren Weg zu den beiden keine Möglichkeit mehr geben würde, sich festzuhalten. Sie musste also langsam weiter schweben und dann, wenn sie ganz nah war, dem richtigen Opponenten, McNamara, eins überbraten. Misa wog ihre Möglichkeiten hab. Zwar konnte sie versuchen, einfach einen Schlag auszuteilen, doch der Schweißer war vermutlich die sicherere Wahl, auch weil die Zeit knapp wurde, denn es war eine halbe Ewigkeit her, da Hugo Marcus angekündigt hatte, dass der Sauerstoff bald aufgebraucht sei. Im heller werdenden Schein ihrer Taschenlampe blickten schließlich beide zuvor abgelenkten Männer sie in einer Mischung aus Panik und Überraschung an, und wie ein Racheengel aus höheren Sphären drehte sich Misa elegant über beide hinweg, hielt den

Schweißbrenner erbarmungslos auf die Schulter des Marines gerichtet und drückte schließlich ab.

Sein Schrei wurde instantan vom widerlichen Geruch verbrannten Fleisches überlagert, doch es hatte offenbar gereicht. Hugo Marcus drehte geistesgegenwärtig die verletzte Schulter auf McNamaras Rücken. Misa konnte ihre Seite gegen eine im Raum schwebende Kiste drücken und schaffte es schließlich, sich umzudrehen. McNamara schrie noch immer und blickte voller Horror auf die rauchende Wunde, doch er hatte keine Chance mehr. Er zuckte und zeterte, doch Hugo Marcus' Griff war jetzt so fest wie eine Hyperschraubzwinge.

»Misa, sehen Sie nach dem Reaktor. Schnell!«, rief Hugo Marcus, der angestrengt, doch wieder beherrscht klang.

Sie brauchte einen Moment, um sich zu orientieren, denn mittlerweile war »gemischt« eine gute Beschreibung für den Zustand des Maschinenraumes. Sie wusste, dass der Reaktor die großen Instrumente und Aufbauten im hinteren Teil umfassen musste, doch hatte sie keine Ahnung, wo die Kontrollkonsole sich befand. Ahnungslos leuchtete Misa umher, ehe sie zumindest eine Konsole als Kandidaten ausgemacht hatte. Fünf Meter musste sie überbrücken, schnappte sich routiniert die Kiste, an der sie sich festgehalten hatte, und warf sie in die entgegengesetzte Richtung. Misa ignorierte das Gerumpel des Einschlags der Kiste an der Wand und konzentrierte sich ganz darauf, die Konsole mit der guten Hand zu greifen zu bekommen.

Atemlos blickte sie auf die gedimmten Bedienelemente und suchte nach irgendetwas, das ihr verriet, wie sie den Reaktor wieder aktiviert bekam.

'Link Fokuskammer gestört' stand zwischen dem fast nicht erkennbaren, ausgegrauten Hauptschalter und dem düster rot blinkenden Diagnosemenü. Sie wusste nur nicht, was das bedeutete, und wie man es behob.

Sie wiederholte die Worte laut und an Hugo Marcus gerichtet, doch sie bekam zunächst keine Antwort. Sie drehte sich schließlich mühsam um und leuchtete ihn an. Er war damit beschäftigt, McNamara an einen der großen Stabilitätspfeiler zu fesseln.

»Moment noch«, rief er, doch Misa hatte das Gefühl, dass sie sich beeilen mussten.

Sie tippte die Statusmeldung an und bekam nur den Hinweis gezeigt, ob sie schon versucht habe, die Komponente zu deaktivieren und wieder zu aktivieren. Unglaublich hilfreich. Sie beschloss, dass sie in der Dunkelheit raten würde, wo McNamara am Reaktor herumgebastelt hatte und der Fehler zu suchen war. Langsam schwebte sie, die Taschenlampe jetzt wieder im Mund statt in der Hand, hinüber zu den großen Materieleitungen, die die Reagenzien zum Kern leiteten. Ja, da war eine Wartungsklappe abgenommen worden.

Misa erkannte ein Gewirr von Drähten und Lichtleitern. Er hatte wirklich ganze Arbeit geleistet. Wie sollte sie das alles nur wieder zusammen kriegen?

»Notüberbrückung«, sagte plötzlich eine Stimme hinter ihr. Misa fuhr herum. Hugo Marcus schwebte, leichenblass und voller Blut, hinter ihr und betrachtete das Chaos im Wartungsschacht.

»Wenn wir Glück haben, ist der Reaktor in der Lage, für einige Zeit die fehlende Fokussierung des dritten Segments zu kompensieren.«

Sie sah ihn fragend an.

»Genügend Zeit, um ein bisschen Lebenserhaltung und einen Reperaturbot aufzuladen«, sagte er und lachte.

Misa fand das alles andere als komisch, sagte aber nichts weiter. Da er keine Anstalten machte, sich zur Konsole zu begeben, drückte sie sich mühsam ab. Ihr linker Arm schmerzte nun fast so stark wie der kaputte rechte, doch immerhin hatte sie ihn noch unter Kontrolle. Fragte sich nur, wie lange. Sie fand die Konsole, wie sie sie verlassen hatte, doch das träge Interface schien die von Hugo Marcus vorgeschlagene Überbrückung entweder nicht zu kennen oder zu erlauben. Irgendwie schon witzig, die Situation. Fast hätte auch Misa laut losgelacht, da begriff sie die Lage. Die Lebenserhaltung war am Ende und die Sauerstoffkonzentration bedrohlich niedrig. Sie hatte nicht mehr viel Zeit. Sie würden nicht etwa ersticken, sondern sich totlachen, wenn sie es nicht schaffte. Hugo Marcus war total erschöpft von seinem Kampf mit McNamara und würde keine große Hilfe mehr sein. Sie atmete ruhig und flach und ermahnte sich, dies auch beizubehalten. Sollte sie zur Wartungsluke zurückkehren oder versuchen, eine Softwarelösung zu finden? Sie konnte kaum hoffen, alle

Verbindungen, die McNamara unterbrochen hatte, wiederherzustellen. Und was war mit dem redundanten Backup?

Ungeduldig gab sie die Frage in den Computer ein. »Backup steht zur Verfügung.« Ihre Miene erhellte sich, doch wieder spürte sie die Tendenz zur Euphorie, die nicht von ihr ausging.

Sie brachte in Erfahrung, dass dazu der Backuphebel umgelegt werden musste, der die tertiäre Versorgungsröhre mit dem Kern verband. Wo zum Teufel war denn jetzt das? Unruhige, suchende Taschenlampenstrahlen kreisten rund um den Reaktorkern herum. Dann fand sie das Ventil. Es war ziemlich weit weg, am anderen Ende der Wand. Klar, die Röhre führte zu einem der Protonentanks. Gut, dass die Eindämmung nicht gebrochen war. Vermutlich hatte McNamara genau das vorgehabt. Sie drückte sich ab. Schwer legte sich der Dunst des Sauerstoffmangels auf sie. Irgendwie musste sie durch eine Wolke verbrauchter Luft geschwebt sein, denn auf einmal kam es ihr wie eine ganz und gar absurd lächerliche Idee vor, den gelben Hebel an der Wand umzulegen und damit die *Leopold* zu retten. Wäre es nicht viel lustiger, ihn nicht zu drehen? Misa lachte.

Als sie den Hebel erreicht hatte, konnte sie kaum noch an sich halten und spürte Schmerzen in ihrer gesamten Brust. Sollte sie doch den Hebel drehen? Nein, viel zu schwer für sie. Bestimmt kam bald ein anderer vorbei. Einer von diesen grimmigen Vernunftleuten, die niemals lachten. »Misa!«

Sie spürte einen Stich und drehte die Taschenlampe. Hugo Marcus hing mit verdrehten Augen mitten im Maschinenraum und röchelte vor sich hin. »Kann nicht atmen. Hilfe …«

Der Schleier lichtete sich. Für einen winzigen Moment schaffte sie es, ihren Verstand zurück durch die Decke des Sauerstoffmangels zu heben. Letzte Entschlossenheit keimte ihn ihr auf und mit einem manischen Lachen drehte sie schließlich den Hebel, von dem sie annahm, dass er den sprichwörtlichen Turm an der Spitze des Schlosses eines verrückten Professors illuminieren würde. Sie hatte zwar die vage Idee einer Erleuchtung, doch vielleicht war es gerade das, was dazu führte, dass die Dunkelheit sie umfing und sie der Bewusstlosigkeit anheimfiel.

Das ganze Universum flog auf sie zu, als wäre sie eine Singularität im Zentrum, und beulte sich wie ein zerbrochener

Dreckklumpen um sie herum. Misas Verstand rang nach Luft und strampelte, als wäre sie unter Wasser, doch es gab keine Möglichkeit, die Oberfläche von … was auch immer es war, zu erreichen. Dann, erst langsam, schließlich immer schneller, raste ein großer Gesteinsklumpen auf sie zu. Sie erkannte Ganymed, auch wenn er von der Bewegung unscharf war, und wie er in ein Orbit um Misa herum eintrat. Der Jupiter-Mond kreiste nun um sie wie ein Schüler um seinen Meister, doch damit nicht genug, begann er zu wabern und strahlen und wurde glühend heiß. Das Licht wurde immer intensiver, und endlich schlug Misa die Augen auf, atmete frische, kühle Luft ein und hielt die Hände vors Gesicht.

Die *Leopold* war wieder da, und Claudie van Hefeghem war über sie gebeugt.

»Geht es Ihnen gut?«, fragte sie, obgleich sie es besser wissen musste.

Misa gurgelte undeutlich etwas, das sie selbst nicht verstand, und entschied, dass es besser sein würde, noch einen Moment zu schweigen. Langsam begann sie, ihre Muskeln darauf vorzubereiten, sich aufzusetzen, doch der jähe Eindruck von viel zu viel Sauerstoff schien ihr ebenso absurd und störend wie die Atemnot zuvor. Langsam klarte ihr Verstand auf und machte ihr klar, dass sie im Delirium des Sauerstoffmangels gewesen sein musste. Doch über all den Fragen thronte einmal mehr die süße Erkenntnis des Erfolgs.

»Schiff außer Gefahr?«, nuschelte sie undeutlich, doch diesmal war es, glaubte sie, verständlich genug.

Van Hefeghem nickte. »Gerade rechtzeitig.«

»Wa…« Misa stammelte, doch sie musste einsehen, dass sie sich noch erholen musste. Langsam setzte sie sich nun auf und blickte sich um. Der Maschinenraum brummte wieder geschäftig, doch wirkte er wie durch den Fleischwolf gedreht. Der Fußboden war voll von Trümmern, und viele Konsolen und Instrumente waren beschädigt. Sie lag noch immer unter dem Hebel für die Redundanzumschaltung und konnte aus dem Augenwinkel sehen, wie die Roboter sich an die Aufräumarbeiten machten.

»Marcus.«

Van Hefeghem nickte beruhigend. »Er ist schon früher aufgewacht als Sie. Es geht ihm gut.«

Misas Laune erhellte sich. »Gut.« Vorsichtig arbeite sich Misa an der Wand hoch, bis sie schließlich, noch etwas wacklig zwar, wieder auf den Beinen war. Noch immer unruhig, blickte sie sich im Maschinenraum um.

»Wo ist McNamara?«, fragte sie.

»Wir werden ihn in eine Kabine einsperren. Hugo Marcus und Karl bringen ihn gerade dorthin.« Ah, Karl. Misa hatte ihn beinahe vergessen, und ehrlich gesagt, war es ihr auch recht so.

Die strukturelle Integrität der *Leopold* ächzte. Ein langgezogenes, metallisches Seufzen, gefolgt vom Eindruck einer kleinen Impulsänderung.

»Was war denn das?«, fragte Misa. »Mit dem Schiff ist doch alles in Ordnung?«

Van Hefeghem eilte zur Hauptkonsole im Maschinenraum, die nun wieder voller Leben steckte und blinkte und piepte.

»Laut der Anzeigen hier versucht jemand, eine Rettungskapsel zu starten …«

»Was?«

Das interne Kommunikationssystem knarzte und noch bevor sie Karl Schmitz' Stimme gehört hatte, kehrte das ungute Gefühl in ihre Eingeweide zurück. Konnte es nicht einmal für fünf Minuten Ruhe geben?

»Hilfe …«, krähte der Hacker durch den Kanal, bevor wieder Stille einkehrte.

»Welche Kapsel wurde gestartet?«, fragte Misa.

»Backbord Beta.«

»Das ist auf dem rechten Korridor. Los, los!«, rief Misa und trieb van Hefeghem an. Die beiden Frauen rannten aus dem Maschinenraum und geradewegs McNamara in die Arme.

***

Er hielt ihm mit einer Hand ein Messer an die Kehle, während der andere Arm schmerzhaft gekrümmt an seinem Körper lag. Hugo Marcus war bleich und schien fast weggetreten. McNamara musste ihn und Karl überwältigt haben, doch woher er ein Messer bekommen hatte, war gänzlich schleierhaft.

Atemlos standen Misa und van Hefeghem wenige Meter vor der Rettungskapsel.

»Keinen Schritt weiter«, rief er. »Oder wir werden herausfinden, ob Bavaria nicht nur Beine, sondern auch Kehlen bionisch flicken kann.«

Ein kleiner Schatten eines Schmerzes flimmerte durch Misas schlechte Hand. Woher wusste er von Marcus' Unfall? Doch sie schalt sich selbst, natürlich war McNamara nicht, was er vorgab, und natürlich hatte er die Aufklärungsressourcen von vermutlich ganz Millennium hinter sich. Was hatte er vor?

»Was wollen Sie?«, rief Misa.

»Was? Sie sind wirklich dümmer, als Sie aussehen, Misa. Ich will runter von dieser gottverdammten Rostlaube, die jeden Moment einen Eindämmungsbruch im Maschinenraum erleiden wird. Und Sie werden mich nicht noch einmal aufhalten.«

Sie starrte ihn an. Das war nur ein Bluff, oder? Oder?

»Glauben Sie ihm nicht!«, gurgelte Hugo Marcus. Seine Worte klangen voller Echo in Misas Ohren nach. Wie im Delirium, nur, dass sie sich nicht sicher war, ob es an ihr lag oder an Hugo Marcus oder ob etwa schon wieder der Sauerstoff knapp wurde.

Sie blickte Claudie van Hefeghem an. »Sie schaffen das hier schon. Ich schicke die Roboter.« Dann lief sie los.

3

Ihre Lungen ächzten und brannten und Misas Verstand ächzte und brannte ebenso sehr. Wieso immer sie? Fieberhaft nahm sie die letzten Schritte und war zurück im Maschinenraum.

Als erstes versuchte sie, die Roboter umzuprogrammieren, doch musste sie ernüchtert feststellen, dass nur Hugo Marcus das konnte. Na gut, van Hefeghem musste allein mit dem Marine klarkommen. Misa musste „nur" das Schiff retten, wenn das denn möglich war. Eindämmung, hatte er gesagt. Sie ließ den Computer die Konstruktionsschemata anzeigen und kommentieren, doch sie wurde nicht recht klug daraus. Alles, was sie bekam, hatte nichts mit der Luke zu tun, an der McNamara gesessen und gewerkelt hatte. Sie beschloss, die fragliche Stelle erneut anzusehen. Vielleicht half das wieder aktivierte Umgebungslicht ja.

Sie quetschte sich an den geschäftigen Wartungsrobotern vorbei fast bis in die Luke hinein, doch da war nichts. Nichts außer reparierten und fast reparierten Kabeln. Also hatte er geblufft? Sie musste wirklich ganz sicher sein.

Die *Leopold* ächzte erneut, diesmal unter großem Schub.

Erschreckt blieb Misa stehen.

»Claudie? Was ist da los?«

»Sie sind weg«, sagte die ernüchterte Stimme van Hefeghems. »Die Fluchtkapsel düst mit Kurs Ganymed von uns weg.«

»Er hat Marcus mitgenommen?«

»Ja. Er hat ein paar Kabel aus der Wand gerissen und ihn gefesselt. Ich … ich konnte nichts machen. Und jetzt muss ich Karl versorgen. Ich melde mich später.«

Auch das noch. Ohne Kommandant würden sie es vielleicht nicht einmal dann zum Ganymed schaffen, wenn es keine Bombe gab.

Misa sah sich bereits in Gedanken die Mission als endgültigen Fehlschlag verbuchen. Wie im Tagtraum schwebte ihr Blick an der Decke entlang … da war es! Ein blinkendes, dreieckiges… Ding, das ganz bestimmt nicht an das Schott gehörte, auf dem es saß.

Kurzentschlossen öffnete sie die Notfrequenz. »Misa an alle. Ich habe etwas im Maschinenraum gefunden, das wie eine Bombe aussieht. Wenn jemand mir zur Hand gehen möchte, dann bewegt euren Hintern hierher. Schnell.«

Keine Antwort. Argwöhnisch betrachtete sie das blinke Stück Technologie an der Decke. Es war kaum so groß wie ein Teller und auch nicht viel dicker, zumindest sah es so aus. Wie sollte sie da herankommen? Und überhaupt? Wollte sie das anfassen? McNamara spielte in der gleichen Liga wie Hugo Marcus, das war ihr jetzt völlig klar. Und so jemand hatte bestimmt einen Annäherungssensor oder etwas in der Art installiert. Unruhig tippelte sie direkt darunter von einem Bein auf das andere.

»Misa.«

Pavel war da. Sie drehte sich um und erkannte ihn nicht nur an der flachen Stimme und dem leichenblassen Gesicht, sondern an der Ruhe, die er selbst gezeichnet von der Raumkrankheit noch ausstrahlte.

Wortlos deutete sie nach oben.

»Oh, Mist. Wie kommen wir da heran?«

Misa hatte eine Idee, aber ihr allein hatte sie schon nicht gefallen und sie bezweifelte, dass sie Rabinovic gefallen würde.

»Wissen Sie, wie McNamara dort herankam?«

Er blickte sie fragend an. Dann verdüsterte die begreifende Genialität seines Verstandes sein Gesicht. »Oh nein. Dann machen Sie das alleine«, sagte er kopfschüttelnd.

»Allein schaffe ich es nicht«, sagte sie. Und es war, wie sie sagte. Unzählige absurde Abenteuer hatte sie hier nun schon erlebt, aber irgendwann war einfach die Grenze dessen erreicht, was man aushalten konnte. Misa spürte, wie ihre Knie zitterten. Nein, das hier würde sie nicht alleine durchstehen.

Es raschelte. Misa sah, wie Rabinovic gemächlich und ordentlich eine Papiertüte entfaltete. »Also gut«, sagte er und lachte. »Ich versuche, Sie nicht zu treffen.«

Zittrig trat Misa an die Steuerkonsole. Umgebungsvariablen. Maschinenraum. Gravitation. Ihr Magen tat einen Satz, als sie den Knopf zur Bestätigung drückte, aber sie wusste, dass ihr intraabdominales Grauen kaum mit Pavel Rabinovic mithalten konnte. Sie hörte sein Gurgeln und erneutes Rascheln der Papiertüte.

Sorgenvoll und empathisch blickte sie ihn an. Während sie beide langsam nach oben schwebten, zuckte er mit den Schultern. Misa konnte nicht ermessen, wie viel Fassung und Galgenhumor es brauchte, es so stoisch zu ertragen.

Sie drückte sich in Richtung der Wartungsluke, um den Wartungsrobotern, die dank ihrer magnetischen Eigenschaften am Boden klebten, als sei nichts passiert, einige ihrer Werkzeuge zu entleihen.

»Es sieht wie eine Selbstbauplatine aus«, hörte sie von 'oben', auch wenn die Richtung im Moment keine klare Bedeutung hatte.

»Was schlagen Sie vor?«, fragte sie ruhig, während sie sich Rabinovic und dem ominös blinkenden Teil näherte.

»Ich bin kein Kampfmittelräumer, wissen Sie.«

Das wusste sie nur zu gut. Ein Astrophysiker verstand vielleicht besser als jeder andere, was passierte, wenn ein thermischer Sprengsatz mehrere Megajoule an Energie freisetzte, deswegen aber lange noch nicht, wie man es verhinderte.

»Wir müssen es aufmachen«, entschied Misa.

»Und wenn es dabei hochgeht?«

»Vermutlich geht es ohnehin hoch, weil wir keine Ahnung haben. Warum also Zeit verschwenden?«

Rabinovic lachte, so ehrlich wie es ihm mit akuter Raumkrankheit und vermutlich akuter Lebensgefahr möglich war. »Nach Ihnen, Misa.«

Sie hatte keine Muße, seine Höflichkeit zu schätzen, schließlich bedeutete es für ihn die kleine, tröstliche Gewissheit, dass sie zuerst vaporisiert werden würde, weil sie näher dran war. Doch daran galt es nun nicht zu denken. Aufmerksam blickte sie das blinkende Dreieck an. Auch aus wenigen Zentimetern Abstand war nicht zu erkennen, ob und wie man es öffnen konnte. War es möglich, den Deckel abzunehmen? Wie fest war es eigentlich gemacht? Misas Schädel barst fast vor Aufregung und ihr Herz schlug so schnell, dass sie beinahe annehmen musste, dass auch Rabinovic es noch spüren konnte. Sie suchte eine Zange aus dem Sammelsurium der mitgebrachten Werkzeuge und setzte sie wie in Zeitlupe an den Rahmen. Hörte, wie Rabinovic die Luft anhielt, obwohl er würgen musste.

Das Rascheln der Papiertüte. Misa zog. Erst zaghaft, dann kräftiger.

Mit einem leisen, fast zu leisen Geräusch glitt das Kästchen auf und gab den Blick auf sein Innenleben frei.

Mehr blinkende Technik. Und grauer Plastiksprengstoff. Misa spürte auch ein Würgen aufsteigen.

»Okay, wir leben noch.«

Misa nahm sich vor, Rabinovic für seine Nonchalance büßen zu lassen, sobald sie irgendwo festen Boden unter den Füßen hatten. Und damit meinte sie nicht die künstliche Gravitation der *Leopold*.

»Was machen wir jetzt?«

Sie seufzte. Wenn er weiterhin so hilfreich war, konnte sie ihn auch nach den anderen sehen lassen. »Also ich sehe hier drei Sprengstoffpakete und ganz viele Drähte«, sagte sie mehr zu sich selbst.

»Spannungstomographie?«

Ihre Miene erhellte sich. »Gute Idee. Haben Sie schon mal einen Sprengsatz entschärft?«

»Natürlich nicht. Aber vielleicht können wir unsere Optionen etwas eingrenzen.«

»Ich gucke mal, ob ich den Handscanner überhaupt finde…«

»Nur keine Eile.«

Misa lachte. »Ich lasse mir so viel Zeit, wie ich kann, Pavel.« Natürlich wusste sie auch, dass sie für Sarkasmus eigentlich keine Zeit hatte, doch andererseits hatte man dann niemals Zeit dafür. Sie fand jedoch tatsächlich einen Handscanner und wühlte sich durch die Menüs des Touchscreens.

»Der Chip ist abgeschirmt«, sagte sie.

Rabinovic atmete schwer. Misas Verstand antizipierte Papiertüte und Würgen, doch für den Moment blieb es aus.

»Es könnte eine Attrappe sein. Wenn es echt ist, warum leben wir dann noch?«

»Vielleicht, weil der Zünder zeitgesteuert ist?«, antwortete sie. Mussten sie wirklich alles ausdiskutieren?

»Dann könnte man es nehmen und aus der Luftschleuse werfen«, sagte Rabinovic.

»Nur zu«, brummte sie und ohrfeigte sich innerlich. Es hatte keinen Sinn, sich zu ärgern. Es würde nur Konzentration und am Ende das Leben kosten.

»Ich schlage stattdessen vor, den Zündkreislauf zu isolieren und zu kappen, sobald wir sicher sein können, dass wir es richtig machen.«

Misa nickte. Doch dafür mussten sie an den Chip herankommen.

»Die Versorgungsbuchse anzusteuern würde vermutlich dazu führen, dass der Chip beschließt, zu detonieren.«

»Geben Sie mehr Leistung auf den Tomographen«, sagte Rabinovic ungeduldig.

Er musste doch begreifen, dass sie natürlich schon die höchste Leistung eingestellt hatte. Nein, der Zündchip war bleiummantelt und würde sein Geheimnis so nicht preisgeben.

»Es geht nicht mehr, Pavel«, sagte sie so freundlich, wie es ihr Adrenalinniveau zuließ.

»Okay. Ja. Ja, ich verstehe.«

Tat er das? Sie hörte das Rascheln der Papiertüte und argwöhnte, dass seine Kommentare kaum für bare Münze zu nehmen waren. Misa besann sich. Sie musste eine Entscheidung treffen.

»So wie ich das sehe«, sagte sie, »bleiben uns nur zwei Möglichkeiten. Entweder, wir reißen die Zünddrähte aus den Sprengstoffpaketen, und zwar einzeln, oder wir nehmen das ganze Paket und werfen es aus der Luftschleuse. Normalerweise dürfte beides zur Detonation führen, doch was bleibt uns übrig?«

»Wir könnten hoffen, dass es ein Blindgänger ist«, sagte Rabinovic lakonisch und erschöpft, nachdem er den Kopf wieder aus der Tüte gezogen hatte. »Misa, ich gebe zu, dass ich nicht unbedingt klar denken kann, also überlasse ich Ihnen die Entscheidung.«

Sie schluckte. So konnte man es natürlich auch sehen. Was also sollte sie tun? Misa schloss die Augen und nahm sich einen unendlich scheinenden Augenblick Zeit, das Universum entscheiden zu lassen. Beobachtete die Muster unter ihren geschlossenen Lidern, von denen kein Mensch ermessen konnte, was sie bedeuteten oder wie sie entstanden, und traf eine Entscheidung.

»Zur Luftschleuse können wir nicht, da ist noch Chaos«, sagte sie. »Ich nehme die Zange.«

»Wenn das Ding hier hochgeht, dann explodiert der Kern. Wir könnten es im Labor machen«, sagte Rabinovic.

Misa musterte den russischen Schatten eines Astrophysikers. Zwar hatte er ihr die Wahl gelassen, aber natürlich war es richtig, eine hilfreiche Anmerkung zu machen. »Einverstanden. Pavel, Sie schweben hinaus und aktiveren die Gravitation auf mein Kommando.«

Sie beobachtete den gelassenen Blick Rabinovics, der keinerlei Anspannung zeigte. Vermutlich hatte er sich so oft damit abgefunden, im All zu sterben, dass es für ihn keinen Unterschied machte, dass diesmal, im Gegensatz zur bloßen Beschleunigung eines Raumschiffes, die Gefahr real war.

»Misa an die verbleibenden Passagiere der *Leopold*. Wir haben einen verdächtigen Gegenstand im Maschinenraum gefunden. Bitte bewahren Sie Ruhe und begeben Sie sich zu Ihrem eigenen Schutz in die Rettungskapseln Beta und Gamma und machen Sie Meldung. Ich werde versuchen, das Gerät zu entschärfen.«

Sie wartete ab, bis Claudie Van Hefeghem berichtet hatte, dass Karl Schmitz und Captain Garriott tatsächlich sicher untergebracht waren, dann sah sie noch einmal Rabinovic an.

»Ich kann das auch allein machen«, sagte sie. Ihr war nicht klar, wieso sie auf einmal großzügig sein Leben über das ihre stellte, doch es spielte keine Rolle. Rabinovic schüttelte den Kopf und zeigte auf die Konsole, an der er schwebte. »Ich schalte die Gravitation ein, wenn Sie an der Tür sind, und dann gehen wir zum Forschungslabor. Keine Ausreden.«

Sie lächelte. »Pavel, Sie sind so tapfer, dass es uns niemand glauben wird, falls wir das überleben.«

»Genau. Falls. Jetzt los.«

Sie schluckte und begriff, dass es tatsächlich keinen Sinn ergab, noch weiter schöne Worte auszutauschen. Zitternd hob sie die Zange wieder vor das Kästchen. »Bereit?« Rabinovic hatte seinen Platz an der Konsole angenommen und blickte nur kurz zu ihr auf. Entschlossen nickte er ihr zu.

Ihr ganzer Körper vibrierte vor Aufregung, als sie die Zinken unter die Verriegelung schob und mit den Füßen an der Decke balancierend mit ganzer Kraft an der Bombe zog.

Wie schon, als sie den Deckel entfernt hatte, gab es nur ein kurzes Klicken, dann hatte sie das Kästchen gelöst. Es piepte kurz, Misas Herz sank in die Hose, doch nichts weiter geschah. Nicht etwa der todbringende Mechanismus hatte ausgelöst, sondern es musste ein loses Teil im weiterhin verdeckten Zündmechanismus geben.

»Ich habe es, Pavel«, hauchte sie atemlos vor Anspannung. Sie drückte sich nun in Richtung der noch immer anziehungsfreien Platten des Fußbodens ab und zielte auf das linke Ausgangsschott des Maschinenraums. Als sie die Beine gegen den Boden stemmte und Rabinovic abermals zunickte, überkam sie mit dem Surren der Schwerkraftaktivierung das bekannte Gefühl des Sich-selbst-Verdrehens, das abgelöst wurde von der jähen Erkenntnis, dass sie immer noch am Leben waren. Die Bombe war nicht schwerer als vielleicht zwei Kilo, doch die Last auf Misa war unendlich viel größer. Rabinovic würgte, brachte nun endgültig nicht mehr als Galle hervor, doch er folgte ihr tapfer japsend in gebührendem Abstand. Wie ein rohes Ei trug sie das Kästchen vor sich her, sodass die kaum zwei Dutzend Meter zur hinteren Tür des Labors sich wie Lichtjahre anfühlten.

Als sie die Bombe behutsam auf dem Arbeitstisch abgelegt hatte, sackte sie zunächst wie gehenkt in sich zusammen, schwer atmend auf die Knie und fiel.

»Wo wir gerade von Tapferkeit sprachen ...«, sagte Rabinovic wie beiläufig und machte sich sofort an den Instrumenten zu schaffen. »Mir fiel ein, dass die Scanner hier besser sind. Wir sollten eine erneute Tomographie versuchen, meinen Sie nicht?«

Misa nahm kaum wahr, was er sagte, und war für den Moment ganz und gar damit beschäftigt, am Leben zu sein.

»Misa?«

Sie atmete zwei, drei weitere schwere Züge, dann raffte sie sich auf. »Fangen Sie ruhig an. Ich brauche einen Moment, Pavel. Entschuldigung.« Die Last der entfallenden Verantwortung zerbröselte wie Sand vor ihrem inneren Auge und begrub Misa bis zum Hals in ihren Trümmern. Dann sah sie die Aufnahme der Spannungstomographie auf dem großen Laborschirm und erwachte wieder zum Leben. Sie wusste nicht, wie viel Leistung Pavel auf die Bombe hinabwarf, doch es war gewiss mehr, als normale Menschen bei einer stellaren Urlaubsreise abbekamen. Sie war noch nicht so weit zu verstehen, was sie sah, doch in Rabinovics ausgezehrtem Gesicht blitzte Erkenntnis auf.

»Ja, da ist es.«

»Was ist es, Pavel?«

»Es ist ein Funkdetonator. Ich kann die Frequenz nicht isolieren, ohne es auszulösen, aber das macht nichts. Ich versuche den Raum elektromagnetisch nach außen abzuriegeln, dann können wir die Sprengkabel kappen.«

»Sind Sie sicher?« Misa hatte keine Zweifel, dass er Recht hatte. Sie fragte sich nur, warum McNamara sie nicht längst vaporisiert hatte. Die Rettungskapsel musste tausende Kilometer entfernt sein. Und wenn er einen solchen Apparat herstellen konnte, dann musste er auch wissen, wie es um die Reichweite des Senders bestellt war …

Rote Markierungen erschienen auf dem Schaltschema des Bildschirmes.

»Wir können direkt am Chip abschneiden«, teilte Rabinovic triumphierend mit.

Misa musterte ihre noch immer zitternden Hände, wobei sie mehr verwirrt als wohlwollend feststellte, dass auch die kaputte Hand der Anspannung folgte, und entschied, dass sie es trotz des sehr überzeugenden Vortrags von Rabinovic nicht würde tun können.

»Wenn Sie es nicht tun, Pavel, dann soll einer der Roboter…«

»Nein, ich bin mir ganz sicher. Nur einen Moment«, sagte der Mars-Russe beinahe schnippisch. Dann nahm er mit der Selbstsicherheit eines Weltklasse-Chirurgen das krude Kabelmesser des Labors und führte es an die Box heran.

Misa schloss die Augen und verkrampfte erneut voller Anspannung.

Nichts passierte.

»Faszinierend«, beschied Rabinovic.

Sie öffnete die Augen und sah, wie ein grotesk fröhlicher Wissenschaftler keine zwei Meter vor ihr die Sprengstoffpakete in die Luft hielt. Die seltsam vertraut wirkende Euphorie des

Überlebens kroch warm in ihre Eingeweide hinein und versicherte ihr, dass es jetzt wirklich vorbei war. Misa trat an den Tisch und betrachtete die tot aus dem Kasten ragenden Sprengkabel.

»Was immer wir am Ganymed finden, Pavel – wer solche Maßnahmen ergreift, weiß, dass es falsch ist. Da verstecken sich keine Aliens hinter dem Jupiter«, japste sie voll triumphierender, bitter schmeckender Erkenntnis.

Rabinovic nickte nachdenklich. »Sie haben Recht, und Hugo Marcus hatte auch Recht, auch wenn ich es lange für abwegig hielt. Jemand will auf keinen Fall, dass wir oder die Behörden es herausfinden. Die Millennium Corp. hat ein richtig großes Ding vor und geht über Leichen dafür.«

Misa erstarrte. »Hugo.«

»Ich fürchte, wir können nichts für ihn tun. Selbst wenn wir Ganymed erreichen, was nicht klar ist, da wir mindestens fünfundvierzig Minuten lang keinen Schub gegeben haben und unser Vorsprung auf die Patrouillen sicher fast aufgebraucht sein muss, befindet er sich in McNamaras Gewalt.«

Wie sie es auch drehte, Rabinovic hatte natürlich Recht. Doch wer konnte schon wissen, wie die Dinge sich entwickelten? Er hatte auf jeden Fall noch etwas gut bei ihr, beschloss sie, ohne wirklich zu überschlagen, was es war. Sie funkte die Rettungskapseln an, um die anderen wieder aus der Sicherheit bietenden Enge zu erlösen, und machte sich dann auf den Weg zur Brücke. Sie hatte, jedenfalls dachte sie es, sozusagen das Kommando geerbt und musste den Kurs wieder aufnehmen. Denn auch damit hatte Pavel Recht – sie hatten sicher viel vom Vorsprung auf die Verfolger aufgezehrt.

***

Sie musste Fingerabdruck und Irisscan des Dienstroboters über sich ergehen lassen, ehe sie die Brücke betreten konnte. Offenbar hatte Hugo Marcus durchaus Vorkehrungen für den Fall getroffen, dass er das Schiff verließ – oder, wie in diesem Fall – dazu gezwungen wurde. Sie hatte zwar keine Ahnung, woher das Schiff wusste, dass er sich nicht an Bord befand, doch schob sie diese Frage für später auf. Zunächst einmal galt es, den Energiezustand und den Kurs zu kontrollieren.

Es fühlte sich seltsam deplatziert an, auf dem eigentümlich surreal wirkenden Sessel vor dem großen Pult mit den drei Schirmen Platz zu nehmen. Misa war Kommandant wider Willen. Nur langsam begriff sie, dass ihr noch ganz andere Hindernisse entgegentreten würden als die läppischen Spielchen mit ihrem Leben in Schwerelosigkeit und Frachträumen. Der Kurs schien bis auf eine marginale Abweichung von unter einer Bogensekunde noch nominal zu sein, doch die Geschwindigkeit hatte natürlich gelitten. Die *Leopold* hatte wenig an Fahrt verloren, doch gegenüber dem Zeitplan aufgrund der ausgebliebenen Beschleunigung nun zwei Stunden Rückstand. Sie wusste nicht sofort, wie man feststellte, wo die verfolgenden Schiffe sich befanden, doch fand sie schließlich die richtige Einstellung. Seltsam.

Auf dem Diagramm sah es aus, als hätten sie so gut wie keinen Boden gut gemacht. Zwar waren sie nach wie vor nur vier Stunden entfernt, aber eben nicht bedeutend näher gekommen. Abwesend programmierte Misa den Autopiloten. Und dann war es Zeit, herauszufinden, was überhaupt zum Energieausfall geführt hatte.

Gerade als sie sich erhob, verdunkelte sich die Brücke wie von Geisterhand, sodass sie verwirrt und erschreckt stehen blieb. Auf dem mittleren der Steuerschirme erschien Hugo Marcus' Konterfei.

»Hallo. Dass Sie diese Nachricht sehen, bedeutet, dass ich nicht mehr an Bord der *Leopold* bin – welch bedauerliche Umstände dies auch bedeuten möge, sei für den Moment zweitrangig – Sie sind nun für den Bordcomputer und alle assoziierten automatischen Systeme der Kommandant. Ich will nicht übermäßig dramatisch erscheinen, auch wenn es vielleicht angebracht ist. Misa, es hängt nun an Ihnen.«

Sie konnte die Augen nicht vom Schirm abwenden, obschon sie es bisweilen versuchte. Hugo Marcus, der Spion, offenbarte sich ihr. Sie wusste es, bevor er überhaupt richtig begonnen hatte.

»Natürlich ist diese Nachricht nicht nur aufgezeichnet, um Ihnen Glück zu wünschen. Diese Mission geschieht zum Wohl der Nankam Aeronautical. Vergessen Sie ebenso nicht, dass Sie auch meine Loyalität an die Bavaria Corporation geerbt haben.«

Nachdenklich blickte Misa umher. Hugo Marcus' Avatar machte eine Pause, um seine Worte wirken zu lassen. Dann fuhr er fort.

»Das bedeutet nicht, dass Sie keinen Versuch unternehmen sollten, mich zu retten – falls ich nicht tot bin – doch bedenken Sie, dass die Mission stets Vorrang haben muss.«

Bei diesen Worten wirkte er indifferent und neutral. Es konnte nicht leicht sein, Misa zu sagen, dass sie ihn lieber im Stich lassen sollte.

»Sie finden alle Informationen, die ich aus verschiedenen Gründen bisher nicht mit Ihnen teilen konnte, in einem versiegelten Ordner in Ihrem Verzeichnis auf dem Schiffscomputer. Gehen Sie nach Ganymed und halten Sie sie auf. Viel Glück, Misa.«

Der Bildschirm wurde kurz dunkel, ehe er zur normalen Systemdiagnostik zurückkehrte und das Navigationsdiagramm von vorher anzeigte. Misa hatte sich wieder in den Sessel fallen lassen und suchte ihren Systemordner. Tatsächlich, da war ein neues File. Sie entschied, dass sie noch immer viel zu aufgekratzt war, um sich jetzt an die Detailanalyse von Spionagedaten, um die es zweifellos ging, zu machen, und nutzte die kurze Pause ohne äußere Eindrücke dafür, die Augen zu schließen und einfach nur dem ruhigen, nicht mehr ganz so kataklystisch wie vor einem bevorstehenden Hüllenbruch klingendem Rauschen der Schiffsfunktionen zu lauschen.

»Rabinovic an Misa.«

Und vorbei.

»Ich höre Sie, Pavel«, sagte sie ganz im Duktus eines kommandierenden Offiziers, der sich überraschend schnell Bahn brach.

»Ich habe etwas über den Energieausfall herausgefunden. Kommen Sie bitte ins Labor.«

Misa nickte, begriff leicht belustigt, dass Rabinovic sie kaum gehört haben konnte, und antwortete dann über die Sprechanlage.

Auf dem Weg traf sie van Hefeghem, die die kleine Krankenstation der *Leopold* verließ. Das hatte sie ja ganz vergessen.

»Wie geht es ihnen?«, fragte Misa ohne jede Vorrede.

»Schmitz ist stabil, er hat nur ein paar Schläge von McNamara abbekommen. Was Garriott angeht, beschäftigt sich noch immer der Sanitätsroboter mit ihm. Ich … bin nicht sicher.«

Sie ahnte, dass Van Hefeghem untertrieben hatte, doch als sie die Tür durchschritt, gefroren ihre Eingeweide. Captain Garriott lag auf dem schmalen OP-Tisch und war in tiefen Schlaf befördert worden. Sie wusste, dass die Roboter gewisse Protokolle zur ersten Hilfe besaßen, doch hier war ein Arzt vonnöten und es gab keinen. Das Diagnose-Display zeigte die Lebensfunktionen an, und dass er sediert worden war. Er musste dringend in eine echte Krankenstation.

»Misa, Schätzchen.«

Sie fuhr herum und sah Karl Schmitz in einer der beiden seitlich befindlichen Kojen liegen, den Arm in eine Art Schlaufe gelegt.

»Das ist ein ganz schönes Abenteuer geworden. Und du bist die Heldin!« Sein Blick verriet eine seltsame Mischung aus Befremdlichkeit und Achtung. Er schien keine Schmerzen zu haben, sondern dürfte nur noch genervt von der eingeschränkten Haltung sein, befand sie. Kurz musste sie der Versuchung widerstehen, auf ihre schlechte Hand zu blicken, denn er würde es sonst nur kommentieren. Ihr war auch klar, dass es nichts Gutes heißen konnte, wenn der Captain des Schiffes nicht körperlich unversehrt war, doch darauf konnten sie nun wirklich keine Rücksicht nehmen. Zwei von fünf Passagieren der *Leopold* waren im Lazarett, ein weiterer hatte nach wie vor große Schwierigkeiten mit seiner Raumkrankheit, und sie hatte nur eine Hand zur Verfügung. Eine wahrlich glorreiche Mission.

Und dabei hatte er vermutlich vom großen Ganzen noch keine Ahnung, dachte sie. Dann besann sie sich auf ihre Führungsfunktion, den präsidialen Dialekt und sagte: »Es ist ganz schön was passiert. Doch das wahre Abenteuer liegt noch immer vor uns. In ein paar Stunden erreichen wir Ganymed.«

»Was tun wir dann? Wir können ja schlecht auf Landepad Eins runter gehen und warten, dass man uns überschwänglich begrüßt.«

Er hatte Recht, aber was erwartete er denn?

»Ruhen Sie sich aus Karl. Ich lasse mir schon etwas einfallen.«

Er nickte und ließ seinen mächtigen Leib wieder auf die Pritsche knallen. Zufrieden stellte Misa fest, dass er zu erschöpft war, um weitere Kommentare zu machen, und wandte sich zum Gehen. Ein letzter Blick auf Garriott. Er sah wirklich nicht gut aus, doch der Roboter schien keine Diagnosemeldungen auszugeben, ehe er mit dem, was er tat und von dem Misa nicht einmal erraten konnte, was es war, fertig geworden wäre.

Jetzt also Wissenschaftslabor.

Rabinovic hingen keine Schläuche aus dem Körper und er schien beide Hände benutzen zu können, dennoch war sein Gesicht fahl und eingefallen wie bei einer Leiche. Erfreut nahm Misa mehr abseitig als deutlich wahr, dass er zumindest reichlich Zucker und Elektrolyt zugeführt hatte, denn drei leere Gläser Nahrungsergänzung standen auf dem Pult vor dem Diagnosemonitor. Sie beschloss, kein Wort darüber zu verlieren, solange er wusste, was er tat, und fragte stattdessen, was er gefunden hatte.

Pavel Rabinovic drehte sich maliziös lächelnd um, drückte einige virtuelle Knöpfe auf der Platte und beobachtete grimmig, wie das Bild auf dem Hauptschirm wechselte. Eine verpixelte Aufnahme von Jupiter erschien, dann ein heller, blauer Blitz, dann Dunkelheit.

»Das sind die letzten Sekunden vor dem Energieausfall«, sagte er.

»Was war das? Doch nicht etwa ein …«

»Burst.«

Misa spürte, wie frisches Adrenalin ihren Metabolismus flutete und sie sich wieder einmal viel zu schnell aufregte. »Aber wie?«

»Darüber kann ich nur mutmaßen. Es ist absurd, aber der Strahl scheint direkt aus Jupiter zu kommen und uns exakt zu treffen. Genau fokussiert.«

Misa atmete betont laut aus. »Wie ist das möglich?«

»Er könnte künstlichen Ursprungs sein …«, sagte Rabinovic.

Misa musterte den Astrophysiker genau. Nichts an seiner Haltung, Mimik oder Betonung schien darauf hinzudeuten, ob er selbst es für möglich hielt. »Was denken Sie denn, Pavel?«, fragte sie.

Die versteinerte Miene erwachte zum Leben und zeigte aufrichtige Ratlosigkeit. »Ich weiß es nicht, Misa. Es ist nicht leicht, sich vorzustellen, dass, angesichts der Tatsache, dass die Wissenschaft noch immer nicht richtig versteht, wie Gammastrahlenblitze in Sternen zustande kommen, jemand es geschafft haben sollte, sie künstlich zu erzeugen.«

»Was können wir tun, um es herauszufinden?«

»Nichts, außer Ganymed zu erreichen und uns umzusehen.«

Misa zuckte mit den Schultern. »Also im Grunde keine neue Erkenntnis.«

Rabinovic legte die Stirn in Falten. »Misa, es tut mir leid, aber ich weiß zu diesem Zeitpunkt auch nicht mehr als das zu berichten. Ich sehe die Aufzeichnungen und sage Ihnen lediglich, jemand sitzt hinter dem Jupiter und spielt mit Gammastrahlen herum. Wie er sie erzeugt oder wozu, das entzieht sich meiner Imagination.«

»Schon gut.« Sie merkte, dass sie zu hart zu einem der genialsten Männer war, die sie kannte, und selbst nichts beitragen konnte. »Dann steuern wir die rätselhafte Struktur an«, entschied sie aus dem Bauch heraus und sah erneute Zweifel in Rabinovics Gesicht.

»Wir wissen nicht, womit wir es zu tun haben. Vielleicht finden wir auf Ganymed mehr heraus …«

Misa schüttelte den Kopf. »Wir können nicht einfach so landen«, wiederholte sie mit Verblüffung Karl Schmitz' Worte. »Es muss doch noch andere Spuren geben.«

Rabinovic nickte. »Ja, es muss noch andere Spuren geben. Doch ich habe das Gefühl, dass Millennium oder wie diese Firma heißt, sie uns kaum freiwillig zeigen wird.«

Missmutig stimmte sie zu. Es gab nichts, was sie die nächsten drei Stunden tun konnten, um sich vorzubereiten. Doch vielleicht etwas.

»Pavel, angenommen, Sie haben Recht und dieser Gammastrahlburst war künstlich und absichtlich. Was können wir tun, um uns zu schützen?«

»Nichts, Misa. Die *Leopold* ist viel besser als die meisten anderen Schiffe gegen kosmische Strahlung geschützt, aber ein solcher Ausbruch ist einfach zu stark. Wir können nur hoffen, dass wir mehr Übung darin bekommen, die Energie wieder herzustellen.«

»Also gut. Ruhen Sie sich aus, ich werde Sie auf die Brücke rufen, wenn wir da sind.«

Der Wissenschaftler haderte augenscheinlich mit sich. »Was denn?«, fragte Misa. »Sie haben etwas Ruhe verdient.«

»Darum geht es nicht«, sagte er etwas ungeduldig. »Ich habe … das Gefühl, irgendetwas zu übersehen. Ich gebe Ihnen Recht, doch es wird mich nicht loslassen. Und Ruhe kann ich mir immer noch dann gönnen, wenn ich von dieser vermaledeiten intrastellaren Nussschale herunter komme.«

Sie nickte. »Natürlich, Pavel. Entschuldigung.«

»Oh, ist schon gut. Ist nicht Ihre Schuld. Bis in drei Stunden dann«, sagte er und machte damit deutlich, dass er nun das Labor für sich haben wollte. Eigenartig. Es war doch erstaunlich, wie schnell sie sich in ihre neue Rolle einfühlte, dachte Misa. Immerhin hatte zuvor sie nicht weniger als drei Wochen das Labor in Beschlag genommen und jeden Besucher als Fremdkörper wahrgenommen. War es gut oder schlecht, dass sie nun das Kommando innehatte und nicht mehr im Labor herumraten konnte? Sie dachte an Hugo Marcus und fragte sich, was er getan hätte. Misa kam eine Idee. Sie verabschiedete sich von Rabinovic und ging zurück zur Brücke. Natürlich war Marcus auch deshalb so selten bei ihr vorstellig geworden, weil er ebenso vollen Zugriff auf die Sensoren und Systeme der *Leopold* hatte. Er musste gar nicht im Labor sein, um selbst forschen zu können. Und so wollte sie es auch halten. Überrascht stellte sie fest, dass sie tatsächlich keinen Gedanken daran verschwendete, ihn zu retten. Doch vielleicht änderte sich das, wenn sich doch Gelegenheit oder Notwendigkeit ergab, auf Ganymed zu landen. Düster spürte Misa wieder die Unruhe, die Rabinovics Erkenntnis in ihr ausgelöst hatte. Vielleicht war dies alles zu groß für sie und die Crew der *Leopold*. Doch ein Puzzlestein fehlte noch. Es würde sich alles fügen, dachte sie, wenn sie nur wüssten, was der Schöpfer der Gammastrahlen vorhatte. Doch bis dahin blieb alles im Dunkeln.

4

Sie hatte es sich mit einer heißen Schokolade auf der Brücke gemütlich gemacht, als sich der leise fiepende Hinweis aktivierte. Routiniert, wie sie mittlerweile war, begriff Misa, dass sie sich nun innerhalb der unmittelbaren Schwerkraftsphäre des Jupiters befanden. Zumindest würde ihre Reise bald ein Ende finden. Sie prüfte ihre Optionen.

Am wichtigsten war noch immer, herauszufinden, was hier vorging, woher die Bursts stammten und was sich auf der abgewandten Seite des orangen Riesen verbarg.

Das Backbordschott quietschte und sogleich traten Karl und van Hefeghem ein.

»Wir sind da, nicht wahr?«, sprudelte Karl Schmitz' melodisch-obszöne Stimme hervor.

»Ja.«

Misa brachte Ganymed auf den Schirm. In einer breiten Sichel lag der Trabant vor dem ebenso geformten Hintergrund Jupiters. Die Sonne schien hinter der Leopold, ebenso wie der restliche, zivilisierte Teil des solaren Systems nun ferner war als jemals zuvor. Sie begriff, dass sie sich schon vor einer Woche weiter von der habitablen Zone des Systems entfernt haben musste, als sie es jemals zuvor gewesen war, und das galt für alle anderen Passagiere vermutlich gleichermaßen.

»Was haben Sie vor, Misa?«, fragte nun van Hefeghem.

»Unser Auftrag lautet, herauszufinden, was am Jupiter vorgeht. Aufzuklären, wieso der Kontakt verloren ging, und die Aufnahmen der Rückseite von einer merkwürdigen Struktur zu untersuchen. Ich sehe nicht, dass sich daran etwas geändert hätte.« Sie dachte an Hugo Marcus. Nein, es hatte sich nichts geändert. Doch wenn es das tat, dann würde sie ihn suchen, das wusste sie.

»Das MSA-Oberkommando hat uns zurückgerufen«, wandte van Hefeghem ein.

»Und Hugo Marcus hat sich im Auftrage von Nankam Aeronautics entschlossen, dies zur Kenntnis zu nehmen und die Weisung zu ignorieren.« Misa spürte Hugo Marcus' Autorität und Antrieb in sich und wusste, dass es richtig war, die anderen vor sich her zu treiben. Dies war nicht die Zeit, getroffene Entscheidungen in Frage zu stellen.

»Wenn Sie nicht zustimmen«, fuhr sie fort, »sind Sie eingeladen, eine der übrigen Rettungskapseln zu nehmen und auf eigene Faust Ganymeds Oberfläche aufzusuchen, denn, so leid es mir tut, eine Landung kommt vorläufig eher nicht in Frage.«

Van Hefeghem schien mit sich zu ringen, doch zuckte sie nur mit den Schultern. »Es liegt mir fern, dem zu widersprechen. Was haben Sie vor?«, sagte sie und wiederholte die frühere, bohrende Frage.

Misa beschloss, es mit Ehrlichkeit zu versuchen. »Ich weiß es noch nicht. Wir haben immerhin den Anhaltspunkt, dass die *Leopold* einen Gammastrahlburst abbekommen hat, und es ist nicht unvernünftig anzunehmen, dass er aus Jupiter kam. Was immer das mit Ganymed zu hat, wird sich ergeben, sobald wir wissen, wieso und auf welche Weise sich diese Phänomene ereignen.«

Die Anwesenden raunten Zustimmung und Misa sah weiterhin in drei gespannte, aufmerksame Gesichter, die ihre Anweisungen erwarteten. Sie überlegte, doch sie fühlte sich unter Druck gesetzt. Was hätte Hugo Marcus getan?

»Ich denke«, sagte sie, »dass Sie sich daran machen könnten, nach unerwartetem Ausschau zu halten. Suchen Sie nach Trümmern, Spuren, nach allem, was ungewöhnlich ist.«

Schmitz und van Hefeghem nickten und wandten sich zum Gehen, doch Rabinovic stand unruhig da und machte seinerseits keine Anstalten, die Brücke zu verlassen. Er war nicht hier, um Befehle entgegenzunehmen oder ihre Entschlossenheit zu prüfen. Misa wunderte sich, dass Karl Schmitz keine spöttischen Bemerkungen gemacht hatte, doch beschloss sie, erst mal nicht weiter darüber nachzudenken. »Nun, Pavel?« Da war er wieder, der beruhigende Ton eines Captains, der Herr des Schiffes war. Und es war Misas eigene Stimme, wie sie wieder überrascht feststellte.

Rabinovic verschränkte ratlos die Arme hinter dem Kopf, als wolle er nicht recht mit der Sprache herausrücken.

»Ich ... ich habe noch einmal den Chip angesehen«, sagte er.

»Sie meinen die Bombe?«

»Genau. Also … es gab eine Fehlzündung. Das Signal wurde versandt, doch nicht korrekt verarbeitet.«

Misa spürte sich schaudern und bemerkte, dass auch Rabinovic noch bleicher als sonst wirkte.

»Wir hätten also tot sein sollen«, sagte sie.

Der Astrophysiker nickte. »Ich denke, dass der Gammablitz auch die Bombe betroffen hat.«

»Nun ja … gut für uns«, mühte sich Misa zu einer würdevollen Haltung.

»Ich … ja. Ich dachte nur, dass Sie es wissen sollten.«

»Danke, Pavel.« Sie war Rabinovic wirklich dankbar, denn er hätte es genauso gut für sich behalten können, doch sie argwöhnte, dass die Mitteilung auch ihm irgendwie Trost spendete. Ja, sie hätten tot sein können. Nein, sollen. Unruhig blickte sie den dunklen Weltraum auf dem Hauptschirm der *Leopold* an, fast ein wenig herausfordernd. 'Komm, Universum', dachte sie. 'Mehr hast du nicht auf Lager?', wollte sie ihm entgegen schreien. Doch eine leise Stimme in ihrem Verstand gab ihr zu verstehen, dass es weder der erste, noch der letzte Versuch gewesen war, sie um die Ecke zu bringen. Und auf eine bedrückend morbide Weise fühlte sie, dass das Erreichen des Jupiter-Subsystem irgendwie doch schon ein Erfolg war.

»Wir haben noch eine Rechnung mit McNamara offen«, sagte sie lauter als beabsichtigt, aber doch zu Rabinovic gewandt.

»Nein«, sagte der Physiker. »Zwei.«

Abwesend nickte sie. Marcus war auch ihr eingefallen, aber sie musste wirklich fokussiert bleiben. Er durfte nicht der Mission im Wege stehen. Dann fiel ihr noch etwas ein. »Dieser Gammablitz hat die Bombe unschädlich gemacht. Was kann man damit noch alles ausknipsen?«

Rabinovic kratzte sich am Kinn. Verblüfft blickte er Misa an. »Daran habe ich noch gar nicht gedacht. Auf elektronische Systeme wirkt ein Gammablitz hochionisierend, erzeugt unerwünschte Spannungen und legt auf jeden Fall die meisten von ihnen lahm, wenn die Intensität hoch genug ist.«

»Wie die *Leopold*«, ergänzte Misa.

»Ja«, wisperte Rabinovic. Er legte seine Stirn in Falten und brachte mit der finalen Erkenntnis eines Todgeweihten, der seinen Henker erblickt, hervor: »Es ist eine Waffe.«

»Aber wofür?«

»Ich weiß es nicht. Je nach Intensität hat sie auf jeden Fall das Potential, jegliche neugierigen Besucher vom Jupiter fernzuhalten.«

Aufgeregt starrte Misa ihn an. »Man wird uns erneut angreifen.«

Er nickte. »Und je näher wir kommen, desto verheerender wird der Effekt sein.«

»Pavel, meinen Sie, dass ein Burst die Kommunikation mit Ganymed verhindert hat?«

»So wie es sich im Moment darstellt, halte ich das für sehr wahrscheinlich. Aber das beantwortet nicht die Frage, warum.«

»Allerdings. Irgendwas ist dort, und die Millennium Corporation will es geheim halten.«

»Der böse Konzern, der die Welt unterjochen will? Finden Sie das nicht ein wenig paranoid?«

Misa musterte Pavel Rabinovic und dachte darüber nach. Natürlich hatte er Recht, dass sie vielleicht überreagierte … doch andererseits stand sie in Diensten der Bavaria und musste alle Möglichkeiten in Erwägung ziehen.

»Nur, weil man paranoid ist, heißt das nicht, dass man nicht wirklich verfolgt wird«, sagte sie und grinste.

»Und außerdem werden wir ja verfolgt. Schön, Misa, der Punkt geht an Sie. Doch was machen wir jetzt?«

Unschlüssig blickte sie ihn an. Noch immer hatte sie keinen Plan, und auch Rabinovics neue Erkenntnisse verhalfen ihr nicht dazu.

»Wir brauchen einen vollen Sensorscan von Ganymed«, beschloss sie. »Und danach drehen wir eine Runde um den Jupiter, um dieses Ungetüm aus Stahl und Imagination und manifestierter Furcht, das sich dahinter versteckt, in Augenschein zu nehmen.«

»So machen wir es«, sagte Rabinovic. »Ich bereite die Sensorenphalanx vor …«

Der Astrophysiker machte auf dem Absatz kehrt und visierte das Steuerbordschott der Brücke an. Zufrieden sah Misa, dass er eine Aufgabe hatte und erfüllt an die Arbeit gehen würde. Und sie hatte einen Plan. Keinen guten zwar, aber immerhin würden sie nun anfangen, das Jupiter-System zu untersuchen.

Es knisterte und knackte und der Rumpf der *Leopold* schüttelte sich vor Interferenz. Misa sah Sterne, doch diesmal wusste sie, was passierte. Als sie erwachte und alles dunkel war, griff sie routiniert unter die Steuerpulte des Schiffes und schnappte sich die Taschenlampe.

Rabinovic entleerte einmal mehr seinen Magen, doch rappelte er sich schneller wieder auf, als sie erwartet hatte.

»Falls wir irgendeinen Nachweis gebraucht hätten, dass es sich bei diesen Bursts um gezielte Angriffe handelt, hier ist er.«

»Kommen Sie, Pavel, machen wir das Schiff wieder flott. Die Nachladezeit scheint etwas zwischen drei und vier Stunden zu betragen. Das nächste Mal müssen wir vorbereitet sein.«

Die engen Korridore hatten die furchteinflößende Unbekanntheit der Dunkelheit dieses Mal abgelegt und es war nur noch wie ein normaler Stromausfall, als sie sich auf den Weg machten. Misa war zwar aufgekratzt, doch nicht rundheraus alarmiert.

»Es fühlt sich vertrauter an, nicht wahr?«, sagte auch Rabinovic und fuhr abwesend mit den Fingern an der Wandverkleidung entlang. »Die Dunkelheit macht mich nicht schaudern, doch mein Innenohr interessiert das nicht. Wenn Sie mich blenden, wird mir hundeelend, wenn Sie die Lampe ausmachen, wird mir hundeelend. Doch stehen wir einfach nur hier in der Dunkelheit, so ficht sie mich nicht an.«

»Seltsam«, meinte Misa, unschlüssig, was sie sagen sollte und wie sie ihm Trost spenden konnte. »Wir werden schon irgendwann festen Boden unter die Füße bekommen.«

»Genau«, antwortete er fatalistisch und täuschte ein Würgen vor. »Irgendwann.«

Misa lachte. Sie wusste, dass es unpassend war, doch die Bewunderung für seinen Sarkasmus war – wieder einmal – echt.

»Da ist er schon«, sagte Rabinovic, als sie das schwere Schott vor dem Maschinenraum erreichten.

Misa wankte kurz unter dem frischen und doch irgendwie abgenutzten Eindruck von nicht allzu fern liegender Schwerelosigkeit, Bomben und nervenzerreißender Anspannung. Doch dann war es einfach nur der Maschinenraum, der dunkel und still vor ihr lag.

»Wir können das nicht allzu oft machen«, sagte sie und lachte über die eigene Pointe, die sie nachliefern würde, sobald Rabinovic sie ratlos ansah. »Irgendwann sind die Taschenlampen alle.«

Pavel Rabinovic zog eine Grimasse. »Das ist unser geringstes Problem«, sagte er und las die Diagnosemeldungen aus der gedimmten Konsole.

»Was ist?«

»Die Protoneneindämmung leckt.«

»Oha«, sagte Misa, ohne wirklich zu verstehen, was es bedeutete. Sie war sicher, dass die Protonen als Reaktionskatalysator im Reaktor verwendet wurden, also schloss sie daraus, dass ohne Protonen kein Neustart möglich wäre.

»Wenn wir es nicht aufhalten«, sagte Rabinovic, »haben wir bald ein zehn Meter großes Loch in der Außenhülle.«

Nicht schon wieder. Hörte das denn nie auf? Misas Gedanken rasten und kreisten nicht um das Eindämmungsleck im Protonenspeicher, sondern vielmehr darum, dass sich eine Krise an die nächste reihte. Wie viel Kraft und Willen es jedes Mal kostete. Wie lange konnte sie das noch aushalten?

»Was können wir tun?«, hörte sie sich fragen, doch war es wie durch den Schleier der Anstrengung und immerwährenden Anspannung entfernt von ihrem Verstand.

»Ich bin nicht sicher«, sagte Rabinovic.

Natürlich war er nicht sicher, darum ging es doch gar nicht, dachte sie. »Das ist egal«, presste sie hervor. »Erst mal Optionen haben.«

»Also«, begann er, »wir könnten einen Notausstoß versuchen.«

»Was ist der Haken?« Misa spürte förmlich, dass es einen gab.

»Dann sitzen wir auf den Manövrierdüsen und kommen keine zehntausend Kilometer mehr vom Fleck.«

»Dann werden sie die *Leopold* aufbringen und uns festsetzen«, schloss Misa.

»Richtig. Aber wenn die Eindämmung ganz wegbricht, finden die Millennium-Patrouillen nur noch organischen Staub und ein paar zerbröselte Metall-Trümmer.«

Misa zwang sich, ruhiger zu atmen, da ihr Blickfeld verschwamm. Jetzt ging es umss Ganze. Rabinovic heilt sich wacker, doch sie konnte nur mutmaßen, wie es in ihm aussah.

»Und reparieren können wir nicht?«

»Nicht im freien Weltall. Vielleicht, wenn wir landen würden …«

»Was denn, auf Ganymed?«

»Jupiter hat noch 66 andere Monde.«

»Und auf wie vielen davon könnte man landen?«

Ratlosigkeit sprach aus Rabinovics Gesicht. Misa konnte sehen, wie er die Liste der Himmelskörper aufrief und ihre aktuellen Positionen verglich.

»Die meisten sind zu klein und leicht, um eine sichere Landung zu ermöglichen, aber die mehr als 100 km großen Monde kommen alle in Frage«, sagte er.

»Callisto.« Misa hatte den Punkt, der der Position der *Leopold* am nächsten war, ausgemacht.

Rabinovic schien skeptisch. »Wir müssen eine Kurskorrektur vornehmen, die mehr als neunzig Grad von unserem aktuellen Impulsvektor abweicht. Das halte ich für gefährlich.«

»Wir rasen natürlich noch immer auf Ganymed zu«, sagte Misa. »Das wäre die naheliegende Möglichkeit.«

»Zu weit weg.« Er blickte auf die noch immer dämmerig schimmernde Konsole. »Und die Umlaufbahnen der kleineren Monde haben wir längst hinter uns gelassen. Umdrehen geht auf keinen Fall. Wissen Sie was? Ich würde es versuchen.«

»Wie lange dauert es?«, fragte Misa. »Wenn wir nicht allzu falsch liegen, haben wir weniger als drei Stunden, bevor wieder ein Burst ausgelöst werden könnte.« Ihr behagte es nicht, dass sie noch immer nicht wussten, was es mit den Gammastrahlblitzen auf sich hatte, doch für den Moment genoss die Rettung des Schiffes Priorität.

»Wenn wir die Geschwindigkeit nicht drosseln und eine harte Landung riskieren; weniger als eine Stunde. Aber das wird sehr ungemütlich.« Rabinovic war unruhig und haderte offenbar mit seinem eigenen Urteil.

'Angst ist kein guter Ratgeber', dachte Misa und ermahnte sich, nicht vorschnell zu urteilen.

»Also, was machen wir … Captain?«, fragte Rabinovic.

»Pavel, wir steuern Callisto an.«

Der Physiker nickte und schien zu überlegen, wie das Manöver ohne die Hauptenergie zu veranlassen wäre. »Wir müssen eine kurze Reaktorzündung vornehmen, auch auf die Gefahr hin, dass sich das Protonenleck vergrößert«, sagte er.

»In Ordnung. Fahren Sie auch die Lebenserhaltung an, wenn Sie schon dabei sind.« Misa war es leid, Risiken abzuwägen, und setzte sich über ihre eigene Überlegung hinweg, jede Option genau zu prüfen. Sie wusste genau, dass sie einfach nur zu faul und aufgeregt war, um genau nachzudenken, aber es half auch nichts, dass die Tatsache groß und drohend über ihr schwebte.

»Eine gute Idee. Ich habe gehört, dass es beim letzten Mal hier drin recht … lustig gewesen sein soll. Achtung jetzt!«

»Tun Sie es!«, rief Misa, gar nicht recht begreifend, dass Rabinovic nicht auf ihr Kommando gewartet hatte, denn sie war ganz damit beschäftigt, seinen Kommentar über die Lächerlichkeit des Sauerstoffmangels zu parieren, doch ihr fiel nichts Passendes ein. Die Beleuchtung flackerte und ganz deutlich bemerkte sie die vorprogrammierte Beschleunigung in Backbordrichtung.

»Fünf, vier, drei, zwei, eins, aus«, kommentierte der Astrophysiker das Rauschen des Reaktors. Dann wurde es wieder dunkel. Und still.

»Wie ist der Zustand der Eindämmung?«

Hastig wischte und tippte Rabinovic auf der Konsole herum. »Sogar etwas besser als zuvor. Aber wir können es trotzdem nicht im All reparieren«, sagte er.

»Das hatte ich nicht einmal zu hoffen gewagt, Pavel.«

»Aber ich«, gab er kleinlaut zurück.

Misa lächelte. »Sie sind der unverbesserlichste Optimist, der mir im ganzen verdammten Sonnensystem einfällt.«

Der Mars-Russe grinste. »Sie haben ja keine Ahnung. Ich bin der erste, der auf Callisto im Raumanzug hinaus hüpft, um die Hülle zu flicken.«

»Kann ich mir vorstellen. Wobei … haben Sie keine Angst, den Helm vollzukotzen?« Es fühlte sich seltsam an, so direkt mit Pavel zu sprechen, doch Misa hatte den Eindruck, dass all die Dinge, die passiert waren, sie zusammengeschweißt hatten. Während anfangs noch die professionelle Distanz zwischen ihnen geherrscht hatte, waren sie nun Kameraden auf einer gemeinsamen Mission. Misa wusste natürlich, dass Distanz jetzt, da sie das Kommando über die auseinanderfallende *Leopold* hatte, noch angebrachter gewesen wäre, aber es erschien ihr richtig, Rabinovic so gut es ging zuzureden.

Sie hatte das Gefühl, dass er bei dem Gedanken, in seinem Raumhelm an Erbrochenem zu ersticken, wieder ein wenig bleicher wurde, doch er schüttelte nach einer Weile den Kopf. »Ich werde so fest aufstampfen, dass beide Innenohren gar nicht anders können, als das Signal weiterzugeben, dass es mir so gut zu gehen hat wie seit Wochen nicht mehr.«

Misa musste wieder lachen. »Sie haben damit die erste Reparaturschicht gewonnen, Pavel.«

»Mit Vergnügen.«

»Vielleicht möchten Sie sich zuvor etwas erholen? Die Landung schaffe ich schon alleine.«

»Ja, warum nicht? Sie könnten aber auch etwas Ruhe gebrauchen, wenn Sie mich fragen«, antwortete er und trat zum Ausgang des Maschinenraums.

»Ich kann mir diesen Luxus im Moment nicht erlauben, fürchte ich.«

Rabinovic nickte. »Vielleicht wenn wir gelandet sind.«

»Vielleicht«, murmelte sie, als der Schatten hinter der Taschenlampe langsam im Korridor verschwand. Doch jetzt hatte sie erst mal ein Raumschiff zu landen. Und zuvor würde sie die verbleibenden Passagiere in die Rettungskapsel verfrachten.

***

Karl Schmitz war nicht mehr in der kleinen Krankenstation der Leopold, doch es wäre ein Wunder gewesen, wenn Misa auch Garriott nicht dort vorgefunden hätte. Er war immerhin bei Bewusstsein und blickte in einer nur allzu verständlichen Mischung aus Besorgnis und Hoffnung auf den Allzweckroboter, der noch immer damit beschäftigt war, ihn zu verarzten.

Der Monitor vor der Liege zeigte an, dass er bis auf Weiteres stabilisiert war – aber nur für den Transport. Gesund werden würde der Militär auf der *Leopold* wohl kaum.

»Wie geht es Ihnen?«, fragte Misa so sanft wie möglich und so bestimmt wie nötig. Sie wusste, dass sie dem Soldaten kaum im Befehlston entgegentreten konnte, da schon Hugo Marcus

Probleme mit der Autorität gehabt hatte, doch immerhin war er zu schwach, um zu versuchen, ihr das Kommando streitig zu machen.

Garriott seufzte und schien lange nachzudenken. »Ich hätte es wissen müssen«, sagte er. »Auf mein Bauchgefühl hören und einen meiner Leute mitnehmen. Nein, der Generalstab stellte mir diesen Emporkömmling zur Seite.«

»Er hat uns alle getäuscht«, sagte Misa.

»Versuchen Sie nicht, einem alten Soldaten die Selbstvorwürfe zu ersparen, ich verdiene sie.«

Stumm betrachtete sie die notdürftig zugenähten Schnittwunden. Sie mussten vom selben Messer stammen, das an Hugo Marcus' Kehle die Flucht des Verräters ermöglicht hatte.

»Na schön«, sagte Misa. »Erlauben Ihre Selbstvorwürfe, meine Frage zu beantworten?« Das klang jetzt doch ein wenig von oben herab, fand sie, doch Garriott antwortete.

»Wie ich bereits zu sagen versucht habe, wiegen der Verrat und meine Inkompetenz schwerer als die körperlichen Verletzungen. Sollte ich mich je wieder aufrichten können, werde ich meine Zeit auf diesem verdammten Schiff und dem verdammten Mond, zu dem wir fliegen, ganz McNamara widmen, das verspreche ich Ihnen.«

Misa nickte. »Ich verstehe. Und angesichts der Flüche, zu denen Sie fähig sind gehe ich einfach mal davon aus, dass es Ihnen den Umständen entsprechend gut geht.«

»Es ist noch alles dran, oder?«, entgegnete er schroff. »Natürlich geht es mir gut!«

»Großartig«, murmelte Misa. »Es wäre schön, wenn Sie in eine Rettungskapsel könnten, bevor wir auf Callisto landen …«

»Callisto?« Misa sah auf dem Monitor sofort, wie Garriotts Herzfrequenz stieg. »Ganymed ist das Missionsziel!«

»Das ist richtig, aber wir haben einen Riss in der Protoneneindämmung und müssen daher, so schnell es geht, landen.«

»Nein!« Garriott schrie plötzlich heftig auf, Misa wusste gar nicht, wie ihr geschah.

»Was ist denn?«, fragte sie.

»Wir müssen Ganymed erreichen. Unbedingt!«

Sie musterte Garriott. Hatte er ein posttraumatisches Stresssyndrom?

»Wie erreichen Ganymed auch«, sagte sie langsam, um ihn zu beruhigen, doch Garriott bekam sich gar nicht wieder ein. Ratlos stand Misa vor dem medizinischen Bett und versuchte, neben dem zeternden Militär nachzudenken. Sie hatte eine Vermutung, dass Garriott es ungeachtet seiner Verfassung gar nicht abwarten konnte, McNamara zu schnappen, aber das musste warten. Sie dachte an Hugo Marcus und erkannte die Antwort.

»Sie haben Recht«, sagte sie. »Wir fliegen wie geplant nach Ganymed.«

Garriott strahlte. »Sie sind eine weise Kommandantin. Es spricht für Sie, dass Sie Argumenten zugänglich sind. Ich werde … Sie nicht enttäuschen.«

Misa fand seine Ausdrucksweise seltsam, es ging doch nicht darum, sie stolz zu machen, sondern das Mysterium um Ganymed und die Gammabursts aufzuklären, doch es war einerlei. Und auch, wenn Sie ihn belogen hatte, so erreichte das unberechtigte Lob sie doch. Sie dachte, dass immerhin Hugo Marcus zu Recht stolz auf sie gewesen wäre. Jetzt musste sie es nur noch schaffen, Garriott später in die Rettungskapsel zu bugsieren. Denn wenn sie auf 'Ganymed' landeten, war es sicherer, wenn alle möglichst weit von der Protonenkammer entfernt waren.

5

Die Brücke war düster und warf bedrohliche Halbschatten über die Konsolen. Der Hauptschirm zeigte eine gedimmte Version des Weltraums vor der *Leopold,* der dadurch noch unwirtlicher wirkte. Misa ließ sich schnaufend auf den Sessel des Captains fallen und prüfte die Anzeigen. Es waren noch zwanzig Minuten bis zum Landeanflug. Sie spürte die leise Ahnung der bevorstehenden Aufregung als Kribbeln im ganzen Körper, doch nicht so stark, wie sie es gewohnt war. Sie musste auch nicht austreten. Wurde das Leben in der Aufregung langsam, ganz langsam, zur Normalität? Und wollte sie das zulassen? Sie lehnte sich weiter zurück und checkte den Batteriestand. Dies war nicht unbedingt ein guter Zeitpunkt, die Batterien mit etwas so Profanem wie einem georderten Getränk zu belasten. Sie griff unter die Konsolen und schnappte sich eine der Notfall-Trinkflaschen, die langweiliges, labberiges Wasser enthielten. Vielleicht war es gerade die Reinheit und das Fehlen jeglicher Stimulanz, die das Wasser gut schmecken ließ, wider jede Erwartung und Erfahrung. Misa saugte am Unterdruckventil wie ein Baby an seinem Schnuller und fand auf irgendeine evolutionsbiologische Weise, deren Sinn und Wirkung längst vergessen worden war, Trost darin.

Sie prüfte die Annäherungstrajektorie und stellte fest, dass sie so etwas noch niemals gemacht hatte. Sie war Operator und konnte für jedes Objekt des solaren Systems einen Landekurs berechnen, aber nur unter der Voraussetzung, dass das Vehikel ihn auch durchzuführen imstande war. Die *Leopold* gab keinen Laut von sich, und so schien es Misa, als höre die alles umgebende Ewigkeit selbst zu, als sie ihre Haltung im Sessel änderte und hingebungsvoll seufzte. Wenn beim Anflug etwas schiefginge, wäre sie nicht in der Lage, Anpassungen vorzunehmen. Und das auch noch mit einem lecken Protonenspeicher? Sie begann, mit den Farbeinstellungen der Displays herumzuspielen, wie sie es so oft in der Zentrale der MSA auf dem Mars gemacht hatte, wenn ihr langweilig gewesen war, und verstand nur am Rande, dass sie ihre Zeit sinnvoller hätte nutzen können. Zwar überlegte sie, automatisierte Protokolle für bestimmte Fälle vorzubereiten, doch sie entschied, dass sie unmöglich für alles Sorge tragen konnte, und verließ sich auf die stabile Bauart der *Leopold*.

Zufrieden registrierte Misa, dass van Hefeghem und Schmitz sich daran machten, in Rettungskapsel Beta zurückzukehren – ein Zustand der nach dem zweiten Burst schon gewisse Normalität anzunehmen schien und von dem Misa befürchtete, dass es notwendig werden konnte. Sie wusste, dass sie Garriott auch noch in eine Kapsel bringen musste, hatte aber beschlossen, ihm unnötigen Stress zu ersparen, indem sie ihn erst kurz vorher transportierte. Die Roboter konnte sie nicht viel Energie verschwenden lassen, also würde Rabinovic ihr helfen.

»Pavel, wie ist die Lage?«, fragte sie kurzentschlossen durch den Notkanal des Sprechfunks. Sie wusste, dass jeder auf dem Schiff würde zuhören können, doch vertraute sie darauf, dass auch Rabinovic dieser Umstand bewusst war und er sich nicht durch unbedachte Äußerungen mit den anderen Insassen überwarf.

»Also, die Eindämmung sieht gut aus und wenn Sie die Landung vorsichtig …«

Er setzte ab und schien beschäftigt.

»Misa, ich habe hier seltsame Anzeigen. Überprüfen Sie das mal.«

Was meinte er? Misa prüfte die astrometrischen Sensoren, das konnte es nicht sein.

Wie aus dem Nichts erschien auf ihrem Display eine Kollisionswarnung. Sie quiekte so schrill, dass sie hoffte, dass es nicht über die Notleitung übertragen würde.

»Sie haben es also gefunden«, konstatierte Rabinovic trocken.

Schnell prüfte sie die Anzeige. »20.000 Kilometer vor uns ist ein Raumschiff buchstäblich aus dem Vakuum aufgetaucht«, sagte sie atemlos.

Eine weitere Kontrolle blinkte. Sie wurden gerufen. Misa wunderte sich, dass der Transponder überhaupt mit Energie versorgt wurde, doch das schien zum Notfallsystem zu gehören. Immerhin hätten sie unter anderen Umständen wahrscheinlich um Hilfe gerufen. Unschlüssig, ob sie darauf eingehen sollte, wartete sie ab.

»Was ist es, Misa … ein Raumschiff?« Rabinovic klang noch unsicherer, als sie selbst sich fühlte, und er wusste noch nicht einmal, dass man Sprechverbindung wünschte.

»Einen Moment, Pave l… ich prüfe das.« Ohne weiteren Kommentar beendete sie den internen Notkanal. Sie wollte nicht Rabinovic abwürgen, aber verhindern, dass die anderen drei Insassen mitbekamen, was für ein Gespräch stattfand. Leicht zittrig wischte sie über den Touchscreen um den Kanal zu öffnen.

»Hier spricht Kasa Misa Vebiletti vom Raumschiff *Leopold* der Bavaria Corporation.« Sie hatte vermutlich ein paar formale Kleinigkeiten vergessen, aber insgesamt war sie zufrieden mit sich. Es klang überzeugend, fand sie.

»Der Raumbereich, auf den Sie zusteuern, ist von Millennium Corp. als kommissarischer Kontrollinstanz für stellaren Verkehr gesperrt«, sagte die Stimme auf den Lautsprechern. »Sie wurden gewarnt und haben sich dennoch in den Quarantänebereich begeben. Aus diesem Grund ergeht im Namen der Millennium Corp. als kommissarischer Hoheitsinstanz im Jupiter-Sektor folgendes Ultimatum: Deaktivieren Sie Ihre Maschinen, bewirken Sie eine Schubumkehr relativ zur Sonne und übergeben Sie das Schiff, ohne Widerstand zu leisten.«

Unruhe erfasste Misa, über der sie glatt vergaß, weiter darüber nachzudenken, wie es möglich war, dass sie das Schiff nicht eher entdeckt hatten. Sie konnten nicht einfach so abbremsen, selbst wenn sie es gewollt hätte, aber dennoch musste sie wohl bluffen. Und versuchen zu entkommen? Der Moment konnte nicht ungünstiger sein.

»Geben Sie uns eine Minute, um uns abzustimmen«, sagte sie fast flehentlich an die Millennium-Patrouille gerichtet. Dann, ohne abzuwarten, schloss sie den Kanal.

»Au weia.«

Rabinovic stand am Eingang der Brücke und schüttelte den Kopf. »Tut mir leid, dass ich Sie belauscht habe, aber ich vermutete so etwas, als sie den Notkanal so abrupt beendet hatten. Was haben Sie vor?«

»Das, Pavel, ist eine gute Frage.« Sie gab sich keine Mühe, ihre Ratlosigkeit zu überspielen. Erstens war es offensichtlich und zweitens hatte der Physiker ja vielleicht eine rettende Idee. Auch, wenn sie nicht davon ausging.

»Wo kommen die überhaupt her?«, fragte er unvermittelt.

»Die Sensoren arbeiten sicher mit begrenzter Auflösung. Es ist gut möglich, dass wir sie übersehen haben …«

Er schüttelte den Kopf. »Das ist doch Unsinn. Das Signal ist so hell wie ein brennender Tannenbaum. Dieses Objekt hätten wir gut und gerne eine Million Kilometer weit entfernt erkennen müssen…«

»Mhh.« Er hatte sehr wahrscheinlich recht, aber ein neuerliches Rätsel der Kategorie unsichtbares Raumschiff hob ihre Laune nicht wirklich. »Wir haben jetzt keine Zeit, daran herumzuraten«, entschied sie. »Erst müssen wir sie loswerden.«

Bevor Rabinovic etwas entgegnen konnte, hob sie den Zeigefinger zum Mund und versuchte, erneut Verbindung zu dem Millennium-Raumer aufzubauen.

»Sie möchten uns mitteilen, dass Sie das Bremsmanöver einleiten, nicht wahr?«, sagte die gleiche unbekannte Stimme wie vorher.

»Wir haben einen Maschinenschaden und müssen auf Callisto notlanden«, sagte Misa.

»Sie können Ihren aktuellen Kurs nicht beibehalten.« Die Stimme des Abfang-Kommandanten war unstet, aber bestimmt. Irgendetwas sagte Misa, dass es hierbei nicht darum ging, sie nicht in das innere Jupiter-System zu lassen.

»Was schlagen Sie vor? Wenn wir Umkehrschub geben, versagt unsere Protoneneindämmung. Haben Sie vor, der Weltöffentlichkeit zu erklären, dass Sie uns abgeschossen haben? Denn so wird es gewiss aussehen.« Das war gar keine schlechte Argumentation, fand sie. Gebannt blickte sie auf Rabinovic. Er kaute an den Fingernägeln.

Wieder knackte es im schmalbandigen Audiokanal. »*Leopold*, bitte bereithalten. Wir werden unsere Enterhaken verwenden, um sie zu bremsen.«

»Auf keinen Fall!« Misas Stimme vibrierte. Rabinovic schüttelte energisch den Kopf. Schon bei der gestrandeten *Endeavour* hatte man versucht, den Rumpf der *Leopold* aufzureißen. Und mit der Schwächung der strukturellen Integrität durch die leckenden Protonen würde das Schiff aufgeklappt werden wie eine Thunfischkonserve.

»Ändern Sie den Kurs, *Leopold*. Anderenfalls sind wir gezwungen, Gewalt anzuwenden.«

Rabinovic zuckte mit den Schultern. Sie hatten gerade genügend Energie, um die Lebenserhaltung zu betreiben und – vielleicht – genug Schub, um die Landung auf Callisto etwas angenehmer zu gestalten. Wenn man sie ausbremste, wusste Misa, würde die *Leopold* tot im Weltall hängen.

»Was ist auf Callisto?«, flüsterte Misa, sodass nur der Mars-Russe neben ihr sie hören konnte.

»Nichts«, antwortete er. Keine Bodenschätze, kein präevolutionäres Leben, keine Treibstoffbasis.

Ein roter Warnhinweis tauchte auf dem Schirm auf und teilte beiden mit, dass nur noch wenige tausend Kilometer die beiden Schiffe trennten. Wenn sie wirklich Enterhaken auswarfen, dann würde es bald geschehen.

»Manövrierdüsen!«, flüsterte sie.

Rabinovic musterte sie, als wäre sie ein verrückt gewordener Geist ihres früheren Selbst.

»Rollen«, fügte sie hinzu, doch erntete sie nur noch mehr verständnislose Blicke.

»*Leopold*, dies ist Ihre letzte Warnung. Leiten Sie das Bremsmanöver ein oder wird fangen Sie ab.«

Während Misas Finger über die Steuerung flogen, überlegte sie ebenso fieberhaft, was sie erwidern sollte. Die nächsten Sekunden würden es entscheiden. Sie brauchte noch eine letzte Ablenkung ...

»Ahhhhhhhhhhh!« Rabinovic nahm ihr das Denken ab, und wie im Wahn des kommenden Grauens schrie er aus voller Kehle über die Brücke. Misa reagierte sofort und drückte den Knopf, der das programmierte Manöver in Gang setzte. Beide wurden zur Seite geschleudert und auf den Boden gedrückt, als die *Leopold* begann, sich um die eigene Achse zu drehen. Sie hörte, wie das Schreien des Astrophysikers in ein langgezogenes Würgen überging und bemerkte, wie der Rumpf des Schiffes gefährlich knarzte und wackelte. Als die radiale Beschleunigung nachließ und sie langsam zurück in ihren Stuhl kriechen konnte, erkannte sie das Patrouillenschiff im vorderen Display. Im Abstand von einigen hundert Metern flog die *Leopold*, noch immer wie wahnsinnig rotierend, an ihm vorbei. Vor ihnen lag die Sicherheit verheißende Wüste aus Eis, die Callisto genannt wurde. Misa checkte die Instrumente und die Hülle auf Schäden, doch tatsächlich waren die

Enterhaken an der Panzerung abgeprallt. Sie spürte, wie ihre Lippen ein Lächeln formten, dann geschah etwas mit dem Frontschirm. Der Weltraum verschwamm und schien von außen her einzureißen, und dann krachte die *Leopold* durch die dünne Außenhülle von etwas viel, viel Größerem.

Sie sah, wie Rabinovic an die hintere Wand geschleudert wurde, und begriff, dass sie sich mit beiden Händen an der Konsole vor ihr festgeklammert hatte. Sie lebten noch, doch alle Alarme, die noch funktionsfähig waren, blinkten und piepten um die Wette. Das Schiff war geradewegs in irgendetwas … hinein geflogen. Rasch prüfte sie die Protoneneindämmung, doch der Sensor schien kaputt gegangen zu sein – etwas, das sie schon länger befürchtet hatte. Anscheinend gab es keine Hüllenbrüche, zumindest noch nicht, aber viele Leitungen waren beschädigt oder zerstört worden. Misa begriff, dass das Schiff, schrottreif wie es war, noch immer in Bewegung durch eine riesige Raumstation war. Sie erkannte große Schiffe, die wie Perlen auf einer Schnur aufgereiht an Versorgungsröhren lagen, und eine skelettartige Struktur, die langsam näher kam. Die *Leopold* würde sie verfehlen, doch es fanden sich keine Sterne mehr dahinter.

Langsam wurde ihr klar, dass die Störung im Weltraum keine physikalische Anomalie, sondern ein Metamaterial gewesen sein musste, das das Licht um es herum leitete und so alles, was sich im Inneren befand, verdeckt gehalten hatte.

Irgendwo hinter ihr stöhnte Rabinovic und versuchte, wieder auf die Beine zu kommen. Er würgte ein letztes Mal und Misa wurde ebenso übel, als sie hörte, wie er ausspuckte. Dann schien er sich beisammen zu haben und fragte: »Was ist das für ein Ort?«

»Ich habe keine Ahnung, Pavel.«

»Was sind das für Schiffe?«

»Wenn das Kriegsschiffe sind, dann kann, wer immer das hier gebaut hat, das ganze Sonnensystem einnehmen.«

Misa nickte düster. »Immerhin wissen wir jetzt, wo all der Stahl hin ist.«

»Das Schiff fällt auseinander, wenn wir auch noch mit der hinteren Wand von diesem … Ding kollidieren«, sagte er.

»Sie wollen bremsen?«, fragte sie.

»Besser das, als die Eindämmung unkontrolliert zu verlieren. Wir müssen das genau abpassen und dann die restlichen Protonen auswerfen.«

»Einverstanden.« Misa spürte einen Stich und wusste, dass sie verloren hatten. Man würde sie aufbringen und dann … ihre Vorstellung reichte nicht dafür, darüber hinaus zu denken. Erst einmal mussten sie das hier in einem Stück überleben.

Sie drückte den Knopf für den schiffsweiten Notkanal. »Misa an die Insassen der Rettungskapsel Beta. Bitte gehen Sie zur Krankenstation und holen Captain Garriott. Lassen Sie sich vom Roboter helfen, falls er genug Saft hat, aber beeilen Sie sich.«

Die Antwort ließ nicht lange auf sich warten? »Was bedeuten diese Turbulenzen? Wir sind doch noch nicht im Landeanflug?«

Die Stimme van Hefeghems war besorgt, aber nicht unruhig.

»Ich erkläre alles später«, sagte Misa und schloss den Kanal. Hoffentlich kletterten sie jetzt nicht wieder aus der Kapsel hinaus, dachte sie. Doch wenn, dann war es auch nicht zu ändern. Sie mussten jetzt erst einmal das Schiff retten.

»Pavel, haben Sie sich das alles gut überlegt?«, fragte sie noch einmal.

»Nun ja, wir können prinzipiell auch einfach alle die Rettungskapseln nehmen und das Schiff explodieren lassen …«, sagte er. Doch irgendetwas erinnerte Misa daran, dass sie das lieber nicht machen sollten. Sie überlegte, doch sie konnte es nicht zu fassen bekommen. Der Gedanke wandte sich wieder und wieder ab. »Irgendetwas vergesse ich«, sagte sie resigniert.

»Ach wo. Sie denken nur, dass Bavaria Sie in Haftung nehmen könnte, wenn sich ihr Lieblingsschiff in Atome auflöst, das ist alles …«

Atome! Das war es. Düster erkannte Misa die einfache Wahrheit hinter dem Gedanken. Sie hatten ja noch immer einen Nuklearsprengkopf an Bord, und auch, wenn der entschärft war, konnte er bei einer Detonation des Schiffes trotzdem die gesamte Raumstation ohne Vorwarnung in Asche legen.

»Wir müssen die *Leopold* retten«, sagte sie.

»Misa, Sie wirken etwas sprunghaft auf mich«, sagte Rabinovic.

Hastig musste sie abwägen, ob sie ihn einweihen konnte. Wenn er vernünftig reagierte, wovon sie eigentlich ausging, gab es kein Problem. Doch wenn er Panik bekam …

»Pavel, wir haben einen Nuklearsprengkopf an Bord«, sagte sie und erkannte unmittelbar Überraschung und Furcht in seinem Blick. »Er ist nicht scharf, aber wer weiß schon, ob das so bleibt, wenn das ganze Schiff von einer Protonenimplosion zerstört wird.«

»Ich kann mir gut vorstellen, wie Sie an dieses Wissen gelangt sind und wer den Sprengkopf hierher gebracht hat. Gott, vielleicht hätten wir ihn sogar gebrauchen können. Aber nicht so«, antwortete er.

Misa nickte. »Gut Pavel. Stoppen wir das Schiff.«

Mitten im Satz erschien erneut der Sprechkanal der Millennium-Patrouille, doch Misa hatte keine Lust dazu.

»Wir machen es jetzt«, entschied sie und programmierte das Bremsmanöver in den Computer.

»Ich muss den Protonen-Notausstoß manuell herbeiführen. Wenn Sie bremsen, bin ich bereit«, sagte er und zeigte bemerkenswerte neue Entschlossenheit.

»Halten Sie sich fest, Pavel«, sagte sie. »Jetzt!«

Wieder einmal wurden beide endlose Sekunden lang mit der fünffachen Marsbeschleunigung in ihre Sitze gedrückt. Dann ließ der Schub nach und Rabinovic ächzte: »Ausstoß.«

Misa hörte die Innereien des Schiffes gurgeln und wackeln und schloss die Augen im Angesicht des praktisch sicheren Auseinanderbrechens des Schiffes.

»Spektrale Parameter sind gut, verbleibende Zeit: fünfundzwanzig Sekunden«, teilte der robotisch und konzentriert klingende Astrophysiker mit.

»Komm schon, *Leopold*«, flüsterte Misa. Sie wusste, dass die Anrufung eines historischen deutschen Provinzfürsten kaum das Ergebnis beeinflussen konnte, doch es gab ihr Halt. Für einen Moment.

Dann wurde Rabinovics Stimme nervös. »Ich glaube, das ist zu schnell. Die Konversionsrate durch die Hülle ist zu hoch. Sie könnte brechen. Ich muss den Ausstoß verlangsamen. Mist!« Bei den letzten Sätzen überschlug sich seine Stimme fast.

»Was ist los?«, fragte Misa ratlos, die die Anzeigen zwar sah, aber nicht verstand.

»Die Auslassklappe ist für einen kontrollierten Ausstoß konstruiert, wenn das Schiff ins Trockendock geht oder für längere Zeit nicht benutzt wird. Da kann man es sich erlauben, mehrere Minuten abzulassen und den Fokus in Ruhe einzustellen. Diese Notprozedur ist für die Bauteile nicht vorgesehen und zusätzlich leckt die Eindämmung ohnehin schon ...«

»Das heißt sie müssen den Ausstoß senken, ihn aber gleichzeitig eigentlich erhöhen, damit die Bauteile entlastet werden?«

Er nickte im Halbschatten der batteriebetriebenen Brücke. »Es dauert so lange, wie es dauert, und wir können nur hoffen ... immerhin werden wir keine große Reue empfinden, falls wir scheitern, denn wir bekommen davon nichts mit.«

Misa war zu aufgeregt und unruhig, um Rabinovics Fatalismus zu kontern. Sie hielt sich an den Instrumenten fest und hoffte einfach nur, dass es endlich vorbei war.

»Da ist eine weitere Strahlungsspitze in der strukturellen Integritätsmatrix, aber der Sensor am Ventil ist ausgefallen. Mist. Nur noch ganz kurz ... abgeschlossen«, sagte Rabinovic und strahlte.

Misa öffnete wieder die Augen. »Das war's?«

»Das war's. Die *Leopold* ist ein Papierbötchen im unendlichen Ozean des Weltalls. Ohne Hilfe geht uns in fünfzehn Minuten der Sauerstoff aus, und bewegen wird sich diese Nussschale eine lange Zeit nicht mehr von selbst.«

Sie pfiff leise durch die Vorderzähne und seufzte. »Wir haben den Ganymed fast erreicht, eine geheime versteckte Raumstation gefunden und sitzen jetzt mittendrin gestrandet fest. Grandios.«

Der Sprechkanal blinkte noch immer. Es hatte keinen Sinn mehr, es aufzuschieben.

»*Leopold*, wie ist Ihr Status? Wir haben eine große Menge Antriebspartikel festgestellt. Halten Sie ihre Position, wir kommen an Bord und konfiszieren das Schiff.«

Die Gegenseite schloss den Kanal.

»Dürfen die das?«, fragte Misa.

»Das Schiff gehört Nankam Aeronautics, nicht wahr? Vermutlich werden sie es ausschlachten und die Technologie stehlen.«

Schockiert blickte sie den Mars-Russen an. Natürlich hatte er recht und sie noch nicht einmal daran gedacht.

»Das dürfen wir nicht zulassen«, sagte sie.

»Was? Misa, wir haben gerade eines der riskantesten Manöver in der Raumfahrtgeschichte abgezogen, und jetzt wollen Sie die Selbstzerstörung aktivieren?« Fassungslos starrte Rabinovic sie an.

»Entweder das oder wir verraten unsere Mission«, sagte sie lakonisch.

»Und die Atombombe?«

Hatte sie den Sprengkopf schon wieder nicht in ihre Überlegungen einbezogen?

»Die kriegen sie ohnehin, denn wir können sie schlecht explodieren lassen«, sagte Misa.

»Sie wollen Sie mit in die Rettungskapsel nehmen und ihnen auf dem Silbertablett präsentieren.«

»Das ist eine denkbare Lösung.«

»Haben Sie sie noch alle?« Der Physiker war außer sich. »Wir sprechen hier von einer feindlichen Macht, die anscheinend nicht nur Gammastrahlenblitze erzeugen kann, sondern eine dutzende Kilometer große Raumstation vor uns versteckt hat. Und denen wollen Sie auch noch Nuklearwaffen übergeben?«

Misa grinste raubtierhaft. »Glauben Sie ernsthaft, dass sie die nicht selbst herstellen könnten? Außerdem, der Zünder ist zerstört, nicht einfach nur entschärft. Der einzige Weg, die Waffe zu zünden, ist, eine große Vorexplosion zu erzeugen, die dafür sorgt, dass die Komponenten kritisch werden.«

»Nun ja …« Rabinovic wurde kleinlaut. »Damit haben Sie womöglich Recht. Trotzdem ist es nicht richtig …«

»Streiten wir wirklich gerade darüber, ob wir moralisch handeln sollten im Angesicht des übermächtigen Feindes, dessen Motive und Pläne wir nicht einmal ansatzweise kennen?«, fragte sie, von ihrer eigenen Überzeugung übermannt. Sie würde die *Leopold* nicht preisgeben. Das war sie Hugo Marcus schuldig.

»Nein … nein, ich schätze nicht.«

»Gut.« Misa versuchte, den Kanal zum Patrouillenschiff zu öffnen, doch irgendetwas anderes war in der Leitung.

»Dies ist Bravo Command von der Station. Wir haben detektiert, dass Sie manövrierunfähig sind, *Leopold*. Wenn Sie nicht docken können, werden wir Sie an eine Andockklammer schleppen. Versuchen Sie nicht, Widerstand zu leisten. Ende.«

»Halt!«, rief Misa, die verhindern wollte, dass noch einmal widerspruchslos der Kanal geschlossen wurde. »Unsere strukturelle Integrität ist kritisch. Wir werden das Schiff verlassen und dann kontrolliert sprengen.«

»Negativ, *Leopold*. Wir können Sie stabilisieren. Unternehmen Sie nichts.« Die Station schloss den Kanal.

»Pavel, können Sie mal sehen, wie weit dieser Andockring entfernt ist und auf welche Weise wir abgeschleppt werden sollen?«

Hastig tippte der Physiker auf den gedimmten Schaltflächen herum. Ein verzerrtes Bild erschien auf dem Hauptschirm.

»Entfernung 200 Meter, ich denke, sie wollen einen oder mehrere der abgebildeten Greifer verwenden.«

»Wir müssen ihnen zuvor kommen.«

Fragend blickte er sie an.

»Gehen Sie zur Rettungskapsel Delta. Ich hole die Bombe und treffe Sie da. Erwarten Sie keine Warnungen, ich stelle die Detonation auf fünf Minuten ein. Wenn ich bis dahin nicht da bin, starten Sie!«

»Aber ...«

»Los, los!«

Endlich rannte Rabinovic durch die Backbordluke in Richtung der letzten Rettungskapsel. Beta und Gamma waren mit den anderen drei Passagieren belegt, und natürlich war es vom Frachtraum mit dem Sprengkopf der weiteste Weg. Sie verschwendete keinen Gedanken daran, wie es Garriott gehen mochte. Misa seufzte und suchte sich durch die Menüs der *Leopold*-Steuerung. Beinahe befürchtete sie schon, dass ihr Hugo Marcus zwar das Kommando verschafft, aber nicht sämtliche Vollmachten übergeben haben könnte, doch dann fand sie den maledisch blinkenden Knopf. Sie musste zwei jeweils dramatischer als die vorige Meldung klingende Warntexte wegwischen, ehe sie den Countdown einstellen konnte.

»05:00.«

»04:59.«

»04:58.«

Misa benötigte einen Moment um die absurde Komik der Situation zu würdigen, dass sie das Schiff nun in seine Einzelteile zerlegen würde, nachdem sie so viel getan hatte, es zu retten. Dann irgendwann begriff sie, dass sie wertvolle Zeit vergeudete und rannte in Richtung des Frachtraumes.

***

Wie ein hungriges Raubtier taste sich der Lichtkegel durch die durcheinander geworfenen Boxen. Misa erinnerte sich düster an das erste Mal, als sie den Sprengkopf gesucht hatte. Sie blickte auf ihr Diagnosepad.

»04:34.«

Nicht viel Zeit, um die Bombe wiederzufinden.

Vorsichtig stieg sie über die erste Reihe der direkt vor dem Eingangsschott liegenden Kisten.

»Scheiße.«

Die Kollision und das Bremsmanöver hatten dafür gesorgt, dass es aussah, als wäre die Bombe schon hochgegangen. Sie wusste genau, wie die verkohlte und halb offenstehende Kiste ausgesehen hatte, nachdem sie mit Mühe und großem Glück die Selbstzündung hatte abbrechen können, doch danach hatte sie aufgeräumt und die Kiste so hergerichtet, dass nicht einmal Garriott den Unterschied hätte erkennen können. Sie verfluchte Hugo Marcus, der die Soldaten nicht konfrontieren, sondern lieber hintergehen wollte. Und jetzt stand sie in der Dunkelheit, atmete schwer und unstet, und suchte die verdammte Bombe. Das letzte Mal war immerhin die Schwerelosigkeit dazugekommen, die sie einfach unnütze Kisten zur Seite hatte stoßen lassen. Doch nicht diesmal.

Misa warf unter großer Anstrengung Kiste um Kiste weg und arbeitete sich weiter nach hinten vor. Der Frachtraum war nicht übermäßig gefüllt, erst recht nicht vor dem Hintergrund, dass alles durcheinander lag, doch die schwere Kiste mit dem nuklearen Sprengstoff fand sich einfach nicht.

»03:11.«

Sie musste es auch noch zur Rettungskapsel schaffen, wenn sie die Kiste denn erst einmal gefunden hatte. Falls sie es nicht schaffte

… Misa wischte den Gedanken daran zur Seite, wie weit die Kapsel von der in atomarem Feuer detonierenden *Leopold* entfernt sein müsste, falls es ihr nicht gelang, rechtzeitig die Bombe zu finden. Sie wusste, dass es zu weit war, und trieb sich weiter voran.

»Misa? Misa, wo bleiben Sie denn?«, hallte es durch den Frachtraum. Rabinovic hatte herausgefunden, wie man sich auf die Notfrequenz auch aus der noch mit dem Schiff verbundenen Rettungskapsel einklinken konnte. Misa seufzte und beschloss, ihn zu ignorieren. Dafür hatte sie nun aber wirklich keine Zeit. Stattdessen kramte sie sich durch die, wie sie dachte, verbliebenen, nicht kontrollierten Kisten. Trockennahrung, Maschinenteile, wissenschaftliche Ausrüstung. War es eigentlich ein Gesetz, dass sie immer das gleiche in den Frachträumen fand? Hatte jedes Schiff eine Standardbeladung, von der nicht abgewichen werden durfte?

Sie schüttelte auch diesen Gedanken ab und näherte sich einer der beiden hinteren Ecken des Raumes. Fieberhaft wendete sie Kiste um Kiste und kontrollierte Aufschrift über Aufschrift. Keine Atombombe zu finden.

»01:57.«

Wie lange brauchte sie eigentlich zur Rettungskapsel? Vermutlich zu lange, befand sie. Also weiter. Es war weniger Todesangst, die sie antrieb, sondern eigenartigerweise vielmehr der Wunsch, Hugo Marcus nicht zu enttäuschen – was absurd war, denn sie wusste weder, wo er sich befand, noch ob er am Leben war oder überhaupt jemals davon erfahren würde, dass sie gerade mit voller Absicht sein Raumschiff sprengte.

Sie hatte jetzt die andere, die rechte Ecke des Frachtraumes erreicht. Nach menschlichem Ermessen hatte sie jede einzelne Kiste gedreht und kontrolliert, doch darunter befand sich nicht die bekannte, leicht grünlich schimmernde, titanverchromte Atom-Box, die sie schon einmal fast umgebracht hätte. Frustriert trat sie gegen den Behälter direkt vor ihr und bereute es sofort. Ihr Fuß schmerzte und fast musste sie fürchten, dass sie den Knöchel verstaucht hatte, doch er ließ sich anscheinend noch bewegen. Sie prüfte die Zeitanzeige.

»00:43.«

Dreiundvierzig Sekunden bis zum sicheren Tod. Zweiundvierzig. Einundvierzig …

Misa traf eine Entscheidung. Sie ließ die vermaledeite Kiste, wenn sie denn hier war, im Frachtraum zurück und eilte zu Kapsel Delta. In einem Aufbäumen von galaktischem Ausmaß bezwang ihr Überlebensinstinkt ihren Intellekt – und auch wenn es falsch und dumm und unsinnig war, rannte sie um ihr Leben, als würde die Rettungskapsel einem zwanzig Megatonnen großen, atomaren Feuerball widerstehen können.

»Ich hoffe, dass Sie mit einem schweren Gepäckstück beladen auf dem Weg zu mir sind«, erschallte es auf dem illusorisch langgezogen wirkenden Korridor überall um Misa herum. Würde Rabinovic ohne sie starten? Er war viel zu klug, um es nicht zu tun. Ihre Lungen brannten schon jetzt und auch die schlechte Hand tat weh, doch sie würde nicht aufhören zu rennen, ehe sie tot war.

»00:22.«

»Ich hoffe wirklich, dass Sie jetzt gleich am Ende des Ganges auftauchen, denn sonst muss ich diese Luke schließen, wissen Sie?«

Er wusste jedenfalls nicht, dass sein Monolog nicht dazu taugte, sie schneller laufen zu lassen. Jede Faser ihres Körpers teilte Misa nun mit, dass sie ohne weiteren Sauerstoff nicht nur die Funktion einstellen, sondern demnächst absterben würde, doch sie beachtete das gar nicht mehr. Ebenso wenig, wie sie Zeit dafür hatte, darüber nachzudenken, aufzuhören zu laufen.

»00:16.«

Sie erreichte die Abzweigung. Die linke Luke von Kapsel Gamma zeigte nur die Aussicht auf kalten Weltraum. Immerhin waren die anderen also weggekommen. Zehn Meter trennten sie von Rabinovics hoffnungsvoll verzerrter Miene.

Misa beschleunigte noch einmal in einem letzten Aufbäumen vor der körperlichen Notwendigkeit von Sauerstoff, Glykogen und Wasser, und dann ... fiel sie.

Die *Leopold* erbebte und wackelte in allen Achsen. War die Detonation zu früh? Nein, das konnte doch nicht sein.

Die Station schien den Greifer ausgefahren zu haben und versuchte, das Schiff zu fassen zu kriegen. Mühsam rappelte sie sich auf. Sah, wie Rabinovic etwas schrie, doch sie konnte es nicht hören. Nur das Rauschen des eigenen hypertonischen Blutes in den Ohren.

»00:09.«

Noch zwei Schritte. Noch ein Schritt. Mit einem Sprung, der alle Energie im Universum zu Schatten verblassen ließ, landete sie an der Schwelle der Rettungskapsel. Der Sprung verbrauchte keine Energie, denn Misa besaß keine mehr und konnte sich nicht mehr bewegen. Bevor die seltsam bekannte, wohlige Dunkelheit sie umfing, merkte sie nur schemenhaft, wie die erstaunlich starken Arme des Astrophysikers sie packten und zogen. Dann war nichts mehr und alles und nichts.

***

»Misa.«

Die fernen Rufe verhallten und wieder einmal wurde Misas Verstand – oder das, was davon übrig war – zu einem Mahlstrom aus pulsierenden Lichtblitzen, Tönen und Empfindungen, die nicht zu ihr gehörten und sie doch einnahmen. Sie versuchte, sich zu bewegen, doch wie festgeschnürt im eigenen Bewusstsein sah sie das Universum an sich vorbeirasen, hier und da ausfransend, aber im Großen und Ganzen wie unbeteiligt an der Frau, die gerade gestorben war – zumindest musste sie es annehmen. Das Versagen hing wie ein dichter Nebelschleier über ihr und mischte sich in den Eindruck des Unbehagens, das alles umfing. Dennoch: Wenn dies der Tod war, so gestaltete er sich seltsamer und andersartiger, als sie es sich jemals hätte vorstellen können. Fraktale und Fragmente von Weltraum, Traum und verblassendem Echo der bitteren Realität vermischten sich zu einem Halo aus wimmernder Energie, die aus tausend atomaren Mündern schrie, wie schwer Misas Versagen wog. Hugo Marcus und Pavel und Karl und alle die anderen wanderten wie in einer Leichenprozession an ihr vorbei und straften sie mit Nichtachtung, nein, wussten nicht einmal, dass das wimmernde, zusammengekrümmte Wesen am Boden des Weltalls Misa Vebiletti war. Sie wunderte sich nicht einmal mehr darüber, was jetzt mit Ganymed und den seltsamen Bursts und dieser noch viel seltsameren Raumbasis geschehen würde. Und mit einem Mal begriff sie, was sie erlebte – nicht sie war tot, sondern alles andere. Noch während der ungeheuerliche Gedanke sich manifestierte, kehrte auch das kakophonische Krähen nach ihrem Namen zurück. Von irgendwo, von nirgendwo.

»Misa.«

Das Universum schüttelte sich, und wie in einer absurden Version von elektronischem Vibrationsalarm erhob sich Bewusstsein aus dem Bewusstseinsstrom von Tod und Versagen und wurde wieder etwas, das auch wirklich bewusst war.

»Ich hätte Sie erschlagen, wenn Sie mir in der verdammten Kapsel verreckt wären.«

In der gewaltigsten Willensanstrengung von allen tat sie die Augen auf.

Pavel Rabinovic starrte sie in einer wilden Mischung aus Angst und Zorn an.

»Sie haben echt 'ne Macke, Misa.«

»Ich freue mich auch, Sie zu sehen, Pavel.«

»Lenken Sie nicht vom Thema ab. Sie haben die Bombe nicht mitgebracht und wir leben trotzdem noch. Was ist im Frachtraum passiert?«

Er war ein guter Wissenschaftler und deshalb hielt er sich nicht weiter mit emotionalem Gerede auf. Er würde ihr Vorwürfe machen und sie würde sich ihnen zu gegebener Zeit stellen müssen, doch für den Moment überwog erst einmal wieder die Rationalität.

Sie musste sich noch sammeln und hob abwehrend die Hände. Ihr ganzer Körper zitterte noch immer und jede Zelle sendete Schmerzimpulse an ihr gepeinigtes Gehirn, doch die süße Frucht des nachlassenden Schmerzes entlohnte sie bereits.

»Ich … ich habe sie nicht gefunden«, schnaufte sie.

Mürrisch musterte der Mars-Russe sie. »Sie haben zwei Wochen lang eine Atombombe im Frachtraum, sogar den Zünder zerstört, und als das Schiff gesprengt wird, finden Sie sie nicht wieder?«

Misa nickte.

»Okay.«

Er machte keine Anstalten, weiter darauf herumreiten zu wollen. Für ihn war die Information keine zehn Minuten alt, und jetzt musste er erfahren, dass die Bombe entweder unauffindbar war oder …

»McNamara muss sie haben«, sagte Misa ächzend, hin- und hergerissen zwischen der Euphorie des Geistesblitzes und den nach wie vor bohrenden Schmerzen der Anstrengung.

»Ach so«, sagte Rabinovic.

»Es ist die einzig logische Erklärung«, erwiderte sie.

»Dass Sie sie im Durcheinander des Frachtraumes nicht gefunden haben, nur mit einer LED-Taschenlampe bewaffnet, das kommt ganz und gar nicht in Frage.«

»Wenn sie auf der Leopold gewesen wäre, als das Schiff hochging, dann gäbe es uns wohl nicht mehr«, verteidigte sie sich.

Zu ihrer Überraschung widersprach der Astrophysiker diesmal nicht, sondern deutete stumm durch das Bullauge der Kapsel nach draußen. Misa hatte Mühe, im Dämmerlicht der unbekannten Station etwas zu erkennen. Doch, da war es. Brennende, zum Teil hellrot glühende Trümmerteile, die auseinander stieben.

»Und jetzt?«

Rabinovic zuckte mit den Schultern. »Der Greifarm, der Sie fast das Leben gekostet hätte, wurde bei der Detonation jedenfalls abgerissen. Ich denke, dass man einen weiteren in Position bringt und uns dann festsetzt«, meinte er lakonisch.

»All die Mühe …«

»Wie? Sie wollen schon aufgeben?«

Misa lachte. »Ich bin viel zu schwach und zittrig, um irgendeine Entscheidung zu treffen. Selbstaufgabe liegt mir nicht.«

Rabinovic nickte. »Wir werden ja sehen. Leichter ist es auf jeden Fall nicht geworden.«

6

Es dauerte eine gefühlte Ewigkeit, ehe der neue Greifarm sie aufbrachte. Misa und Rabinovic wechselten sich damit ab, durch das schmale Bullauge einen Überblick zu bekommen, doch sie konnten noch immer nicht einmal raten, was hier vor sich ging und zu welchem Zweck jemand eine so massive Raumstation am sprichwörtlichen Rand des Sonnensystems bauen sollte. Die großen Schiffe in ihrem 'Bauch', wenn man die abgetrennte und getarnte Raumeinheit so nennen wollte, reichten zweifellos aus, einen Konflikt von globaler Dimension vom Zaun zu brechen, doch ohne Motiv, Ziel und Zweck blieb all das ein Muster ohne Wert.

»Eine gewaltige Ingenieursleistung«, meinte der Physiker ehrfürchtig.

»Das gleiche sagte man vor zwei Jahrhunderten über das atomare Wettrüsten«, antwortete Misa trocken.

»Und doch war auch damals die ingenieurtechnische Komponente bei Weitem unterschätzt und zu wenig gewürdigt.«

Misa gab Ruhe und sagte sich, dass es keinen Zweck hatte, mit Pavel über Sinn und Unsinn von Rüstungsprojekten zu diskutieren. Atemlos verfolgte sie, wie der ferne Greifarm schließlich Kontur gewann und immer heller und kontrastreicher wurde. Die Kapsel ächzte und wimmerte, als die hydraulischen Finger des Greifers sie packten.

Dann folgte der Eindruck gemächlicher Beschleunigung, gefolgt von einem dumpfen, aber sanften Aufschlag auf etwas Metallisches – zumindest dem Echo in der Kapsel nach zu urteilen. Es zischte und klapperte, sodass Misa sich mehr als nur einmal fragte, ob die Rettungskapsel wirklich zur Rettung konstruiert war, oder nicht vielmehr der bloßen Einschüchterung ihrer Insassen diente.

Schließlich erschien eine Art Wand vor dem Bullauge und beide schlossen daraus, dass man sie in einen Frachtraum geschafft haben musste. Die Kapselsteuerung piepte im Stress der ganzen Bewegungen auf, dann war es still, bis mit weiterem Zischen und Quietschen die Luke geöffnet wurde.

Misas Nerven waren zum Bersten gespannt, was sich auf der anderen Seite befinden mochte, doch als die Luke vollständig geöffnet war, sah sie nur die kalte, nackte Wand eines komplett metallischen Raumes, in dem es keine Spur eines Ausganges gab. Nicht einmal die Luftschleuse, durch die sie die Kapsel hinein gebracht haben mussten, war noch zu erkennen. Während Rabinovic und sie selbst langsam hinauskrabbelten, schien es, als habe der Raum keinerlei Spaltmaße, sondern sei in einem Stück gegossen worden.

»Was ist denn das jetzt?«, fragte Rabinovic, doch Misa argwöhnte, dass die Frage nicht ihr galt, und verzichtete auf wenig intelligente Mutmaßungen.

»Warten?«, fragte sie stattdessen und Rabinovic nickte.

»Warten.«

Die Kapsel schien ihren elektrischen Geist aufgegeben zu haben, sodass es auch keinen Chronometer mehr gab, der ihnen so etwas wie Zeitgefühl hätte ersetzen können. Nach einer Ewigkeit vernahmen sie eine Stimme, die sie aufforderte, ruhig zu bleiben und abzuwarten. Rabinovic zeterte und beschwerte sich über die Behandlung, doch Misa konnte keine Ungerechtigkeit erkennen. Der Proviant der Kapsel war intakt und zugänglich, und zudem vermutete sie, dass man sie sicher, wenn sie ihr Ziel erreicht hatten, wenig freundlich befragen würden. Vielleicht wusste Rabinovic dies auch und womöglich, mutmaßte Misa, war das der Grund für seine zunehmende Unruhe. Sie hingegen war erstaunlich ruhig für die Widrigkeiten, die hinter ihr lagen, und die Ungewissheit, die sie noch vor sich hatte. Es gab weit Schlimmeres, als einmal eine kurze Zeit ohne Hetze, Stress und Todesangst zu erleben. Doch in einem hatte der Mars-Russe recht: die Ungewissheit machte auch ihr zu schaffen. Nachdenklich blickte sie auf die schlechte Hand, die sie einige Zeit lang wieder vergessen haben musste. Hatte sie sie gar verwendet, als sie im Frachtraum die Kisten gedreht und untersucht hatte? Sie erinnerte sich nicht. Sie erinnerte sich an beinahe nichts aus der kurzen, zurückliegenden Episode vor der Vernichtung der *Leopold*. Eigenartig.

»Wie lange sind wir wohl schon hier?«, fragte Rabinovic wieder einmal, doch sie verzog nur die Miene und gab keine Antwort. Sie malte sich aus, dass es zum allgemeinen Prozedere gehörte, Gefangene schmoren zu lassen, doch sie konnte sich keinen Reim darauf machen, zu welchem Zweck man sie verhören wollen könnte. Immerhin wussten sie, dass es eine geheime Raumstation in der Nähe von Callisto gab, und waren damit klüger als der große Rest der Menschheit. Doch was hatten sie darüber hinaus anzubieten?

»Rabinovic, Pavel«, erklang eine Stimme. »Sie werden sich bis auf die Unterwäsche entkleiden und dann an die Wand vor Ihnen stellen. Fügen Sie sich den Anweisungen und Sie werden gut behandelt.«

Überraschte Blicke wurden ausgetauscht. Misa konnte ihm keinen Rat geben, ob es eine gute Idee war, den Aufforderungen zu folgen. Sein Gesicht lag in argwöhnischen Falten, doch er tat, was man ihm befohlen hatte. Ganz langsam trat er an die Wand und wartete.

Wie mit einem Schneidbrenner herausgeschnitten öffneten sich Spalte in der Wand, und schließlich konnten sie sehen, wie eine praktisch unmöglich von der restlichen Wand unterscheidbare Luke geöffnet wurde. Dann packten vier oder sechs starke Arme Rabinovic, der überrascht gluckste und schließlich schneller verschwand, als Misa es überhaupt mitbekommen konnte. Danach waren innerhalb von Sekunden keine Spalte und keine Tür mehr an der Stelle zu erkennen, wo zuvor Rabinovic noch gestanden hatte. Sie hörte nichts von dem, was dahinter geschah, doch sie trat neugierig an dieselbe Stelle und berührte die absolut glatte Oberfläche.

»Vebiletti, Kasa Misa. Treten Sie zurück ins Zentrum des Raumes.«

Aha. Es war also unerwünscht, die Wand zu untersuchen. Mal sehen, was passierte, wenn sie sich weigerte.

»Dies ist Ihre letzte Warnung«, sagte die Stimme, dann spürte sie ein Kribbeln. Das also. Sie würden sie elektroschocken. Na schön. Sie legte beide Hände erneut an die Wand, die kaputte mehr schlecht als recht. Das leichte Kribbeln ließ sich aushalten. Kurz darauf explodierte Schmerz in Kopf und Brust und Händen und sie begriff, dass wer immer hier die Kontrolle ausübte, die Spannung oder den Strom oder beides erhöht hatte. Unfähig zu einer Regung fiel sie plump und wehrlos nach hinten um.

»Sie werden kooperieren, Vebiletti, Kasa Misa«, sagte die Stimme, und für einen Moment schien es ihr, als wäre sie in ihrem Kopf und im ganzen Raum, der sie umgab. Dann verhallte der kakophonische Terror, ihre eigene Stimme zu hören, endlich. Sie wusste, warum sie das taten – nichts hörte man so gern wie die eigene Stimme, und es stellte Aufmerksamkeit sicher. Man konnte sich dem nicht entziehen. Dazu die absichtlich verdrehte Version. Immerhin, solange sie wusste, was passierte, konnte sie dagegen ankämpfen. Doch wenn man auch sie aus dem metallisch-perfekten Gefängnis holte, in dem sie festsaß, dann wusste sie nicht, wie es weiterging. Misa prüfte ihre Gedanken. Nein, sie hatte wirklich keine Vorstellung davon, wer oder was sie erwartete. Noch, wo sie sich überhaupt befand. Dies konnte im Inneren der Raumstation sein oder auf Callisto oder Ganymed oder an einem ganz anderen Ort. Sie rappelte sich langsam wieder auf, entfernte sich einige Meter von der elektrisch knisternden Wand und setzte sich auf den kalten, glatten Boden. Schloss die Augen, achtete aber penibel darauf, die Gedanken nicht zu sehr wandern zu lassen, denn ihr war klar, dass schlimme Vorahnungen nur ihre Empfänglichkeit für Pein und Folter erhöhen würden, und das musste sie um jeden Preis verhindern.

»Vebiletti, Kasa Misa.« Wieder die Stimme. »Sie werden sich bis auf die Unterwäsche entkleiden und an der Wand vor Ihnen warten. Fügen Sie sich den Anweisungen.«

Hatte man zumindest Pavel nicht noch gute Behandlung versprochen? Immerhin hatte man genug Ehrgefühl, zuzugeben, dass dieses Versprechen bei ihr schon verloren war. Sie zögerte zwar einen Moment, doch war ihr klar, dass man sie nur bestrafen würde, wenn sie bockig wie ein kleines Kind nicht tat, was sie verlangten. Zunächst jedenfalls. Für Widerstand war noch Zeit, wenn sie wusste, womit sie es zu tun hatten.

Als sie sich aufgestellt hatte, hörte die Wand auf, zu knistern, und zeigte wieder die leuchtenden Spalte, durch die zuvor Rabinovic entfernt worden war. Bevor sie jedoch durch die Öffnung blicken konnte, von der sie nicht wusste, wie oder woraus sie gemacht war, wurde sie auch schon geschnappt und hinausgezogen. Sie stand auf einem dunklen Korridor vor einer Luke, an deren Äußerem nichts darauf hindeutete, dass sich ein geradewegs perfekt minimalistischer Metallraum dahinter befand, der jetzt nur noch die Rettungskapsel und Erinnerungen enthielt. Misa haderte mit sich, dass sie ob der Anweisung nicht noch etwas Nahrung und Wasser zu sich genommen hatte, doch jetzt war es wohl kaum mehr zu ändern. Die fest zupackenden Hände hatten sie in altmodische Fesseln gelegt und trieben sie nun den Korridor entlang.

Eigenartig. Die Gänge sahen nicht aus, als folgte ihre Formensprache dem Design des letzten Jahrzehnts. Wo auch immer sie sich befand, es war älter, als sie erwartet hatte. Zwar bekam sie nur wenig von dem mit, was um sie herum war und vor sich ging, doch immerhin stellte sie fest, wie seltsam warm war es dafür war, dass man davon ausgehen konnte, dass es sich um ein Raumschiff handelte. Was nicht erwiesen war, wie sie sich selbst korrigierte. In der Tat wurde sie um so viele Ecken geführt, dass es kaum ein Raumschiff herkömmlicher Bauart hätte sein können. Oder führte man sie im Kreis, um ihre Orientierung zu verwirren und ihren Geist zu brechen? Es hatte keinen Sinn, sich darüber Gedanken zu machen, irgendwann musste sie ja ankommen, wo man sie haben wollte. Oder war sie auf einem Planeten? Nein, denn dann hätte sie sicher irgendeinen Raum gesehen, der größer gehalten war, denn es war ja seit langem bekannt, dass psychologische Untersuchungen die Bedeutung der Weite für die geistige Gesundheit immer wieder hervorheben mussten. Hier und da war eine Tür offen, doch Misa wurde stets so schnell daran vorbeigeschoben, dass sie nicht erkennen konnte, was dort geschah. Die Geräusche glichen vollkommen jenen in Gagarin City, doch für eine echte Stadt waren die Korridore viel zu schmal und zu wenige Menschen zu sehen. Ihre Beine wurden langsam müde. Nicht, weil sie keine größeren Strecken laufen konnte – die Gravitation kam ihr etwas geringer als gewohnt vor – sondern, weil sie das Drängeln und Schieben der Wachen austarieren musste.

Doch sie würde sich keine Blöße geben und Fragen stellen oder um Erleichterung bitten. Nein, vielleicht mussten sie sie am Ende ziehen oder tragen, aber sie würde keinen Mucks von sich geben …

»Wir sind da.«

Die tiefe, unmelodische Stimme des Mannes zu ihrer Rechten unterbrach jäh ihre rasenden Gedanken. Misa hatte nicht bemerkt, dass sie schlussendlich in eine Sackgasse gegangen waren und nun vor einer sehr alten Luke warteten, die schließlich mit einem

Quietschen aufgeschoben wurde. Bevor sie die Möglichkeit gehabt hätte, etwas zu tun oder zu sagen, waren schon die Handschellen verschwunden und sie in den Raum hineingeworfen worden. Die Luke schloss sich und auf einmal saß Misa in der Dunkelheit.

***

»Willkommen«, sagte eine Stimme nicht allzu weit entfernt vor ihr. Sie konnte nichts sehen und wusste doch, dass sie bald mit einem viel zu hellen Lichtstrahl begrüßt werden würde. Es war genauso, wie sie sich eine unzivilisierte Folteranlage vorstellte – wenn man davon absah, dass sie bis auf die Dunkelheit noch nichts darüber wusste.

Es klickte leise und dann sah sie, zu ihrer Überraschung ohne nervige Blenderei, wie ein Mann an einem schweren Eichenschreibtisch saß und sich eine Zigarette anzündete. Er war muskulös gebaut und schien es zu genießen, im Dämmerlicht auf sie zu warten. An irgendetwas erinnerte sie die Silhouette … ungläubig starrte sie auf die unwirkliche Szenerie, da erkannte sie ihn.

McNamara stand auf, blies den Rauch in ihre Richtung und lächelte falsch.

»Setzen Sie sich doch.«

Eine der Wachen trug einen spartanischen, ungepolsterten Stuhl im Art déco-Stil vor den Tisch.

Zögerlich näherte sie sich dem Mann, dessen richtigen Namen sie nicht kannte und von dem sich nun die schlimmsten Befürchtungen bewahrheiteten.

»Misa, freuen Sie sich gar nicht, mich zu sehen?«

Sie antwortete nicht. Immerhin, sie war fast unbekleidet, fror und fürchtete sich. Ein bisschen. Irgendwo in der hinteren Ecke ihres Verstandes hatte sie jetzt endgültig die Ermittlungsakte mit der Aufschrift 'Aliens?' geschlossen und wärmte sich mehr schlecht als recht an der Erkenntnis, dass das Böse in der Welt am Ende doch immer aus dem Menschen selbst zu kommen schien. Und wenn alles nur eine vollendete Illusion sein sollte, dachte sie, dann konnte sie auch nichts daran ändern. Für den Moment sammelte sie wohlig warmen Zorn, der sie, wenn nicht am Leben, dann doch bei Laune halten würde.

»Wenn Sie nicht reden möchten, werde ich es übernehmen«, sagte er mit unverhohlener Abscheu. »Wissen Sie, wo Sie sind?«

Sie wusste es nicht, hatte aber nicht gut Lust, das zuzugeben. Außerdem war es einerlei, denn das konnte er sich ja selbst denken. Er schien es kaum abwarten zu können, sich mitzuteilen. Und, ein Schauer lief ihr über den Rücken, sie würde vielleicht erfahren, wie es um Hugo Marcus stand.

»Sie sind auf Ganymed.« Er zog genüsslich an seiner Zigarette. »Da wollten Sie doch hin.«

Misa antwortete nicht.

»Oh, Sie wollen noch immer nicht sprechen? Das ist bedauerlich, denn ich schätze eine gediegene Konversation, wissen Sie.«

Misa antwortete nicht.

»Nun gut, immerhin anständiger als dieser Schwätzer Marcus. Seinen Spott musste ich ihm erst austreiben ...«

»Was haben Sie mit ihm angestellt?«, rief Misa.

»Oh, sieh an. Eine erste Regung.« Zufrieden blickte er sie an und lächelte.

Misa biss sich auf die Zunge. Er hatte erreicht, was sie zu verhindern suchte. Sie hatte die Kontrolle verloren. Doch ihre Gedanken rasten und kreisten um Hugo Marcus. Wenn es einen Ausweg aus diesem Dilemma gab, dann würde er ihn finden. Wenn er noch lebte, dachte sie unwillkürlich. Sie hatte Gänsehaut. Erinnerte sich an den Zorn, der sie doch nicht schützen konnte. Vermutlich schon die ganze Zeit. Es war widerlich, nur in Unterwäsche vor McNamara zu stehen, und wer konnte schon wissen, was er mit ihr anstellte ... nein, sie würde ihren Geist beherrschen müssen und sich nicht beugen.

»Es ist bemerkenswert, mit wie viel Idealismus und wie wenig Pragmatismus Sie aufgebrochen sind. Es war beinahe zu leicht, sicherzustellen, dass Sie und ihre Freunde keine Gefahr darstellen konnten. Ja, ganz recht. Vor Ihnen und Hugo Marcus hatte ich am meisten Sorge, die anderen Wissenschaftler sind ohnehin unopportunistische Idioten, die nicht zu Leidenschaft fähig wären.«

Er lachte wieder und Misa wurde übel. Sie wusste nicht, ob vom Tabakqualm oder seiner entwürdigend zur Schau gestellten Überheblichkeit oder dem Frieren.

»Und dann, als wäre all das nicht genug, haben Sie gar noch selbst Ihr Schiff zerstört. Nicht einmal das musste ich selbst tun, Misa. Doch ich habe zwei Überraschungen für Sie. Nummer eins: Die Bombe im Maschinenraum war nur zur Ablenkung gedacht. Vielleicht werden Sie festgestellt haben, dass es eine Fehlzündung gab, doch das war nur dazu gedacht, Sie zu entmutigen. Ich wusste, dass die *Leopold* keine Gefahr mehr darstellte, nachdem ich den Sprengkopf und Hugo Marcus in meiner Gewalt hatte. Wissen Sie, ich hoffte sogar, dass Sie das Kommando übernehmen würden.«

Mit großen Augen blickte Misa ihn an. Sie wusste, dass er nur weitere Reaktionen erzeugen wollte und nicht erwartete, dass er Informationen von ihr erhielt.

»Sehen Sie, Hugo Marcus hatte eine feine Idee damit, sich durch den Asteroiden zu fräsen, doch dummerweise funktionierte meine Kommunikationswanze, und ich konnte den Plan früh genug mitteilen und den ersten Burst in die Wege leiten.«

Misa verzichtete darauf, auf ihren Anteil am Plan hinzuweisen, und wunderte sich eher, auf welcher wahren Hierarchiestufe er stand. Er war kaum das Gehirn dieser Verschwörung, und auch nicht der Kopf von Millennium.

»Also schön«, sagte er schließlich. »Wenn Sie jetzt nicht reden möchten, dann werden Sie es später tun.«

Misa horchte auf. War es so einfach?

Die Wachen traten aus der Dunkelheit der Ecken in denen sie gewartet hatten, und gingen auf ihren Stuhl zu.

»Wenn Sie sich dann wieder in Ihr Quartier begeben möchten. Wir setzen dies fort, sowie Ihnen danach ist.«

Misa ließ erneut die Situation ungenutzt und erwiderte nichts. Wenn er sie auf diese lächerlich einfallslose Weise nicht provozieren konnte, dann musste er sich eben etwas anderes einfallen lassen. Sie spürte wieder die Ketten an ihren Händen und wurde umgedreht.

»Ach, Misa.« Er tat, als sei ihm gerade noch etwas eingefallen. Sie wurde erneut zu ihm herumgedreht und sah ihn trotzig an.

»Sagen Sie Hugo Marcus einen schönen Gruß von mir.«

Sie schnaufte. »Sagen Sie ihm das doch selber.«

»Das kann ich nicht, denn er ist tot«, antwortete er. Misa stieß ein leises Quietschen aus, doch sie konnte sich beherrschen. 'Sie lügen!', wollte sie schreien, begriff aber noch rechtzeitig, dass sie keinen Grund dazu hatte, an seiner Aussage zu zweifeln, außer der generellen Einschätzung, dass sie ihm ohnehin nicht traute. Es war also vollkommen gleichgültig, ob sie ihm glaubte, oder nicht.

»Nun, da sich Ihre Begeisterung, ihm nachzufolgen, offenbar in Grenzen hält«, sagte er, »habe ich keine Lust mehr, Ihrem Schweigen zu lauschen.« Herrisch schnippte er mit den Fingern und blickte Misa ein letztes Mal mit seinen raubtierhaft funkelnden Augen an. Dann wurde sie von den Wachen fortgezerrt.

***

Sie bemerkte sofort, dass ihr Weg sie nicht zurück in Richtung des seltsamen, vollkommen aus Metall bestehenden Raumes führte, auch wenn sie viele ähnliche, komplizierte Abzweigungen und verwirrende Korridore nahmen. Der Geruch war jetzt anders, doch vielleicht lag es daran, dass sie gerade eine ganze Zeit lang den widerlichen Tabakqualm McNamaras hatte ertragen müssen. Die Wachen sprachen kein Wort und wussten offenbar auch ohne die Instruktionen von McNamara Bescheid, was mit Misa zu geschehen hatte. Würde man sie umbringen?

Die Worte, sie solle Hugo Marcus grüßen, klangen noch immer in ihrem Verstand nach. Oder war es der Versuch, sie endlich unruhig zu machen, um sie die Kontrolle verlieren zu lassen? Misa war es in der Tat leid, ständig ihre Gefühle und Gedanken kontrollieren zu müssen, doch noch hielt ihr Wille der eigenen Schwäche stand. Was auch passieren mochte, ohne ein letztes Aufbäumen würden sie sie nicht brechen können, soviel stand fest. Und dann waren sie da. Kommentarlos blieben die Wachen vor einer halboffen stehenden Luke stehen, hinter der es dunkel war, aber doch so hell, dass man schattenhaft Umrisse von etwas erkennen konnte. Ein Mann war auf eine Art Gestell geschnallt und überall fand sich Blut. Misa schrie auf vor Schmerz und Horror und Überraschung. Es war Hugo Marcus. Weder bewegte er sich, noch schien er, falls er nicht tot war, bei Bewusstsein zu sein. Er trug nur Shorts und hatte Striemen über dem ganzen Körper verteilt.

Als sie sicher waren, dass Misa die Situation betrachtet hatte, schoben sie sie weiter. Hinter der nächsten Luke befand sich ein ähnlich eingerichteter Raum, doch er war hell erleuchtet und vollkommen sauber. In der Mitte stand eine Art Tischplatte in die Vertikale gekippt. Erschreckt musste Misa erkennen, dass vier Schnallen darin eingelassen waren. Sie blickte auf ihre schlechte Hand und versuchte, die Finger zu bewegen. Sie spürte zwar eine Reaktion, doch sah sie keine merkliche Änderung der Position. Eigentlich war sie ganz froh darüber. Eine Stelle weniger, die man verletzen konnte.

Die Männer nahmen ihr die Handfesseln ab, nachdem sie Misa durch die schmale Luke gepresst hatten, und ließen sie zu ihrer Überraschung dann allein. Der Henker war anscheinend noch nicht bereit.

Das Licht wurde herunter gedimmt. Sie setzte sich mitten auf den Boden, da sie nichts anderes zu tun wusste. Sollte sie im Dämmerlicht nach irgendwelchen Ausgängen suchen? Und dann? Für einen Moment ließ sie sich nach hinten fallen und genoss den kalten Steinboden als den letzten Halt, den ihr das Universum bieten konnte. Schloss die Augen. Es war nicht alles weg, vor allem nicht der Schmerz, dass Hugo Marcus wahrscheinlich wirklich tot war, aber eine seltsame Dunsthaube von Gleichgültigkeit kam über sie. Ohne Ausweg und Antrieb vergrub sie sich in ihrer eigenen Bedeutungslosigkeit und verlor die Hoffnung. Wenn es nach ihr ging, hätten sie Misa auch hier drin verhungern lassen können – der Foltertisch als Mahnmal für Leute, die glaubten, dass sie in einem so harmlosen Gespräch wie ihrem mit McNamara einfach stark bleiben konnten. Sie brauchte Zeit, um es zu realisieren, doch sie war nicht stark geblieben, sie hatte nicht dagegengehalten, wie sie es sich vorgenommen hatte. Nein, ängstlich und unsicher hatte sie geschwiegen, anstatt ihn zu konfrontieren, und jetzt saß sie hier, anstatt so viel Zorn und Furcht zu provozieren, dass man sie gleich hätte erschießen lassen. Sie war nicht soweit, dass sie weinte, aber ihre Moral war absolut am Boden. Wenn jetzt jemand hereingekommen und ihr die Tür geöffnet hätte, sie wäre wahrscheinlich sitzen geblieben. Es war bedauerlich, dass es zu

Ende ging, ohne dass sie überhaupt herausbekommen hatten, worum es ging. Sicher, sie hatte das seltsame Objekt um Jupiter entdeckt und gefunden, aber weder dies noch die Umstände auf Ganymed hatte sie auflösen können. Wenn sie es früher als ihr Rätsel angesehen hatte, dann erkannte sie jetzt: Sie hatte versagt. Misa Vebiletti würde einfach eine Randnotiz der Geschichte sein, wenn es später hieß, dass die *Leopold* verschwunden war und niemand wusste, was mit dem Schiff geschehen war. Oder?

Sie drehte den Kopf, wie um einem fernen Geräusch zu lauschen, auch wenn sie sicher war, dass der Raum absolut schalldicht sein musste. Was man hier normalerweise tat, erforderte es geradezu. Nein, irgendetwas passierte. Das Rätsel veränderte sich und Misa mit ihm. Sie öffnete die Augen und spürte neue, brennende Leidenschaft. Machte sich klar, dass nicht McNamara sie gebrochen hatte, sondern, fast, sie sich selbst. Begriff, dass nur sie selbst entscheiden konnte, wann es Zeit war, aufzugeben. Misa wollte in jenem Moment nicht aufgeben und entschied es für alle Zeiten. Sie stand auf und breitete die Arme aus. Fühlte die drückende Atmosphäre des Raumes, für den die Bezeichnung Kerker vermutlich angemessen, ziemlich sicher aber vorgesehen war. Sie spürte die neue Kraft und trat an die Wand. Erst zaghaft, dann entschlossen suchte sie mit der guten Hand nach Unebenheiten und allem, was auffällig war. Vor einem Moment war sie überzeugt gewesen, dass es keinen Ausweg mehr gab, und nun glaubte sie umgekehrt fest dran, dass sie ihn erkennen würde, sobald er sich ihr offenbarte. In einem geradezu mystischen Aufbäumen schrie Misa aus voller Kehle und erfreute sich an der eigenen … Lebendigkeit.

Das Licht wurde wieder heller und das Schaben der Bolzen im Metall der Luke ließ sie herumfahren. Sie stand etwas vor der hinten linken Ecke des Raumes und starrte nun auf die schmale Öffnung, die sich auftat. Es war niemand zu sehen. Dann, zerbrechlich und kraftlos wirkend, trat ein kleines Männlein durch die Luke und betrachtete Misa. Er hatte einen weißen Kittel über einen schäbigen, alt wirkenden Maßanzug gezogen und hielt ein winziges Pad in der Hand. Er sah davon auf und musste sie erst in der Düsternis der Kammer suchen.

»Unsere Analysen sind abgeschlossen«, sagte er. »Sie können gehen.«

»Wie, gehen?« Ungläubig blickte Misa den Mann an, der vollkommen neutral blickte.

»Wir werden Sie nach oben auf Ganymeds Oberfläche bringen und in den Stützpunkt eingliedern.«

»Was?«

»Sie wissen nicht genug, um eine Bedrohung zu sein.«

Misa musste ihn ansehen wie eine Kuh, der man erklärte, wie Käse hergestellt wurde. Sie lachte. Sie lachte und wusste nicht, warum. Eigentlich war ihr zum Heulen. Würde sie die anderen wiedersehen? Hugo Marcus war ein Zimmer weiter. Nein, sie würde nicht gehen. Sie musste herausfinden, ob er tot, ja, ob alle Hoffnung mit ihm gestorben war. Hatte sie nicht gerade noch das Aufbäumen geprobt? Misa hob eine Augenbraue. Dies war ihre Prüfung. Und doch: Freiheit? Oder zumindest: Nicht eingesperrt sein.

»Worauf warten wir noch?«, sagte sie.

Als sie hinter dem Mann durch die Luke kroch, sah sie, dass ihrem sofortigen Widerstand einmal mehr zwei große, hünenhafte Männer entgegenstanden, die grimmig dreinblickend ihre mühsamen Versuche, sich wieder aufzurichten, beäugten. Der kleine Mann gab ihr frische Kleidung, grau und stillos zwar, doch sauber und bequem. Neugierig betrachtete sie die Wachen und ihren Aufpasser – wenn es nicht umgekehrt war.

»Hier entlang, bitte«, sagte der Mann im Kittel mit weiterhin vordergründiger Freundlichkeit, doch Misa hatte das sichere Gefühl, dass dies nicht ohne Sinn und Zweck geschah. Niemand ließ Gefangene frei, wenn er nicht einen Vorteil davon hatte, dachte sie. Und wenn sie herausfand, was das war, hatte sie auch einen weiteren Anhaltspunkt dafür, was eigentlich gespielt wurde. Der Weg führte durch lichter werdende Gänge, die seltsamerweise immer älter wirkten, ehe sie schließlich vor einer Luke anhielten, die aus gebürstetem Stahl und moderner Formgebung bestand. Sie stoppten abrupt, doch nicht wegen der Luke.

»Wir warten auf den anderen«, sagte der kleine Mann und blickte Misa neugierig an. »Sie müssen das hier unterzeichnen, bevor wir

Sie nach Ganymed entlassen«, sagte er wie nebenbei und hielt ihr sein Pad hin, auf dem ein kompliziertes Schriftstück zu sehen war.

»Was ist das?«, fragte sie.

»Sie bestätigen, dass Sie gemäß den Bestimmungen der Genfer Konvention und der Zusätze zum interplanetaren Gewohnheitsrecht angemessen behandelt wurden«, antwortete der Mann. Etwas zu hastig für Misas Geschmack. Sie scrollte durch den Text. Argwöhnisch beobachtete der Mann Misa.

»Hier steht, dass ich ferner abstreite, Kenntnis von Anlagen, Einrichtungen und Raumschiffen der Millennium Corporation erlangt zu haben, die über offizielle Angaben hinausgehen. Und dass ich die Verwaltungshoheit der Millennium Inc. uneingeschränkt anerkenne.«

Der Mann nickte. »Und außerdem wissen Sie von keinem Gammastrahlenausbruch außer jenem, der die Strukturen von Ganymed betraf.«

Misa blickte den Mann an, dessen Gesicht vollkommen ausdruckslos war. Die Wachen zeigten sich unbeeindruckt und grinsten einander an.

»Und wenn ich mich weigere?«

Gelangweilt blickte der Mann auf sein anderes Pad, das er offenbar kurz zuvor aus dem Revers des Kittels gezogen hatte. »Dann werden Sie diese Einrichtung nicht verlassen können, so leid es mir tut.«

Misas Blick durchdrang ihn geradezu, doch das war weniger erkenntnisreich als seine Aussage. »Und dann werden Sie mich umbringen«, ergänzte sie und erinnerte sich an McNamaras Worte. Woher wollten die wissen, dass sie dicht hielt? Dass sie nicht Millennium des Mordes und der Sabotage bezichtigte? Nicht zu vergessen, aufdeckte, dass es eine geheime Basis und Flotte irgendwo bei Callisto gab.

Sie schüttelte den Kopf. »Ich bin einverstanden«, sagte sie. Draußen, wo auch immer das war, würde es besser sein als in diesem Labyrinth aus Furcht und Angst und Dunkelheit. Zittrig setzte sie ihren Daumen auf den Fingerprintsensor und betätigte den Scanner.

Einverstanden piepte das Pad, das der Kleine unverzüglich wieder verstaute. Er tippte in sein anderes Pad und schien recht zufrieden mit sich zu sein.

»Wir werden nun Herrn Schmitz herbeiholen lassen. Er hat, ebenso wie Sie, unseren Bedingungen zugestimmt.«

Misa versuchte ein Lächeln. Von allen Insassen der Leopold war es Karl Schmitz, der übrig geblieben war. Wie … passend. Dann dachte sie an das, was der Mann zuvor zu ihr gesagt hatte. Sie wusste nicht genug. Der Umkehrschluss konnte nur sein, dass es sich mit den anderen umgekehrt verhielt. Sie dachte an Rabinovic und van Hefeghem, denen ihre höhere Ausbildung nun zum Verhängnis wurde. Man nahm ihnen nicht ab, dass sie nicht verstanden, was vor sich ging, auch wenn sie, wie Misa sicher wusste, nicht mehr darüber wissen konnten als sie. Einerlei. Sie würde gleich frei sein und dann ließ sich sicher ein neuer Plan schmieden.

»Misa, ich bin ja so froh, dich zu sehen!«, flötete Karl Schmitz und beachtete gar nicht, dass der Mann auch ihm das Pad zum Unterzeichnen der Erklärung hinhielt.

»Herr Schmitz …«

»Was? Oh, ja. Hier, da ist er schon, der Fingerabdruck.« Er strahlte. »So einfach müsste es immer sein, zu bekommen, was man will«, sagte er.

Der kleine Mann lächelte freundlich. »Was auch immer. Und nun«, er drückte auf eine Schaltfläche seines Pads, »genießen Sie die Aussicht!«

Die Luke öffnete sich und gab den Blick frei auf eine Art glasüberwölbtes Atrium, das voller brummender Gerätschaften stand. Notstromaggregate. Mehr oder weniger freiwillig wurden sie hindurch geschoben, ehe sie schließlich auf dem Platz standen und das Panorama der Sterne über sich hatten.

»Ganymed«, sagte Karl und zeigte auf die wenigstens zwei Stockwerke hohe Statue eines David-artig gebauten Mannes, der in einer Hand einen Reifen führte und einen Hahn in der anderen hielt.

»Ich kenne die Promenade von Bildern«, sagte Misa. »Es ist der einzige Platz des Stützpunktes, von dem aus man Jupiter und den

Himmel sehen kann. Die Anlage ist in den Boden hinein gefräst und hat sonst keine Fenster.«

»Völlig richtig«, sagte eine Stimme rechts von ihnen. Misa fuhr herum und Karl drehte sich gemächlich. »Willkommen«, sagte ein hagerer Mann, der einen blauen Overall voller Aufnähsticker trug und gequält lächelte.

»Äh, danke«, sagte Misa. Der Anblick war etwas ungewohnt, aber sie hatte davon gehört, dass in den fernen Außenposten der Menschheit die Tradition gepflegt wurde, die Missionen, an denen man teilgenommen hatte, auf dem Overall auszustellen. Ebenso wie bei hochdekorierten Militärs konnte es bisweilen recht albern aussehen, aber in diesem Falle war das erträgliche Maß gerade noch eingehalten worden.

»Ich bin Zlatan Brindojevic, Assistent des Gouverneurs«, sagte der Mann und gab beiden die Hand. »Kommen Sie, ich führe Sie herum.«

»Haben Sie denn Zeit für so etwas?«, fragte Misa etwas argwöhnisch. Sie hatte zwar fast erwartet, dass sie an offizielle Stellen übergeben wurden, aber das war dann doch etwas zu viel der Ehre.

»Die Aufräumarbeiten gehen gut voran«, sagte Brindojevic.

»Das ist es nicht«, meinte nun Karl Schmitz und sah sich auf dem Platz um. »All die Generatoren … erstaunlich, dass das zur Standardausrüstung des Stützpunktes gehört.«

Brindojevic schüttelte den Kopf. »Das tun sie nicht. Die Firma Millennium war so freundlich, sie uns zur Verfügung zu stellen.«

Misa hob eine Augenbraue. »Sie hatten sie sozusagen zufällig zu veräußern?«, fragte sie, während Brindojevic sie zu einem breiten Gang lotste, der in die öffentlichen Teile der Basis hinein führten.

»Aber nein«, sagte er. »Sie sind gespendet.«

Misa wurde hellhörig. Na so was. »Ich bin nicht sicher, ob ich alles, was ich über Ganymed gelesen habe, noch richtig im Kopf habe«, meinte sie, »aber ist es nicht so, dass auf Ganymed hauptsächlich Bergbau betrieben und die Erforschung und Nutzung des Jupiter-Systems koordiniert wird?«

»Ganz richtig«, sagte er. »Worauf wollen Sie hinaus?«

»Auf nichts«, sagte sie hastig. Ihr Verstand jedoch konnte sich mit nichts anderem mehr beschäftigen, als der Frage, woher diese

Notstromaggregate stammten, wer sie aus welchem Grund hierher geschafft hatte und welche Folgerungen sich daraus ergaben. Sie warf Karl einen bedeutungsschweren Blick zu, doch sie war sich sicher, dass es noch mehr Arbeit kosten würde, ihm klarzumachen, was sie hier herausgefunden hatten.

»Ich habe auf dem Mars die Stellung des Verbindungsoperators innegehabt«, sagte sie schließlich, »und wurde auf diese Mission geschickt, um herauszufinden, was mit den Sendern der Kolonie geschehen ist. Was können Sie mir dazu sagen?« Sie wusste, dass es eine dreiste Lüge über ihre Aufgabe war, immerhin war sie auch jetzt theoretisch Angestellte von Nankam Aeronautics oder Bavaria oder irgendeinem anderen Teil des Bavaria-Konzernkonglomerats – was außer Hugo Marcus niemand wusste … Was wahrscheinlich absolut niemand wusste, wie Misa traurig korrigierte.

Brindojevic legte die Stirn in Falten. »Davon wissen wir nichts. Die *Endeavour One*, die von der MSA geschickt wurde, hatte einen Maschinenschaden. Das Schiff, auf dem Sie sich befanden, kann nicht in offizieller Mission unterwegs gewesen sein, oder täusche ich mich?«

»Wir haben die Passagiere der *Endeavour* gerettet und die Mission an ihrer statt fortgeführt«, verteidigte sie sich, doch sie wusste auch, dass sich vermutlich der Befehl der MSA, zum Mars zurückzukehren, bis hierher herumgesprochen haben musste.

»Ach so ist das«, meinte Brindojevic jedoch. »Na, da haben Sie auf jeden Fall aber Glück gehabt, dass die Millennium-Patrouille Sie retten konnte.«

Wieder hob sie die Augenbraue, und wieder fragte sie sich, was Brindojevic eigentlich wusste – womöglich viel weniger, als sie annahm. Hatte Millennium es trotz der ganzen Reparaturen geschafft, Ganymed von der Außenwelt abgeschnitten zu halten?

»Ja, wir haben eine holprige Reise hinter uns«, sagte Misa. »Doch nicht so beschwerlich wie die letzten Wochen hier gewesen sein mögen.«

Der Mann setzte eine traurige Miene auf. »Das kann man wohl sagen. Der Gammastrahlenausbruch traf uns vollkommen unerwartet. Wer rechnet denn schon damit? Die ganze Technik wurde zerstört oder unbrauchbar gemacht. Für ein paar Tage hatten wir nicht einmal genug Saft, um die Lebenserhaltung durchgängig laufen zu haben.«

Misa erkannte verwandte Erlebnisse in den Schilderungen des Mannes und spürte echtes Mitgefühl. Doch es war zu einfach … jetzt wirkte es beinahe, als sei die Normalität eingekehrt, obwohl das einzige Schiff, das hierher unterwegs gewesen war, nicht einmal in einem Stück angekommen war. »Und Millennium hat Sie sozusagen gerettet?«, fragte sie.

»Nicht nur sozusagen, Frau Vebiletti. Was für ein kolossal günstiger Zufall es war, dass sich gerade ein Transportschiff mit Maschinen gegen Zivilisationsausfall an Bord im Orbit befand. Ohne die Generatoren wären wir vielleicht qualvoll erstickt.«

Misa nickte abwesend. Vermutlich war es keine gute Idee, den armen Kerl jetzt noch weiter auszufragen, allerdings war an der Sache doch etwas zu zufällig. Ein Transportschiff voll mit Notgeneratoren und Batterien, das einfach so ins Jupiter-System flog. Sie musste fast lachen ob der absurden Komik der Situation, dass sie es kaum erwarten konnte, mit Karl Schmitz allein sein zu können.

Oder sah sie nur Gespenster? Nein, Misa versicherte sich selbst, dass die Millennium Corp. die Bösen waren. Klar war nicht immer alles Schwarz-weiß zu sehen, doch sie hatten Hugo Marcus auf dem Gewissen, und was mit Rabinovic und van Hefeghem geschehen war, wusste sie auch nicht. Und dann diese ganzen Zufälle. Sie hatte das Gefühl, dass die Kolonie künstlich im Ungewissen über die wahren Vorgänge gehalten wurde wie ein nerviges Kind, das nicht wissen durfte, dass es den Weihnachtsmann nicht gab. Doch sie mussten vorsichtig sein, denn wenn Millennium zu der Erkenntnis kam, dass Misa und Karl sich nicht an ihre Schweigeverträge hielten …

»Hier ist die Kantine«, sagte Brindojevic unvermittelt.

»Äh, wo?«, fragte Karl Schmitz überrascht. Brindojevic deutete auf eine schmale Tür, über der in winzigen, altmodisch stilisierten Lettern 'Pizzeria di Stefano' stand. »Der Koch ist ein Italo-Ganymeder«, sagte er etwas entschuldigend. Und dann, ohne dass jemand gefragt hätte, fügte er noch hinzu, dass sie schon mit seinen Speisen warm werden würden.

Misa verzog das Gesicht. Sie würden nicht lange die Küche von Ganymed belasten, das stand fest. Denn entweder Millennium beschloss, sie zu liquidieren, oder sie fanden einen Weg, sie noch aufzuhalten – was sie noch immer vorhatte. Genervt von den eigenen inneren Einwänden folgte sie Karl und Brindojevic weiter ins Dickicht der namenlosen, unmerkbaren Türen von Ganymed.

»Wo gehen wir nun hin?«, fragte Karl gelangweilt. Sie wäre lieber in der Kantine geblieben und hätte sich mit Karl ausgetauscht, denn sie hatte ehrliches Interesse daran, wie er seit der Evakuierung der *Leopold* behandelt worden war. Ob McNamara auch ihn verhöhnt hatte?

»Ich zeige Ihnen noch das Kommandozentrum und Ihr Quartier«, sagte Brindojevic wie selbstverständlich.

»Großartig«, log Misa, doch sie sah, wie Karl feixend neben ihrem Führer voran lief. Er schien fröhlicher darüber, 'frei' zu sein, als sie. Andererseits, vielleicht wusste er auch nicht, dass Hugo Marcus und die anderen vermutlich tot waren.

Die Gänge wurden jetzt wieder schmaler, und dennoch fanden sich keinerlei Hinweisschilder in der alten Basis. Misa erinnerte sich an die Geschichten, wie es auf dem Mars in den Jahrzehnten der Erstbesiedelung gewesen sein musste. Doch orientierungslos auf Ganymed konnte sie dem Charme des unvollendeten Pioniertums nichts abgewinnen. Sie nahm all das wahr, sogar die Farbe der Rostflecken der Wandabdeckungen, anhand derer sie auf das präzise Alter des Abschnittes hätte schließen können, doch es bedeutete ihr nichts. Immer wieder kehrten die Gedanken zu Millennium und dem Burst und Hugo Marcus zurück. Sie erinnerte sich an den alten Mann im Mars-Teleskop und wie sie den Jupiter mit dem optischen Sucher betrachtet hatte. Es war schon seltsam, dass sie den Jupiter auf der ganzen Reise nicht einmal in der Realität gesehen hatte. Und dann erst dieser Ort … Ganymed hatte sie nicht einmal gesehen, seit der Entscheidung, ihn aufzusuchen, und außerdem …

Eben jene Realität, über die Misa nachdachte, rief sich ihr zurück ins Gedächtnis, denn sie war so sehr abgelenkt gewesen, dass sie über ein dickes Energiekabel fiel, das quer durch den Korridor lief.

»Oh, ist alles in Ordnung?«, erkundigte sich Brindojevic sogleich.

»Die ist Schlimmeres gewohnt, kein Grund zur Aufregung«, trug Karl Schmitz bei und zog sich zugleich ihren Zorn zu.

Mühsam rappelte sich Misa hoch, obschon die Gravitation seltsam gering wirkte. Sie hatte schon länger das Gefühl gehabt …

»Wie hoch ist die Gravitation auf Ganymed?«, fragte sie, obwohl sie es eigentlich vor vielen Tagen bereits gelesen hatte.

»Von Natur aus etwa ein Fünftel der irdischen«, sagte Brindojevic. »Normalerweise heben wir sie im Bereich der Basis auf Mars-Verhältnisse an, aber im Moment ist sie auf fünfundzwanzig Prozent Erde normiert. Mehr können wir uns energietechnisch nicht leisten, und die ersten drei Wochen nach dem Burst war die künstliche Gravitation ganz ausgefallen. An manchen Stellen ist sie es noch.«

»Man merkt erst, wie sehr man auf die Technologie angewiesen ist, wenn sie ausfällt«, sagte Misa.

»Oh, das mag für Erde oder Mars gelten, Frau Vebiletti. Wir sind es hier gewohnt, dass Dinge schiefgehen. Und wir sind zu weit von der Zivilisation entfernt, um uns darauf zu verlassen. Doch diesmal … damit kann man nicht rechnen.«

»Sie meinen, wenn ein Gammastrahlenblitz einen Außenposten außerhalb der habitablen Zone trifft, ist das das Ende?«, fragte Karl.

Brindojevic nickte düster. »Normalerweise ja. Ohne die Millennium Corporation wäre alles, was Sie hier gefunden hätten, sauerstofffreie, gefrorene und absolut tote Ruine gewesen. Der Aufbau wird Jahre dauern, aber immerhin kann es einen geben.«

»Eine grausame Vorstellung«, sagte Misa.

»Das ist das Risiko, das man trägt. Ah, wir sind da.«

An der Luke war tatsächlich ein Schild angebracht, das 'Kommandozentrale' lautete. Misa musste grinsen in Anbetracht der Vorstellung, dass der Informationsgewinn sich hier in Grenzen hielt, doch weiter entfernt enorm gewesen wäre. Andererseits lebten kaum ein paar tausend Menschen auf Ganymed, die meisten davon kannten sich viel besser aus als sie und mussten vermutlich niemals überhaupt hierher.

Zum ersten Mal, seit sie die Anlage von Millennium verlassen hatte, zeigte sich so etwas wie Geschäftigkeit über das Brummen von Generatoren hinaus. Die leeren Gänge passten so gar nicht

zum Treiben in dem vielleicht ein dutzend Meter durchmessenden
Raum. Misa dachte, eine der Wände wiederzuerkennen. Ja, hier
hatte der Gouverneur seine Videos an die Mars-Administration
aufgezeichnet. Es war so strukturiert wie die Zentrale im MSA-
Hauptquartier, aber nur ein Viertel so groß. An zwei kleinen
Bänken arbeiteten vier Operatoren, die Misa anhand ihrer Kürzel
eigentlich kennen müsste, doch die Erinnerung an die mühsame,
langweilige Arbeit bei der MSA war wie weggeblasen.

Ein älterer, leidlich rasierter Mann kam auf sie zu und begrüßte
sie.

»Es tut mir wirklich leid, dass Sie nun mit uns hier festsitzen«,
sagte Hubertus Nasri, noch bevor er sich vorstellte.

»Sie sind der Gouverneur«, platzte es aus Misa hervor. Sie
wusste, dass sie ihn schon einmal gesehen hatte. Er war noch
ausgemergelter als zuvor und deutlich ungepflegter.

»Gouverneur a.D.«, sagte der Mann. »Millennium regelt die
Geschäfte für uns, solange die Basis nicht komplett
wiederhergestellt ist. Und das wird eine lange Zeit sein, fürchte
ich.«

Sie konnten deutlich erkennen, wie nahe die Krise nicht nur
Brindojevic ging, sondern auch seinem Chef Nasri. Als König ohne
Land musste er mit ansehen, wie Millennium den Verfall
verwaltete.

»Wie können wir helfen?«, fragte Misa mit echter Anteilnahme.
Sie hoffte, damit mehr über Ganymed, die aktuelle Situation und
Millenniums Verstrickung darin zu erfahren.

Nasri zuckte mit den Schultern. »Verzeihen Sie meinen
Zynismus, aber das Beste wäre, wenn sie einfach nicht zu viel
atmen würden. Denn auch, wenn Sie es nicht merken, läuft die
Lebenserhaltung noch immer am unteren Rand.«

»Ja, das haben wir schon mitbekommen«, sagte Misa. »Doch
wenn es etwas zu tun gibt … ich bin der Ganymed-Operator der
MSA-Zentrale und kenne einige der Systeme – bei allem Respekt –
womöglich besser als jeder andere hier«, sagte sie vorsichtig. »Und
Karl Schmitz ist der beste Computeringenieur, den sie jenseits der
Erdbahn finden können. Geben Sie uns einen Platz zum Schlafen
und angemessen zu essen, und wir können dafür sorgen, dass sich
die Situation etwas schneller bessert.«

Misa war recht zufrieden mit ihrer leidenschaftlichen Ansprache und konnte nur hoffen, dass Nasri es nicht zu persönlich nahm. Doch er musste wissen, dass die meiste Arbeit an der Kommunikation immer vom Mars aus stattgefunden hatte – solange es Kommunikation gegeben hatte.

Nasri seufzte und stellte Resignation zur Schau. »Das ist sehr freundlich von Ihnen beiden … aber ich fürchte, das wird nicht notwendig sein. Wenn Sie sich hier umsehen, dann stellen Sie bei genauerem Hinsehen fest, dass wir nichts tun, als die Generatoren zu beaufsichtigen und die achttausend verbliebenen Bewohner von Ganymed sozusagen beim Überleben zu beobachten. Millennium nimmt uns alles ab, und wir waren nicht unbedingt in der Position, ihnen Eigenständigkeit abzuverlangen, wenn Sie verstehen.«

Sie nickten und es folgte betretenes Schweigen. Misa sah jetzt, was er meinte. Die Operatoren vor ihnen tippten gelangweilt auf ihren Displays herum. Der Außenposten Ganymed vegetierte vor sich hin. Und noch immer gab es keinen Hinweis darauf, was Millennium damit bezweckte. Sie hätte wetten können, dass man sich keine große Mühe gab, die Sendemasten zu reparieren – wenn sie überhaupt wirklich damit beschäftigt waren.

»Wenn Sie also keine Fragen mehr haben …«, sagte Nasri, »wird mein Assistent Ihnen das Großraumquartier zeigen, wo es noch Platz für Sie gibt. Und wenn Sie doch Fragen haben sollten, wenden Sie sich an ihn.«

Misa hatte noch tausend Fragen – doch keine davon würde er beantworten können, dachte sie. Sie versuchte, zufrieden dreinzublicken, und hoffte, dass Karl sich ebenso leicht abfertigen ließ. Immerhin stellte sie fest, dass er sich bereits zum Ausgang gewandt hatte.

»Das werden wir, Herr Gouverneur«, sagte Misa – nicht, um ihm einmal mehr zu verdeutlichen, was er verloren hatte, sondern was sie trotz Millenniums Kontrolle über Ganymed in ihm sah. Es war am Ende immer die Hoffnung, die man sich bewahren musste, dachte sie. Und wenn Nasri keine Hoffnung hatte, dann gab es für ganz Ganymed keine.

7

Sie rochen es viele Korridore entfernt und noch bevor Brindojevic sie darauf hinwies, dass sie die Habitat-Sektion erreicht hatten.

Ganymed vegetierte dahin, und ebenso verhielt es sich mit seinen ehedem stolzen Bewohnern.

Sicher hundert Menschen harrten in dem Raum aus, der eine Turnhalle gewesen sein musste und nun eine Art Auffangbecken für Leute bildete, deren Quartieren die Lebenserhaltung gestrichen worden war. Wie notwendig das sein mochte, wusste Misa nicht einzuschätzen, doch sie hatte das Gefühl, dass viel der Mühsal nur dazu diente, die Ganymeder nicht auf dumme Gedanken zu bringen. Brindojevic gab sich nun, da der offizielle Teil beim 'Gouverneur' abgeschlossen war und sie sozusagen für die Öffentlichkeit als gerettet gelten mussten, nicht mehr viel Mühe, ihnen den Aufenthalt angenehm zu machen. Er ging davon aus, und wie Misa eingestehen musste, unvernünftig war es nicht, dass sie sich zu den vielen ausharrenden Menschen gesellen würden, deren Arbeitsstellen geschlossen oder versperrt waren. Er zeigte ihnen, wie das rudimentär angebrachte, rein mechanisch arbeitende Spind-System funktionierte und überließ sie dann sich selbst. Sie hatten Essensmarken und eine Art Notausweis bekommen und standen ratlos mitten in der großen Halle voller stinkender, gelangweilter Menschen.

»Das war's dann also. Endstation Ganymed«, sagte Karl Schmitz, der nicht einmal mehr Lust hatte, Misa anzüglich zuzublinzeln.

»Oh nein«, sagte Misa. »Es gab einen Weg auf diesen Dreckklumpen, also gibt es auch einen wieder hinunter.«

»Nur tot«, kommentierte Karl.

Misa sagte nichts. Wenn sie auch auf ihn nicht zählen konnte, hatte er vielleicht sogar Recht. Aber dafür bedurfte es, zumindest was sie betraf, eines Beweises.

***

Widerlich. Das war das Wort für die trocken knetbare Masse, die Misa und Karl einige Zeit später in der Kantine in Empfang nahmen. Natürlich war es erbärmlich gegenüber der Erste-Klasse-Verpflegung an Bord der *Leopold*, aber darum ging es auch gar nicht. Selbst für einen Außenposten am sprichwörtlichen Rande des Sonnensystems war es widerlich.

In großen Lettern prangte der silberne Millennium-Schriftzug auf der Vakuumverpackung, die sich und ihren Inhalt angeblich selbst erhitzen können sollte – tatsächlich war die braune Masse lauwarm und roch nach altem Heu. Selbst Karl Schmitz, sonst weithin dafür bekannt, bei jeder Gelegenheit doppelte Portionen zu vertilgen, musste sich für einen kurzen Moment nach den ersten Bissen abwenden.

»Willkommen in der Zukunft«, seufzte er.

»Millenniums Zukunft«, ergänzte Misa.

»Vor kaum ein paar Minuten war ich noch froh, diesen Halsabschneidern entkommen zu sein. Ich dachte, auf Ganymed wären wir zumindest sicher. Aber nein, sogar bis in unsere Nahrung verfolgen sie uns.«

»Lass den Kopf nicht hängen, Karl. Immerhin haben wir etwas zu essen.« Sie versuchte, langsam und behutsam seinen Mut wieder aufzubauen. So sehr sie seine Art auch anwiderte, sie brauchte ihn, wenn sie noch einmal neue Entschlossenheit schöpfen wollte. Und das wollte sie. Ja, sie würde nachprüfen, ob ihre Freunde und Kollegen noch lebten. Und wenn nicht, dann würde sie zumindest nicht tatenlos hier herum vegetieren.

»Das nennst du Essen, Misa?«

»Ehrlich gesagt, war es vorher auch nicht viel besser. Ihr seid die Marsianer, die sie aus dem explodierenden Schiff gerettet haben, richtig?« Ein freundliches Gesicht setzte sich samt zugehörigem schmutzigem Overall an die gegenüberliegende Seite des Tisches.

»Es gibt also doch so etwas wie Nachrichten auf diesem Dreckklumpen?«, fragte Karl.

»Nichts gegen Ganymed, er kann nichts für den Burst«, sagte der Unbekannte, dessen linke Schulter starr bandagiert war.

Misa beschloss, dass es unklug war, den 'Einheimischen' gegenüber nicht offen und freundlich zu sein, und stellte sich vor.

Der Fremde hieß Fritzi Glöckner und war echter Terraner, wenn man davon absah, dass er seit fünfundzwanzig Jahren auf dem Ganymed lebte. Er war gut gebaut für so lange Zeit auf einem

Jupitermond, auf dem die Gravitation niedrig war, doch sein Gesicht zeigte den Einfluss der harten, nur schwach abgeschirmten kosmischen Strahlung. Misa wusste, dass die Lebenserwartung auch in modernen Zeiten ein sicheres Maß für den Zivilisationsgrad eines Außenpostens geblieben war. Ganymed war der verlorene Sohn, seit es alle zum Saturn zog, und das merkte man an jeder Ecke. Dennoch schien zumindest Fritzi Glöckner seine Lebenslust bewahrt zu haben.

»Ich war bei der Arbeit, als der Burst kam«, berichtete er unaufgefordert. »Reparierte die Plasmaleitung zum geologischen Observatorium. Die Spule neben mir überlud und ...« Stumm deutete er auf die verbundene Schulter.

»Wie schlimm ist es?«, fragte Misa, die sofort an ihre Hand denken musste und sich einmal mehr fragte, ob die von Hugo Marcus versprochene Besserung sie jemals erreichen würde.

»Oh, der Arm ist noch dran, oder?«, sagte Glöckner und lachte.

Misa hob ihre schlechte Hand und deutete mit der anderen darauf. »Das kann ich auch hierüber sagen.«

»Ups«, entfuhr es dem Techniker.

»Das kann man wohl sagen«, sagte Misa und prüfte ihre Einstellung. Sicher, sie brauchte Verbündete, doch war es klug, so früh die ganze Geschichte der *Leopold* zu erzählen? Womöglich gab es noch mehr Gelegenheiten, an denen es nützlich war, eine gute Story in der Hinterhand zu haben. Dann fiel ihr etwas ein ... wenn der Mann Energietechniker war, hatte er sicher Zugang zu weiten Teilen der Station.

»Sagen Sie mal, wie gehen die Reparaturen am Energienetz voran?«, fragte Misa ins Blaue hinein.

Glöckner seufzte. »Wissen Sie, im Grunde darf ich dazu nichts sagen.« Er rückte auf seinem Stuhl näher zu Karl und Misa heran. Dann sagte er: »Eigentlich geht es gar nicht voran. Die Generatoren versorgen die Lebenserhaltung und sonst nichts. Sie können nicht ans allgemeine System angeschlossen werden. Und für die Reaktoren fehlen Ersatzteile.«

»Die Generatoren sind nicht kompatibel?«, platzte es aus Misa heraus. »Das EPS-Netz von Ganymed arbeitet auf einer soliden 48V-Basis, die man leicht über ...«

»Woher wissen Sie denn das?«, rief Glöckner.

»Ist elektrische Grundausbildung am Rande des Universums nicht mehr in Mode?«, gluckste Karl, doch Misa piekte ihn augenblicklich mit dem Ellbogen in die wabbelige Seite.

»Ich bin …« Sie zögerte. »Ich war die Kommunikationsoperatorin der MSA für Ganymed und das Jupiter-System«, sagte sie.

»Ach Sie sind das …«, sagte Glöckner leise.

»Wie bitte?«

»Ich … nichts für ungut. Ich habe oftmals hinter Ihnen aufräumen müssen, wissen Sie.«

Misa blickte den Mann ratlos an. »Wovon reden Sie?«

»Sie haben alles verstellt«, sagte er. »Die Antennen, die Frequenzen, die Bandpässe. Wir haben uns manchmal gewundert, dass überhaupt noch etwas zum Mars durchging.«

Misa starrte Fritzi Glöckner an. »Bevor der sogenannte Burst den Ganymed erfasst hat, habe ich geschlagene drei Jahre als Operator gearbeitet. Während dieser Zeit hat nicht ein Bauteil, nicht eine Frequenz im Mittel um mehr als ein Prozent geschwankt. Die Verbindung war gut und klar. Wovon reden Sie da?«

Glöckner schüttelte den Kopf. »Sind Sie noch ganz bei Trost? Sehen Sie sich mal um. Das hier ist ein um den Jupiter kreisendes Ersatzteillager. Die Antennen fallen öfter aus, als Sie 'Standardprotokoll' sagen können.« Der Mann war außer sich. Misa hatte ihn vor den Kopf gestoßen und ihm Inkompetenz vorgeworfen, ohne eine Ahnung davon zu haben, wie es sich begab.

»Man in the Middle«, sagte plötzlich Karl Schmitz.

»Was?« Misa kam gar nicht hinterher. Weder Glöckner konnte sie folgen, noch Schmitz, der dem Gesichtsausdruck nach zu urteilen offenbar eine seiner typischen Verschwörungstheorien ausbrütete.

»Misa, Schätzchen.« Er strahlte so wie immer, wenn er sie belehren konnte. »Man-in-the-Middle«, wiederholte er langsam.

Da sie ihn noch immer irritiert ansah und auch Fritzi Glöckner sich keinen Reim aus seiner kurzen Erklärung, die nur vier Worte umfasste, machen konnte, plusterte er sich in der für ihn so typischen Weise auf, seufzte und versuchte es erneut.

»Man in the Middle«, sagte Karl Schmitz, »bedeutet, dass jemand einen Kommunikationskanal abhört oder unterbricht, indem er sich für beide Empfängerseiten als der jeweils andere ausgibt.«

Misa sah ihn ratlos an. »Und wie soll das gehen? Die Protokolle sehen die genauen Signallaufzeiten vor. Da ist es kaum möglich, dass jemand die Latenz so gut imitiert, dass …«

»Meinst du 'nicht' oder 'kaum', Misa?«, fragte Karl süßlich.

»Na ja«, meinte sie. »Es wäre schon möglich einen Transceiver-Satelliten dazwischen zu schalten, wenn seine Signalauswertung innerhalb der Toleranzen liegt.«

»Ge-nau«, erwiderte Karl und grinste. »Und jetzt rate mal, von wem wir wissen, dass sie Breitband-Nanomaterialien zur Verkleidung ihrer Strukturen verwenden …«

Misa nickte. »Können Sie folgen, Herr Glöckner? Ich glaube, dass unsere gegenseitig geäußerten Vorwürfe sich klären lassen.«

»Und wie?«

Misa nahm ein Stück braune Nahrungspampe, riss mehrere Krümel davon ab und legte sie in einer Reihe mit dem Teller aus. Die Längenverhältnisse passten überhaupt nicht zusammen, doch trotzdem zeigten die sich hebenden Augenbrauen, dass der Techniker verstand. »Wir werden den Mars anrufen«, schloss Misa triumphierend.

»Und wie soll das gehen?«, fragte Glöckner. »Die Antennen sind kaputt.«

»Da wäre ich mir nicht so sicher«, gab Misa zurück.

»Was wollen Sie denn damit sagen?«, fragte er. Misa konnte sehen, wie aufgebracht er nun war. Ihre Theorie, oder vielmehr Andeutung einer Theorie, tangierte, was ihn betraf, seine heiligsten Werte. Misa hatte das Gefühl, dass er es sich vorwerfen würde, wenn sie Recht hatte – und er wollte nicht für möglich halten, dass jemand anderes dafür sorgen könnte, dass die Antennen nicht taten, was sie sollten.

»Ich will damit nur sagen, dass ich mir die Sendevorrichtungen gerne einmal ansehen würde«, meinte sie.

»Viel Erfolg«, sagte er vieldeutig.

»Wie bitte?«

Glöckner lächelte kühl. »Ich denke nicht, dass es Ihnen gelingen wird, eine Außengenehmigung zu erhalten«, sagte er. »Und mir auch nicht.«

»Wer vergibt die?«, fragte Misa, doch sie ahnte, wie die Antwort lauten und ihre Hoffnungen auf neue Erkenntnisse zunichtemachen würde.

»Millennium«, sagte Glöckner und blickte noch resignierter drein als zuvor.

Misa überlegte. Sie war nicht sicher, wie weit die Neugier des Mannes reichte. Doch er schien offen für ihre Überlegungen, und ihre Erklärung, dass sie nicht für die Rejustagearbeiten verantwortlich war, hatte ihn offenbar bei der Ehre gepackt. Sie beugte sich leicht über den Tisch und flüsterte fast, denn sie hoffte, dass der konspirative Ton ihn kooperativ machen würde. »Was müsste denn geschehen, dass jemand … zum Beispiel Sie, unbedingt und unausweichlich diese Sender inspizieren müsste?«, fragte sie und zwinkerte ihm zu.

Fritzi Glöckner zögerte. Misa war nicht sicher, ob er überlegte oder im Begriff war, sie an die Schattenbehörden Ganymeds zu verraten, die offiziell zwar lediglich außer Dienst waren, de facto jedoch als komplett abgesetzt betrachtet werden mussten.

»Da würde mir schon was einfallen«, sagte er schließlich und grinste. »So ein Plasmaleck kann sich böse ausweiten, wissen Sie? Und wenn da niemand einschreitet, dann würde es die ganze Kolonie gefährden. In dem Falle müsste zwar mehr als eine Person da raus, aber ich wäre ganz sicher dabei. Was Sie angeht … ich glaube Ihnen die Räuberpistole von dem Mann in der Mitte nicht recht, aber ich will gerne zugeben, dass die schiere Möglichkeit nicht von der Hand zu weisen ist. Sie scheinen sich hier besser auszukennen, als manch einer vermutet. Verdienen Sie sich Anerkennung, und es könnte sein, dass bei einer solchen Krise die Wahl auf Sie fällt. Vielleicht schickt Millennium jedoch auch wieder nur Roboter.«

Dann stand er auf, brachte sein mit Krümeln übersätes Tablett zur Spüle und verließ die überfüllte Kantine.

»Pfffft«, machte Karl.

»Eine seltsame Begegnung«, sagte Misa.

»Du hast dich ganz schön weit vorgewagt, dafür dass wir hier niemanden kennen.«

»Wie meinst du das?«

»Na ja. Ich denke nur …«

»Ja?«

Karl Schmitz schüttelte seinen massigen Körper. Er war noch immer berauscht davon, wie gering die Schwerkraft hier war, und musste sich praktisch vogelfrei vorkommen. Gerade deshalb würde er sie jetzt – mal wieder – zurechtweisen wollen. »Ich denke nur, dass wir hier nicht gleich jedem vertrauen sollten.«

Misa dachte über seine bemerkenswert diplomatische Aussage nach. Natürlich hatte er Recht. Und sie hatte sich von der Aussicht auf eine winzige Messerspitze Aufklärung weit aus dem Fenster gelehnt. Hugo Marcus hätte es nicht so weit kommen lassen. Doch sie würde Karl nicht einfach so die Deutungshoheit überlassen.

Schuldbewusst blickte sie Karl an. »Vielleicht hast du Recht.«

»Vielleicht?«

Misa verzog das Gesicht. »Ja, vielleicht.« Und mehr würde sie dazu auch nicht sagen.

»Na schön, Süße. Ich hingegen werde weiterhin darauf achten, was ich sage.« Und in einer geradezu grazilen Persiflage von Fritzi Glöckner stolzierte er, scheinbar leicht wie eine Feder, zur Geschirrrückgabe und legte sein Tablett formvollendet auf das Förderband.

»Okay, du Clown«, sagte Misa, nachdem sie die visuelle Überreizung überstanden hatte. »Was machen wir jetzt, wenn wir nicht Konversation treiben sollen?«

»Erstens, Schätzchen, stört es mich nicht im Geringsten, wenn wir Konversation betreiben. Zweitens meinte ich damit nur, dass wir gegenüber Fremden vorsichtig sein sollten. Und drittens … hätte ich nichts dagegen, ein Computerterminal zu suchen, an dem ich mich etwas 'umsehen' kann, wenn Du verstehst.«

Misa ignorierte den offensichtlichen Widerspruch in seiner Argumentation, die besagte, dass Hacking weniger auffällig war, als mit Leuten zu reden, doch sie beschloss, dass es auch nützlich sein würde, Karl bei Laune zu halten. Denn für den Moment war er der einzige echte Verbündete – was für eine absurde Situation. Misa seufzte und deutete betont enthusiastisch zum Ausgang. »Suchen wir uns ein Terminal.«

***

Es war leicht, zwischen den brummenden und stinkenden Generatoren eine Nische zu finden, in der ein verdrecktes, aber lauffähiges Zugangsterminal stand, wie es sie auf dem Mars an jeder Ecke gab, und die auf Ganymed doch ein eher seltener Anblick waren. Das Gerät war archaisch, selbst nach den Maßstäben einer fünfzig Jahre alten Kolonie, und funktionierte kaum schneller als ein mechanischer Kalkulator. Das sagte zumindest Karl Schmitz, während er wie besessen darauf eintippte.

»Misa, das ist, als wühle man sich durch Kaugummi. So richtig dickes, klebriges. Als würde jede einzelne Anfrage zur Erde und zurück geschickt.«

Natürlich betrug die Latenz nicht eine halbe Stunde Lichtlaufzeit, dennoch war es leicht für sie, Karls Unzufriedenheit nachzufühlen. Noch dazu, weil sie gar nicht recht wussten, wonach sie suchen sollten. Misa beschloss, ihn ein wenig anzustacheln.

»Du bist doch hier der Meisterhacker. Kannst du deinen Zugang nicht übertakten oder so?«

»Das ist alles fest verdrahtet. Ich könnte nicht einmal die Buchstaben auf der Tastatur vertauschen, Schätzchen.«

Misa hätte die Mischung aus angegriffenem Hacker-Habitus und süßlicher Schleimerei durchaus faszinierend gefunden – wenn es nicht so anstrengend gewesen wäre, es mit ihm auszuhalten. Sie waren kaum einen halben Tag zusammen in Ganymed unterwegs, und er schwitzte und stank, als hätte er den Eisklumpen schon zweimal zu Fuß umrundet. Natürlich hätte er es nicht geschafft, aber das tat ihrer blühenden Imagination keinen Abbruch. Sie würde es ertragen, beschloss sie, denn es war besser, als überhaupt keinen Verbündeten mehr zu haben.

»Also, hier ist wirklich alles zugesperrt«, sagte er halb verzweifelt.

»Was meinst du?«, fragte sie zaghaft und schielte auf den winzigen Touchscreen.

»Es ist nicht so, dass keine Informationen oder Abfrageebenen da wären«, versuchte er, so gut er es konnte, den Aufbau des Ganymed-Netzes zu erklären. Misa dachte jedenfalls, dass er so tat, als wüsste sie nicht einmal, was ein Computer war, doch sie ließ ihm seine Überheblichkeit, denn wenn er irgendetwas … eine winzige Kleinigkeit zu Tage förderte, dann wäre es schon ein gewisser Triumph, der die Erniedrigung wert wäre.

»… allerdings sind die Zugriffsebenen so vertrackt konstruiert, dass mich wundern würde, wenn der Gouverneur selbst Zugriff darauf hätte«, sagte er.

»Hat er ziemlich sicher auch nicht«, sagte Misa. »Sie haben alles abgeschirmt. Die Leute hören, was sie hören sollen, und bekommen gesagt, was sie weiterplappern dürfen.«

»Mit 'sie' meinst du Millennium, Süße?«, fragte er.

»Nein, den Kaiser von China«, sagte sie und lachte.

»Was das System betrifft, sind beide Konzepte gleichermaßen diffus«, sagte er, doch Misa verstand nicht sofort, was er meinte. Einmal mehr drehte er sich um, warf die fettigen Haare in den Nacken und bleckte die Zähne. »Sie existieren nicht hier drin.«

»Sie müssen aber da sein. Jemand kontrolliert das interne Netz.« Misa würde nicht zulassen, dass er aufgab. Sie hatte schon die Antennen nicht untersuchen können. Der Computer musste einfach etwas hergeben.

»Oder ich bin einfach zu schlecht für dieses verkackt lahme System«, moserte Karl. »Ich finde einfach keinen Ansatzpunkt für einen Backtrace oder eine Hintertür oder einen Overflow …«

»Warte mal«, flüsterte Misa, obwohl sie sicher war, dass niemand in der Nähe sein konnte. »Ich habe doch noch meine Wartungscodes. Vielleicht kommst du über die Kommunikationsschiene an etwas mehr heran.«

»Weißt du die denn aus dem Kopf?«, fragte Karl. Sie konnte den Hohn in seiner Stimme hören, er gab sich keine Mühe, höflich zu sein. Aber er hatte Recht. Jedes System war über einen eindeutigen 64-Zeichen-Key gesichert, der selbst mit einem Quantendechiffrierer so schwierig zu knacken war, dass man ihn nur alle zwei Wochen wechseln musste.

»Wenn sie nicht abgelaufen sind«, sagte Misa und hoffte. Vielleicht war das Backend dumm genug, nur von der fernen Gegenstelle eine doppelt kodierte Authentifizierung zu verlangen. »Und den Quantenkanal zur Verifikation haben wir natürlich auch nicht.«

»Nicht nötig«, sagte Karl.

»Hmm?«

»Das Backend fragt nach dem Code, ohne zu sagen, dass er zu alt wäre. Wenn du ihn noch weißt, Schätzchen, dann sind wir auch schon … drin.«

Misa bemerkte, wie Hitze in ihr aufstieg. Nicht wegen der allzu vorhersehbaren Anzüglichkeit von Karl, die sie geübt ignorieren konnte. Sondern weil es jetzt davon abhing, ob sie ihren Job, der ihr mitunter auf Ganymed wie das Echo eines früheren Lebens vorkam, als Operator gut ausgeführt hatte, denn dazu gehörte nach ihrem Verständnis auch, die Codes im Kopf zu haben. Sie konzentrierte sich, rief die Eselsbrücken und Konstruktionsmetaphern ab, die sie routinemäßig verwendete …

»EJKHSI0KH5KUSSAPYAHE72WM1CJ-(§#7AMKETWNDÖ(&$AN?;H»AKNC9Q10KNWAÜ_«, tippte sie leicht zittrig auf der viel zu kleinen Displaytastatur ein.

Entgeistert blickte Karl Schmitz sie an. »Und da bist du sicher?«

Misa blickte abschätzig auf die eingegebenen Zeichen. »Das oder sie haben den Code geändert, ohne dass du es festgestellt hast.« Dann, ohne seine Reaktion abzuwarten, drückte sie die Entertaste und trat zufrieden vom Terminal weg.

»Das … musst Du mir bei Gelegenheit erklären«, stammelte er, während seine Finger bereits in den Hacker-Modus zurückgefunden hatten und erneut über die Tastatur wischten.

Misa genoss ihren Triumph. Nein, sie würde ihm die Bildungsregeln für superkomplizierte Passwörter nicht verraten – denn es gab keine. Sie hatte, nachdem mehrere ihrer privaten Mars-Accounts in jungen Jahren kompromittiert worden waren, an die zwanzig jeweils 16 Zeichen umfassende, zufällig generierte Phrasen gelernt und Passwörter stets nur aus ihnen zusammen gebaut. Und da niemand die Phrasen kannte und Misa sie niemals aufschrieb, war ein 64-stelliger Code für sie nur der Umstand, sich vier kleine Buchstaben zu merken. Misa lächelte in sich hinein. Dieser kleine Trick könnte Karl noch das eine oder andere Mal beschäftigen, dachte sie.

»Und Karl, was zu finden?«, fragte sie, als sie schließlich von seinem noch immer zunehmenden Geruch aus der wohligen Wolke der Selbstzufriedenheit gerissen wurde.

»Jetzt lass mich doch erst mal in Ruhe umherschauen«, sagte er.

»Oh natürlich, konspirativ an einem Terminal stehen ist Grund zur Aufregung, aber wenn man erst mal im System ist, ist Ruhe angebracht«, witzelte Misa.

»Ja. Denn jeder unbedachte Schritt könnte uns verraten.«

»Na schön. Sag einfach Bescheid, falls du Zugriff auf die Sendesysteme oder etwas anderes Interessantes bekommst.« Misa trat von einem Fuß auf den anderen. Zumindest bei ihr gab es kein Halten mehr. Sie spürte, dass ein Teil der Aufklärung unmittelbar vor ihnen lag – Karl musste es nur noch sezieren und hinaus zwingen.

»Mist«, sagte er. »Irgendetwas ist komisch. Ich bin nicht sicher, ob es einen Trace gibt oder das System noch träger geworden ist, aber wir sollten uns beeilen. Ich habe fast die Transceiver-Ebene erreicht. Wonach soll ich gucken?«

Fieberhaft überlegte Misa, was sie eigentlich genau wissen wollte. Vielleicht waren die Änderungen an der Antenne auch physischer Art, dann würde die Software keinen Hinweis darauf finden können … »Schick ein Keep-Alive-Signal an den Mars. Beobachte aber nicht die Antwort im normalen Band, sondern in den Seitenbändern der zweiten harmonischen Frequenz. Wenn das Signal abgefangen wird, dann sollte eine Korrelation dort sein, und zwar mit einer Latenz proportional zum Abstand …«

»Äh …« Karl drehte sich um. »Ich bin Computer-Spezialist, kein Datenübertragungs-Ingenieur. Vielleicht machst du das besser selbst«

»Mhh«, sagte Misa und musterte das System. »Ich kenne dieses Terminal nicht so gut. Du musst mir mit der Syntax helfen. Wir haben nicht mehr viele Versuche, nicht wahr?«

»Könnte sein«, murmelte Karl und begann, ihr die Befehlsstruktur zu zeigen. Sie erinnerte sich rechtzeitig daran, die Sensoren vor dem Senden auf die Seitenbänder zu kalibrieren, und sie wurde immer nervöser, je weiter sie kamen. Dann drückte sie auf den verführerisch blinkenden Knopf und setzte es in Gang.

»Wie lange dauert es?«, fragte Karl, der seine Konzentration wie eine Maske abnahm und wieder sein übliches falsches Grinsen zur Schau trug.

»Das kommt darauf an, wo es einen Rebound gibt. Bis zum Mars selbst mehrere Stunden …«, begann sie, doch Karl zeigte auf das von Fingerwischern und altem Staub verdreckte Display.

»Oh.«

»Das ging schnell«, sagte Karl und deutete auf den Ausschlag auf den Sensorbildern. »Was muss ich tun?«

»Berechne die Entfernung, indem du die Laufzeit mit der Lichtgeschwindigkeit … was war das?« Misa fuhr herum. Da waren Schritte gewesen oder nicht?

»Rennen?«, fragte Karl im Delirium der blinkenden Konsole gefangen.

Misa horchte. Der seltsame Hall auf den metallischen Abdeckungen war kurz verflogen, doch jetzt hörte sie es wieder. »Rennen und aufteilen«, sagte sie ruhig und schluckte. Betrachtete das verstorbene Lächeln auf Karls Gesicht. Dann rannte sie los. Sie wusste, dass sie schneller war als Karl, aber das hätte nur etwas genützt, wenn sie sich auch ausgekannt hätte. Sie nahm also die nächstbeste Abzweigung und setzte sich von ihm ab. Noch zwei nach rechts, dann einmal nach links und der Habitatbereich musste …

»Stehen bleiben.«

Vor der nächsten Abzweigung schritten mehrere auffällig gekleidete Personen aus dem Seitengang, kaum angestrengt aussehend. Sie hatten sie nicht verfolgt, sondern gewusst, wo sie war. Misa seufzte, drehte sich um, doch sah eine weitere Gestalt näher kommen.

»Frau Vebiletti, wir müssen Sie bitten, uns zu folgen.«

Misa seufzte. »Aber natürlich. Worum geht es denn?«

Die Männer lachten. »Im Wesentlichen darum, warum Sie es so eilig hatten.« Sie fassten sie nicht an, aber nahmen sie in die Mitte. Einer lief vorweg und zwei hinterher, sodass sie effektiv keine Fluchtoption hatte. Sie waren offenbar bemüht, dass es nicht so aussah wie eine Festnahme. Nicht, dass in Ganymeds Tunnellabyrinth viele Schaulustige gewesen wären. Nach zwei Ecken hörte man ein tiefes Schnaufen, und so fand Misa Karl Schmitz wieder. Er lag zwischen zwei anderen Männern und rang nach Luft. Misa war nicht sicher, aber sie hatte das Gefühl, dass er nicht so weit gekommen sein konnte wie sie. Einerlei. Missmutig blickte sie zu ihm herab. Entschuldigend hob er die Augenbraue und rappelte sich unter dem wachsamen Blick der Männer auf. Misa war klar, dass sie von Millennium sein mussten, denn es gab außer dem stilisierten, textfreien Logo keine Aufnäher an ihren Overalls. Gesichtslose, geschichtslose Unternehmenskultur, dachte Misa.

Es dauerte bis zur auffällig aus der Zeit gefallenen Tür, ehe sie erkannte, dass sie Recht hatte. Sie standen vor dem Eingang zur Höhle des Löwen. Einer der Männer nahm sein Pad heraus und machte Meldung.

»Nur den Mann hinein bringen. Für die Frau haben wir keine Verwendung«, flüsterte es aus dem Pad heraus. Diffus versuchte ihr Verstand zu ahnen, ob es sich dabei um McNamara gehandelt haben mochte oder nicht, doch sie blieb erfolglos. Traurig sah sie, wie zwei der Männer Karl hineinschoben und die Luke wieder hinter sich verriegelten.

»Ich liefere Sie am Habitatkomplex ab«, sagte einer der verbliebenen Männer. »Und wenn ich Ihnen einen Rat geben darf. Machen Sie nicht mehr solche Dummheiten.«

Misa nickte stumm. Es war keine gute Idee, jetzt Provozieren zu üben, dachte sie.

Sie drehte sich um und überließ Karl Schmitz seinem Schicksal. Nicht, dass sie es ändern konnte, doch es fühlte sich an, als ginge sie freiwillig.

***

Die Millennium-Aufpasser achteten penibel darauf, dass sie die Habitatbereiche auch aufsuchte. Misa war nicht sicher, ob sie von nun an beobachtet werden würde, doch sie musste es zumindest in Erwägung ziehen. Wieder wie Hugo Marcus denken. Die Erinnerung schmerzte, doch noch mehr fasste sie an, dass sie versagt hatte. Karl war nun festgesetzt und würde ihr nicht mehr helfen können, und bald würde sie sogar seine obszönen Witzchen und massige Erscheinung missen. Selbstmitleid umfing Misa, als sie die stinkende Turnhalle betrat und all die Menschen sah, die ihrer Quartiere beraubt hier ausharren mussten. Sie waren noch schlechter dran als Misa, doch immerhin wussten sie nicht, dass keine Aussicht auf Besserung bestand. Sie konnte nur mutmaßen, wie die Berichte, die Millennium über Ganymed abgab, aussahen. Doch sicher waren sie überwiegend positiv, während man am Ende darauf hinwies, dass die Reparatur noch lange andauern würde. Vielleicht würde man gar genug Chuzpe besitzen, die MSA doch Hilfslieferungen schicken zu lassen. Und doch ... Misas Gehirn arbeitete immer weiter daran, zu ergründen, weshalb das Schauspiel hier notwendig war und welche tieferen Gründe hinter der Basis bei Callisto steckten. Sie war überzeugter denn je, dass der Gammastrahlenausbruch, der Ganymed getroffen hatte, keine zufällige Laune des Universums war, sondern knallhart von Millennium kalkuliert passiert sein musste.

Und mitten in die schwebende Frage des Warum aktivierte sich ein schriller Pfeifton, der die Massen aus der Halle trieb.

»Feueralarm«, sagte ein junger, dreckiger Mann, als er von seiner Decke aufsprang, Misa beinahe umrempelte und vom Warnton getrieben hinaus rannte.

Misa spürte eine seltsame, plötzliche Ruhe in sich, stand langsam auf und folgte den anderen, ohne sich an der Panik zu beteiligen. Sie wusste nicht, wohin man sich in einem solchen Fall begab, und daher war es besser, der kopflosen Masse zu folgen, als zu versuchen, sie anzuführen.

»He, Misa, richtig?«

Fritzi Glöckner stand mit einer Art Gasmaske in der Hand vor ihr.

»Sie wissen besser als die meisten hier, wie man Plasmabrände bekämpft«, sagte er und fügte hinzu: »Die meisten sind Bergarbeiter und zu dämlich, und die anderen sind Wissenschaftler und zu klug.«

Misa lachte, nahm die Maske und erkannte den Ausdruck in seinen Augen. Er war nicht besorgt, er wusste genau, was hier passierte. Entweder es gab keinen Alarm oder er war von Glöckner geplant und diente nur zur Ablenkung.

Während sie laufen musste, um mit ihm Schritt zu halten, fragte sie immer wieder, wohin sie gingen, doch alles, was er sagte war nur: »Zum Alarm.« Sie hoffte inständig, dass sie ihn richtig einschätzte, doch die Tatsache, dass er nur Sekunden nach dem Alarm direkt auf sie zugegangen war, konnte nur bedeuten, dass ihr Misstrauen in Millennium ihn überzeugt hatte. Sie spürte, dass das Atmen schwerer wurde und die düstere Vorahnung des Sauerstoffentzugs die süße Verlockung von seltsamen Erinnerungen an die *Leopold* wachrief, doch Glöckner setzte seine Maske auf und bedeutete ihr, dasselbe zu tun. Der Sauerstoff war kalt und klar und fühlte sich an wie der Wasserfall eines Gebirgsbaches, in den sie sich hineinstellte. Er war jetzt nicht mehr gut zu verstehen unter der Maske, also folgte sie seinen Handzeichen. Wo brachte er sie hin?

Die Luft war zunehmend schmutzig und verqualmt, doch Glöckner ging schnurstracks auf die Rauchschwaden zu und durchschnitt sie wie ein Wellenbrecher den Sturm. Misa folgte eilig und immer nervöser. Schließlich konnte sie ihn selbst zwei Meter entfernt kaum noch erkennen, da bog er ab und brachte eine Luke vor sich auf. Nachdem Misa ihm mühsam gefolgt war, klappte er sie zu und nahm die Maske ab.

»So, da wären wir. Jetzt liegt es an Ihnen«, sagte er.

Misa blickte ihn fragend an und sagte nichts.

»Sehen Sie die Klappe da oben?«, fragte er und zeigte auf eine rostige Mischung aus altem Stahl und etwas noch Schäbigerem, das eilig darüber genietet worden war.

Sie nickte.

»Das ist der Raum direkt unter dem Hauptsender. Darüber sind drei Meter Fels und wiederum darüber ist die Oberfläche von Ganymed.«

»Warum sind wir hier?«, fragte Misa.

»Sie waren doch der Meinung, dass der Sender funktioniert und nur scheinbar von Millennium deaktiviert worden ist«, sagte er. »Beweisen Sie es.«

Glöckner wusste natürlich nichts von ihrem Pyrrhussieg an dem heruntergekommenen Terminal. Misa seufzte. »Das haben wir schon. Vor nicht einmal einer Stunde.«

Verwirrt blickte der Techniker sie an. »Seit Wochen ist niemand hier gewesen und ich riskiere verdammt nochmal meinen Arsch, indem ich diese Ablenkung inszeniere. Und jetzt sagen Sie mir, dass alles umsonst war?«

»Ich … ich weiß das zu schätzen«, stammelte sie und versuchte ihm zu erklären, was Karl Schmitz herausgefunden hatte.

Glöckner legte seinen Kopf schief und hörte genau zu, was Misa erklärte. »Nun … man kann Ihnen nicht vorwerfen, untätig herumzusitzen. Das haben Sie vielen der Sesselfurzer in unserer sogenannten Verwaltung voraus.«

»Also?«

»Auf jeden Fall müssen wir hier heraus. Wir können das Lüftungssystem wieder anschließen und so tun, als ob wir einen Brand gelöscht hätten. Aber das ist riskant, weil man leicht feststellen kann, dass es keiner war.«

»Nein.« Misa war nicht sicher, was sie tun sollte, und sie fühlte sich schuldig. Sie hatte Fritzi Glöckner in eine undankbare Situation gebracht, in der er ein großes Risiko ohne möglichen Gewinn einging, ohne es zu wissen. »Ich werde mich stellen«, sagte sie und trat zur Ausgangs-Luke.

Glöckner packte sie am Arm. »Nicht so schnell, junge Frau.« Sein Blick verriet die Opfer, die er gebracht hatte, aber auch die Hoffnung, die er empfand. »Ich habe das hier angefangen, weil ich das Gefühl habe, dass wir nicht die ganze Wahrheit kennen. Seit Sie hier sind, häufen sich in meiner Wahrnehmung die Hinweise, dass Millennium falsch spielt. Sie müssen mein anfängliches Misstrauen verstehen, Ganymed ist meine Heimat und die Heimat vieler meiner Freunde. Von denen sind einige umgekommen bei einem Gammastrahlenausbruch, der auch Wochen später noch ungeklärt ist. Nein, Misa, ich tat, was ich tun musste und im vollen Wissen, dass es gefährlich ist.«

Misa lächelte, und hatte doch fast Tränen in den Augen. Glöckner richtete sie mit ihren eigenen Hoffnungen auf. »Sie haben Recht«, sagte sie mit zittriger Stimme.

»Gut«, sagte er und hielt ihr die Hand hin. »Partner?«

Misa nickte. »Ich kann Verbündete gebrauchen, denn mein Verschleiß ist ziemlich hoch in letzter Zeit.«

»Wenn das so ist, überlege ich es mir vielleicht noch einmal«, sagte er und lachte so laut, dass Misa fast befürchtete, dass etwaige Aufklärungstrupps sie allein deswegen finden würden.

»Was tun wir jetzt?«

»Also, es gibt zwei Wege, und beide sind gefährlich. Eigentlich sind es sogar drei, aber Sie werden schon sehen.«

»Sprechen Sie.«

Glöckner zögerte. Anscheinend war er sich nicht sicher, was er Misa genau vorschlagen würde.

»Also gut. Wir können nach oben, die Umgebungsanzüge anziehen und versuchen, eine andere Luke zu erreichen. Damit umgehen wir die Kontrolltrupps, die den Auslöser für das ganze Chaos untersuchen. Oder wir versuchen, uns an ihnen vorbei zu schleichen. Das wird aber schwierig sein, weil sie sicher jeden Raum kontrollieren.«

Misa nickte. »Und das dritte?«

»Wir bleiben hier, lassen uns finden und sagen, dass wir Schutz gesucht haben.«

»Nicht sehr glaubhaft, oder?«, fragte sie.

»Nein, ich fürchte nicht«, antwortete er.

Misa dachte nach. Ganz schön blöd, dass sie jetzt hier festsaßen, mit zwei riskanten Auswegen, und das, ohne wenigstens etwas herausgefunden zu haben. Dann fiel ihr etwas ein. »Angenommen, wir hätten die Antennenaufbauten untersucht … was wäre dann der Plan gewesen, zurückzukehren?«

»Ich … naja. Ich dachte, wir würden eine andere Luke näher am Hauptkomplex zum Wiedereinstieg nehmen.« Glöckner wirkte unglücklich und nicht restlos von sich überzeugt. Hatte er all das überstürzt geplant, oder den Rückweg einfach vergessen?

Misa hatte keine Lust, sich wieder in einen Raumanzug zu quetschen und die Enge und Unerbittlichkeit des Weltalls zu spüren.

»Wissen Sie, wie die Suchtrupps vorgehen werden?«

»Im Prinzip schon«, sagte er. »Aber da dieser Korridor praktisch eine Sackgasse ist, wird es trotzdem schwierig sein, den Moment abzupassen.«

Sie ließ einen ihrer typischen Seufzer los und sah sich um. »Also schön, wie weit ist die nächste Luke entfernt?«

»Fünf Minuten ungefähr. Die Station ist ja nicht groß, das Problem ist nur die reduzierte Gravitation.«

»Ok.«

»Ok was?«

»Wir gehen außen herum.«

Sie sah, wie Fritzi Glöckner schluckte. Offenbar war ihm nicht wohl dabei. Vielleicht hatte er auch ihre Entschlossenheit unterschätzt. Doch sie konnte jetzt nicht mehr ihre Meinung ändern. Erneut zögerte er kurz, dann griffen seine mächtigen Arme nach der Klappe über ihm und zogen die dahinter versteckte Leiter hinaus. Misa wunderte sich kurz, wie die lädierte Schulter Glöckners es anstellte, wieder beweglich zu sein, doch kam sie zu dem Schluss, dass sie ihn auch später danach fragen konnte.

»Nach Ihnen«, sagte er.

Vorsichtig, eine Sprosse nach der anderen nehmend, kletterte Misa in den dunklen Schlund der Luftschleuse. Sie hatte noch niemals eine vertikale Variante gesehen, doch musste sich damit zufriedengeben, dass die Bauweise auf Ganymed sie erforderlich machte. Es gab vier Anzüge, und tatsächlich war einer einziger von ihnen schmaler als die anderen ausgeführt. Zwar war es absurd, absichtlich weniger Platz darin haben zu wollen, doch ein großer Anzug wäre schlicht so hinderlich gewesen, dass die gewonnene Freiheit im Inneren ihre Entsprechung in eingeschränkter Bewegungsfreiheit des Äußeren gefunden hätte. Misa war unwohl, als sie die Ärmel überstülpte und ihrer schlechten Hand den Handschuh überzog. Es fühlte sich seltsam an, doch immerhin, stellte sie fest, schien das Gefühl langsam zurückzukehren. Es war beeindruckend zu sehen, wie schnell Fritzi Glöckner war. Er musste regelmäßig Außeneinsätze unternehmen, so routiniert zog er den Anzug an.

»Sie sind etwas ungelenk, nicht wahr?«, lachte er, doch im selben Moment gefror sein Lachen auch schon, denn nun musste ihm wieder einfallen, was Misas Problem war: sie schaffte es nicht, den Handschuh der guten Hand anzuziehen, da sie ihn nicht festhalten konnte.

»Entschuldigung«, sagte er etwas kleinlaut und dumpf hinter dem bereits aufgesetzten Helm und hielt den Handschuh, sodass sie hineinschlüpfen konnte.

»Kein Grund dazu«, gab Misa lakonisch zurück. »Ist ja nicht Ihre Schuld.«

Und in der Tat: Misa gab niemandem die Schuld, nicht einmal mehr sich selbst. Es galt nur, durchzukommen. Sie setzte schließlich den großen klobigen Helm auf, der im Gegensatz zur allgemeinen Ausrüstung kein Sonnenvisier hatte, denn Ganymed war so weit entfernt, dass das Zentralgestirn gerade mal so hell schien wie durch die dünne Atmosphäre des Mars. Ja, man konnte noch nicht direkt hinein blicken, aber das war es auch schon.

Ein dumpfes Grollen ertönte. Hatte Glöckner schon die Luftschleuse aktiviert?

»Ist da jemand?« Misa begriff, dass das Geräusch die Luke des Raumes unter der Luftschleuse gewesen sein musste. Alarmiert sah sie Fritzi Glöckner an, dessen ratloses und rundes Gesicht unter seinem Helm hervorschaute. Sie deutete auf die Kontrollinstrumente der Luftschleuse, doch er kreuzte die Arme und bedeutete ihr, still zu sein.

Wieder ein Rufen. Misa war sicher, dass sogleich jemand die Klappe öffnen würde, und empfing die wohlige Welle frischen Adrenalins, das sie bisweilen zu genießen begann. Auch schien es, als würde die Zeit immer weniger beschleunigt vergehen und ihr Verstand weniger gestresst sein. Konnte man sich an die Widrigkeiten der Anspannung gewöhnen?

Jemand klopfte von unten gegen die Zugangsluke. »Aufmachen!«, hörte Misa.

Auf einmal trat Glöckner an die Schalttafel. Misa hörte, wie die Klappe verriegelt wurde und die Luft entwich. Das verräterische Zischen des Vakuums füllte ihren Verstand, bis es das einzige war, an das sie dachte.

»Aufmachen! Aufmachen!«, tönte es wieder von unten, doch nun gab es kein Zurück mehr und auch niemanden, der die wütenden Schreie der Security hören konnte. In einem letzten Aufbäumen des Unterdruckes war Misa, als würde sie ein leises Quietschen hören, und dann war ihr Gehör allein mit dem Rauschen des adrenalingepeitschten Blutes in ihren Ohren. Glöckner zeigte hastig nach oben, und Misa sah, dass sich die obere Klappe geöffnet hatte. Über ihnen lag ein stockfinsterer Sternenhimmel.

8

Sie stiegen aus der Luke und verschlossen sie wieder. Als die schmale Platte über die Öffnung im Boden geglitten war, standen sie auf der fast völlig ebenen Oberfläche von Ganymed. Wie Gerippe toter Bäume standen um sie herum die Aufbauten der Antennen und Sendemasten des Außenpostens. Fritzi Glöckner hielt seine Hand seitlich an den Kopf und formte mit dem Handschuh der anderen umständlich die Ziffer drei in die dünne Atmosphäre.

Misa brauchte einen Moment, um zu verstehen, was er meinte, dann sah sie, wie er seine Lippen bewegte, ohne, dass sie es hören konnte.

»Die durchschnittliche Oberflächentemperatur beträgt weniger als hundertfünfzig Kelvin«, dozierte Glöckner munter, als sie die Frequenz an ihrem rudimentären Handschuhpad gefunden hatte. Immerhin zeigte es Uhrzeit, Position und Sauerstoffkapazität an. Das Unwohlsein des Anzuges war gespannter Neugier gewichen. Immerhin bekam sie nun die Möglichkeit, die Quelle des ganzen Rätsels aus nächster Nähe zu betrachten.

»Nicht zu nahe«, sagte Glöckner. »Sonst werden Sie gebraten, wenn sie aktiv sind.«

»Ich weiß, ich weiß«, sagte Misa. »Einige Megawatt hat der Hauptsender. Ich kenne alle Spezifika.«

»Das wollte ich nicht bestreiten. Ich dachte nur, dass es vermutlich einen Unterschied macht, ob man auf dem Mars in einem Kabuff sitzt und Protokolle auswertet oder hier draußen ist und Antennen reparieren muss.«

»So denken Sie über meine Arbeit?«, fragte Misa. Dabei war es gar nicht mehr 'ihre Arbeit', wie sie sich erinnern musste.

»Nun, ich denke, ich bin etwas nachtragend, wenn mir jemand Arbeit einbrockt«, sagte Glöckner, doch klang fröhlich dabei. »Und wenn Sie Recht haben und irgendwo zwischen diesen Antennen und den Gegenstücken auf dem Mars noch jemand mithört, dann ist es kein Wunder, dass ich Ihnen Unrecht tue.«

»Die Umleitungssatelliten sind alle ausgefallen, oder?«, fragte Misa. Sie kannte die Antwort eigentlich, denn kein einziger davon hatte dem Mars geantwortet, seit der Kontakt abgebrochen war. Normalerweise nutzte man sie, um wie Spiegel das Hauptsignal von Ganymed in jeder Konstellation zum Mars schicken zu können, doch solange sie ausgefallen waren, gab es ohnehin nur bei Sichtkontakt die Möglichkeit, Nachrichten auszutauschen.

»Kein Mucks, seit fast vier Wochen«, sagte Glöckner.

»Sie wurden einfach mit ausgeknipst«, meinte Misa.

»Ausgeknipst … das klingt wie Absicht.«

»Davon müssen wir ausgehen. Anders ist nicht zu erklären, dass die Leopold gleich zweimal innerhalb weniger Stunden von Bursts getroffen wurde.«

»Wie Zufall klingt das jedenfalls nicht, zugegeben. Ich verstehe nur nicht, warum. Warum Ganymed?«

»Weil Ganymed keinen Kontakt mit der Zivilisation mehr haben soll.«

»Warum?«

»Damit niemand mitteilen kann, dass um Callisto eine riesige, versteckte Raumstation kreist, in deren Perimeter sich eine mächtige Flotte auf den Einsatz vorbereitet.«

»Was?«

»Was wissen Sie über die *Leopold*, Fritzi?«, fragte Misa.

»Dass sie Maschinenschaden hatte und von den Millennium-Patrouillen nach Ganymed geschleppt wurde.«

»Warum sie Maschinenschaden hatte, wissen Sie nicht?«

»Nein. Ich dachte … so etwas kommt auf Raumschiffen auch dieser Tage gerade auf langen Reisen halt mal vor …«

»Plausibel nicht wahr?«

Misa erzählte also, während sie noch immer unter den mächtigen Armen der Antennen standen, die ganze Geschichte der *Leopold*.

Sie konnte hören, wie Glöckner mehrmals durch die Vorderzähne pfiff, als sie an die Stelle mit der Raumstation kam.

»Direkt vor unserer Nase«, sagte er. »Was haben die vor?«

»Das«, sagte Misa, »ist seit drei Wochen meine ganze Sorge.«

»Kann ich mir vorstellen.«

Sie besann sich. Sie hatten noch keinen Meter geschafft und standen noch immer direkt auf der Ausstiegsluke. Wenn nun jemand auf die Idee kam, hier auszusteigen, gab es praktisch keinen Fluchtweg. Und bei der niedrigen Gravitation zu Fuß jemandem zu entkommen, war praktisch ausgeschlossen.

»Wir sollten langsam mal losgehen«, sagte sie leicht unruhig. »Wie weit ist es denn bis zu einem geeigneten Einstieg?«

Glöckners Arm deutete in eine Richtung, und Misa begriff, dass es außer der Anordnung der Antennen überhaupt keinen Orientierungspunkt für sie gab. Alleine hätte sie niemals eine Luftschleuse gefunden.

»Ungefähr eine halbe Stunde«, sagte er und setzte sich in Bewegung.

»Wie kommen Sie eigentlich hierher?«, fragte Misa. Es war keine plötzliche Neugier, die sie überkam, sondern der Wunsch, die persönlichen Bande mit Glöckner zu festigen. Sie spürte die Idee Hugo Marcus' in sich, denn berechnend Konversation hatte sie noch nie zuvor betrieben. Doch es fühlte sich ... richtig an.

»Ganymed?«, fragte Glöckner. »Durchs Weltall.«

Er lachte. Misa musste schmunzeln, denn es war zwar eine offensichtlich präzise, doch ebenso inhaltsleere Antwort.

»Und Sie kommen auch aus dem Weltall?«

»Wir alle kommen aus dem Nichts und kehren auch schließlich zurück ins Nichts.«

»Das finde ich beinahe spirituell für einen Techniker«, sagte Misa.

»Wissen Sie, vielleicht ist es das auch. Aber leben Sie mal zweiundzwanzig Jahre unter diesem Himmel mit dem orangen Panorama, das wir sonst haben. Ich verstehe nicht, wie man da nicht spirituell werden kann.«

»Sie haben Recht. Ich bitte um Verzeihung.« Misa spürte Scham in sich hinauf kriechen. Sie tat ihm schon wieder Unrecht. »Um also etwas genauer zu sein: Woher stammen Sie?«

Ihr Helmlautsprecher knisterte.

»Hören Sie das?«, fragte Glöckner. »Elektromagnetische Interferenz. Wir haben ganz vergessen, das Strahlprofil aufzunehmen.«

»Tatsächlich.« Obschon sie nur das kleine Display an ihrem Anzugarmteil verwenden konnte, waren die Sensoren in der Lage, eindeutige Sendestärken zu registrieren. »Diese Antennen funktionieren«, sagte Misa.

»Unmöglich. Und doch sehe ich es ja selbst.«

Misa nickte und starrte weiter auf die Antennengeripte. Sie ignorierte den Umstand, dass Glöckner ihre Reaktion nicht sehen konnte und konzentrierte sich auf ihren Handschuhscanner. Zwar konnte sie nicht sehen, was geschah oder wohin die Signale gerichtet waren, doch sie spürte das Rätsel so heiß und frisch wie lange nicht. »Deshalb sind wir hier«, sagte sie mehr zu sich selbst. »Um herauszufinden, was vor sich geht.«

»Ja, Sie haben Recht«, sagte Glöckner. »Ich sollte wissen, was hier passiert, ich weiß sonst alles über Ganymed.«

Zufrieden drehte Misa sich herum. Sein Interesse war geweckt. »Dennoch …«, sagte sie, »werden wir nicht klüger, wenn wir hier herumstehen.«

»Im Gegenteil. Wir sollten schnell zur nächsten Luftschleuse.«

»Einverstanden.«

Eine Weile liefen sie stumm in der Düsternis Ganymeds nebeneinander her.

»Bern«, sagte er.

»Wie bitte?«

»Sie wollten wissen, woher ich stamme.« Dann fügte er mit unverhohlener Verächtlichkeit, die Misa auf dem Mars tausende Male gehört hatte, hinzu: »Ich bin ein verdammter Erdling.«

Sie lachte. »Ich verstehe nicht, warum die Raumfahrer das für einen Makel halten.«

»Ich denke, es hängt damit zusammen, dass die fern der Erde Geborenen eine Art Stolz entwickeln. Und da es außer der objektiven Feststellung der Position nichts gibt, was uns gegeneinander auszeichnet, ist es eben Topizismus, dem wir anheimfallen.«

Er war wahrlich kein normaler Techniker, dachte Misa. Sie musste noch mehr über ihn in Erfahrung bringen. Vielleicht war es unberechtigtes Misstrauen, doch irgendetwas an ihm erschien ihr seltsam.

»Sie sind zu klug für Ihre Aufgabe«, merkte sie an.

»Ha, das sagen Sie. Als ich die Matura verfehlte, schickte mich mein Vater auf einen Transport in die hinterste Ecke des Sonnensystems, um zu lernen, was ehrliche Arbeit ist. Ich habe nicht bereut, hierhergekommen zu sein. Die Freiheit und Unberührtheit. Ich habe hier alles, was man sich wünschen kann.«

»Wollten Sie nie zurück?«

»Natürlich. Aber was fände ich dort wohl vor? Ganymed ist meine Heimat geworden.«

Misa war beeindruckt von so viel Aufopferung und, vielleicht, Ehrlichkeit. Sie wollte Fritzi Glöckner nicht fragen, ob er einsam war, doch sie selbst war es in diesem Moment. Immer hatte sie sich nach einem Ort gesehnt, an den sie zurückkehren konnte, doch da gab es keinen. Auf dem Mars warteten ein paar oberflächliche Freunde auf sie und ein Job, den sie nicht mehr haben konnte. Aber Heimat, Familie? Sie merkte, wie ihr Helm beschlug. Begriff, dass sie die eine terranische Großmutter, die sie noch hatte, durch die Relativität, die selbst dann erbarmungslos schien, wenn man nur die Lichtlaufzeit von hier zur Erde und zurück betrachtete und nicht einmal die Reisezeit, vielleicht nie mehr wiedersehen würde.

»Ist alles in Ordnung?«, fragte Glöckner, der es sehen konnte.

»Ja, ist schon gut. Der Stress der letzten Tage«, log sie. »Es ist schön, wenn man weiß, wo man hingehört.«

Dann gingen sie wieder nebeneinander her, ehe Glöckner einen kleinen Bogen einschlug.

»Wo gehen Sie hin?«, fragte Misa.

»Sehen Sie den Hügel dort hinten?«

»Ja?«

»Das ist die Kuppel des Atriums. Wir sollten nicht zu nahe daran vorbeigehen, wenn wir nicht gesehen werden wollen.«

»Ich habe keine Chance, mich hier zu orientieren«, sagte sie.

»Ich weiß. Deswegen konnten wir auch sicher sein, dass uns von diesen Millenniums-Leuten niemand verfolgen würde.«

»Gibt es keine Karten, zumindest von der Basis?«, fragte sie und blickte auf die blinkende Positionsanzeige ihres Handschuhs.

Glöckner breitete die Arme aus. »Was nützt eine Karte, wenn alles gleich aussieht?«, fragte er und lachte.

»Nun, ich schätze, damit haben Sie Recht«, meinte sie. Misa war unwohl. Es war nicht das ferne Gefühl einer sich anbahnenden Klaustrophobie, sondern vielmehr das Gegenteil, auch wenn es sich so ähnlich anfühlte. Der Raumanzug kam ihr plötzlich seltsam bequem und beruhigend vor. Sie versuchte, tief zu atmen. 'Nicht das Weltall', sagte sie sich. Es war die unergründliche leere Ebene von Ganymed. Wenn doch nur irgendwo ein Krater gewesen wäre.

Doch deswegen hatte man diesen Ort wohl gerade ausgewählt – weil eine ebene Oberfläche sich ideal für eine knapp unter der Oberfläche gelegene Basis eignete.

Misa konzentrierte sich auf den Horizont, so wie es Rabinovic ihr erklärt hatte. Eine seltsame Vorstellung, dass ein Raumkranker einen Horizont brauchte, dachte sie und war doch der Vorstellung und ihrer Erfüllung näher, als sie je gedacht hätte.

Es war schwer und doch mühte sie sich weiter und weiter, bis Glöckner sich schließlich bückte und ein Kontrollfeld vom Staub frei wischte. »Also«, sagte er. »Wollen wir es hier versuchen?«

Misa blickte auf ihre Sauerstoffanzeige. Sie mussten eine halbe Stunde gelaufen sein. Dachte an die Schweißperlen auf der Stirn und den Kampf um psychologische Integrität dahinter. Sie blickte sich um und konfrontierte die ausladende Weite ein letztes Mal. »Was ist denn die Alternative?«

»Oh, es gibt am anderen Ende der Basis …«

»Wir versuchen es lieber hier«, sagte sie.

»Na schön.«

Wie von Geisterhand schob sich eine ähnliche Klappe wie bei den Antennen beiseite und gab den Blick frei auf eine leidlich ausgeleuchtete Kammer. Misa sah den Staub der Jahrtausende von Ganymeds Oberfläche hinab rieseln und machte sich daran, Schritt für Schritt den Trittstufen zu folgen.

Ein letztes Aufbäumen der Platzangst, dann stand sie auf der metallenen Platte der Luftschleuse. Langsam senkte sich die Abdeckung wieder, und dann betätigte Fritzi Glöckner die Kontrollen zur Belüftung. Verräterisches Zischen, Beschlagen der Helme. Aus dem Augenwinkel sah Misa, wie die Status-LEDs auf grün sprangen. Vorsichtig nahm sie den Helm ab und schnappte nach frischer, synthetisch aufbereiteter Luft.

»Puh«, sagte sie.

»Da wären wir.«

»Nichts wie raus hier.«

Fritzi Glöckner zog am mechanischen Öffner der Ausstiegsluke ins Innere der Station. Mit einem langgezogenen Quietschen schwang sie nach unten.

Fünf gespannte Augenpaare blickten hinauf in die Luftschleuse.

»Da also sind Sie«, sagte eine allzu bekannte Stimme. McNamara stand unter Glöckner und grinste.

***

Man war höflich und ließ sie in Ruhe die schmale Treppe hinunter krabbeln. Dann zog man ihnen dezente Handfesseln auf und führte sie in Richtung des Millennium-Teils der Basis. Glöckner wand sich und versuchte, ernsthaften Widerstand zu leisten, doch schließlich musste auch er einsehen, dass es zwecklos war. Die Männer, die McNamara mitgebracht hatte, ließen keinen Zweifel daran, dass sie die Gefangenen festhalten würde, wenn es notwendig war. Dennoch gingen sie vorsichtig und höflich mit Misa und Fritzi Glöckner um. Es war ganz klar zu erkennen, dass man kein Aufsehen erregen wollte. Wenn es nicht notwendig gewesen wäre, hätten sie vielleicht sogar auf die Handfesseln verzichtet, dachte Misa, so wichtig war das Understatement. Niemand sprach ein Wort, bis sie an die aus der Zeit gefallene Eingangsluke kamen.

»Ich hätte es besser wissen müssen«, sagte McNamara. »Diesmal werde ich Sie nicht so einfach gehen lassen.«

»Fehler passieren den Besten«, sagte Misa.

»Ja, und ich werde ihn gewiss nicht noch einmal begehen. Das hätten Sie sich vor ihrem Ausflug überlegen müssen, Vebiletti.«

Misa zuckte mit den Schultern und ließ sich durch die Luke verfrachten. Im Halbdunkel der anschließenden Korridore hallte seine Stimme. »Wir fangen mit der Frau an«, sagte er, als wäre Misa gar nicht dabei. »Bringt ihn in Zelle siebzehn.«

Die beiden Männer, die Glöckner noch immer festhalten mussten, wenn auch nicht mehr so grob wie zuvor, nickten und führten ihn in das Labyrinth aus Gängen und Räumen hinein, aus dem Misa nie wieder herausfinden würde – zumindest nicht allein.

»Und jetzt zu Ihnen, meine Liebe«, sagte McNamara. »Was haben Sie eigentlich dort draußen gesucht?«

Sie überlegte zwar, ob sie antworten sollte, doch sie zuckte schließlich unentschlossen mit den Schultern. McNamara ohrfeigte sie. »Wir werden schon dafür sorgen, Sie kooperativer zu machen.« Der explodierende Schmerz traf sie unvorbereitet. Misa wankte und wollte sich die Gesichtshälfte halten, doch realisierte sie gerade noch, dass sie die Handfesseln noch trug, und wankte erneut. Sie spürte, wie sich heiße Wut mit der pulsierenden Erniedrigung mischte. Sie hatte ihn unterschätzt. Seine kalten Augen verrieten ihr, dass er nicht scherzte und nicht mehr darauf Rücksicht nehmen würde, was die Öffentlichkeit dazu sagen würde, sie festzuhalten. Im Gegenteil, er würde sich darauf verlassen, dass kein einziges, nicht genehmigtes Bit Ganymeds Antennen verließ. Nur langsam begriff Misas Verstand, dass es jetzt ums nackte Überleben gehen würde. Dann bleckte er die Zähne, sah sie an, zog eine Augenbraue in die Höhe und schlug sie nieder.

***

Sie wusste sofort, wo sie war. Misa erwachte unter dem grellen Licht, das sie schon kannte, und das von einer Art Spiegel gesammelt auf ihr Gesicht geworfen wurde. Sie spürte auch die Striemen an Händen und Füßen, sogar an der schlechten Hand, die sie sich im Schlaf oder Halbschlaf oder allgemeiner Bewusstlosigkeit in ihren unzähligen Abstufungen durch Herumrutschen selbst beigebracht haben musste.

Vielleicht, dachte sie, war sie sogar wach gewesen – allein, sie wusste es nicht mehr. Nun jedoch war sicher, dass ihr Verstand arbeitete, und sie genoss die jähe Erkenntnis, noch am Leben zu sein. Misas Bewusstsein teilte ihr gemeinsam mit einer frischen Dosis Adrenalin auch die tragische Beobachtung mit, dass sie auf einen Tisch gebunden war. Einen Tisch, ganz so wie derjenige, auf dem sie Hugo Marcus hatte liegen sehen. Sie würgte und wusste, dass es auch nicht darum gehen würde, Informationen zu bekommen – denn die hatte sie schließlich nicht anzubieten – sondern allein darum, sie zu demütigen. 'Und dann', sagte sie sich, 'zu töten'. Vorsichtig blickte sie umher, doch das alles überstrahlende, in ihr Gesicht gepeitschte Licht war so hell, dass sie nicht einmal Kontraste von Wänden des Raumes erkennen konnte, und ihr Kopf war so fixiert, dass sie sich auch nicht abwenden konnte. Keine Orientierungsmöglichkeit. Ihr Magen zog sich zusammen. Nach allem, was sie wusste, konnte es derselbe Tisch sein, auf dem sie den leblosen Hugo Marcus hatte liegen sehen. Es musste derselbe Tisch sein. Die Repitivität ihrer Gedanken verwechselte sie mit Gewissheit, doch bereitwillig machte sie sich klar, dass es für den Moment ohnehin keinen Unterschied machte, Gewissheit über ein so unbedeutendes Detail zu haben.

Sie erinnerte sich an den starken, hemmungslos selbstüberzeugten Kapitän der *Leopold,* Spion in Diensten der Bavaria Inc. Hatte nicht er ihr das Gefühl gegeben, dass jedes Detail bedeutsam sein konnte? Einerlei. Misa musste wieder würgen.

»Aha, ich sehe, Sie sind wach«, sagte eine unbekannte Stimme. Sie kam von allen Seiten wie ein nasser Schleier auf sie zu und nahm ihre ganze beschleunigende Aufmerksamkeit ein. Sie fühlte sich nicht nur fremd, sondern auch verfremdet an. Seltsam. Wahrscheinlich würde man sie zu Tode quälen, und dann gab es da jemanden, der nicht die perverse Vorfreude genoss, ihr mitzuteilen, wer ihr Mörder war, oder vielmehr sein würde?

»Kann man sich da jemals sicher sein, wach zu sein?«, fragte sie in die Stille hinein und beschloss ihre Strategie über die Worte, die sie sich formulieren hörte. »Das alles könnte auch ein verquerer Traum sein, nach allem, was ich weiß.« Konfrontation also hieß ihr ‚Plan'. Ohne Antwort und Strategie spürte sie doch neue, wirre Zuversicht in sich.

»Glauben Sie mir«, sagte die Stimme. »Sie werden sich bald wünschen, es *wäre* ein Traum.«

Und dann spürte sie, wie es begann. Erst langsam und zart, dann begriff sie, warum die seltsame Platte, auf der sie gefesselt lag, aus Metall war. Sie musste Hände und Füße nicht sehen können, um zu wissen, wo der andere Pol angeschlossen war. Das Kribbeln verwandelte sich in eine kakophonische Armee aus Ameisen, die, jede für sich, in alle Zellen Misas Körpers bissen. Mit ganzer Kraft. Misa hörte sich schreien und dachte gleichzeitig, dass es jemand anderes sein müsste, und war doch sicher, es aus dem eigenen Mund mit den eigenen Ohren zu hören. Es war herzzerreißend fern und kam doch aus jeder Pore ihres Körpers. So hell, schrill und laut, dass sie fast glaubte – nein, wusste – dass man es auch durch das tonlose Vakuum des Weltalls noch im hintersten Winkel der zerklüfteten Schluchten des Mars gehört haben musste.

Als die Agonie endlich aufgehört hatte, zitterte und wimmerte sie noch einige Zeit.

»Das war nur ein Vorgeschmack, Frau Vebiletti.«

Misa hörte gar nicht hin. Sie lauschte dem leisen, kaum wahrnehmbaren Rauschen ihrer Ohren, um einen Ruhepol an diesem Ort des unaussprechlichen Grauens zu finden. Irgendwie hatte sie von Anfang an gewusst ... nein, sogar gewollt, dass es so kommen würde. Auf eine ihr selbst widrige Art und Weise genoss sie den Schmerz. Nicht, weil es ihr gefiel, sondern aus tieferer Intuition heraus, die ihr sagte, dass das Leiden nötig war, warum auch immer. Sie fand die Verbindung nicht und schon gar keine Logik. Und doch sorgte es dafür, dass es weniger wehtat. Nein, erstaunt stellte sie fest, dass sie gar keine Schmerzen mehr spürte. Sie waren noch da, sie wusste es, aber sie spürte nichts mehr. Für den Moment.

Misa seufzte. Die Spannung war abgeschaltet worden.

»Wie gefällt es Ihnen?«, fragte die Stimme.

Misa begriff, dass sie nur eine Chance hatte, doch sie war riskant. Die Provokation von zuvor hatte zu gigantischem Schmerz geführt, doch wenn es ihr gelang, dies durchzuhalten, ohne bei lebendigem Leibe gebraten zu werden, dann ... ja. Dann hatte sie eine Chance. Sie musste, wer immer sich feige hinter dem Stimmverfremder versteckte, provozieren.

»Schön wäre es zu wissen, wer mein Ende orchestriert«, sagte sie sanft, beinahe melancholisch, sorgsam die Geschwindigkeit und Intonation abwägend.

»Wer spricht denn davon, dass es das Ende für Sie ist?«, sagte die Stimme und klang etwas überrascht.

»McNamara«, sagte Misa sofort, doch sie erntete nur Gelächter. Und dennoch war es richtig gewesen, entschied sie, ihn zu versuchen. Wäre er es nämlich gewesen, hätte es ihn getroffen. Doch so standen die Dinge schlechter. Sie hatte fest damit gerechnet und nun musste sie erkennen, dass die Stimme vielleicht Recht hatte und nicht der Tod das Schlimmste für sie wäre, sondern der Tod gemeinsam mit Unwissenheit.

»Es liegt in der Natur seiner Aufgabe, dass er zur Übertreibung neigt«, sagte die Stimme. »McNamara«, fügte sie hinzu, als hätte Misa es nicht verstehen können. Dennoch klang es anders als noch die voller Abscheu hingeworfenen Sätze zuvor. Erstaunlich ... offen. Für einen kurzen Moment lag es vor ihr. Wenn sie alle

Passagiere der *Leopold* zum Schweigen brachten, würde irgendwann irgendjemand auf dem Mars beginnen, Fragen zu stellen.

»Sie brauchen mich«, sagte sie selbstbewusst in die dunkle Stille hinein, die sie abgesehen von der blendenden Lichtquelle noch immer vollständig umgab.

»Seien Sie sich da nicht zu sicher«, doch es klang für Misa sofort wie das Millennium-Äquivalent eines Eingeständnisses. Sie hatte Recht und sie wusste es auch. Kurz war ihr, als höre sie ein metallisches Knirschen, und befürchtete beinahe schon einen weiteren Stromschlag. Doch sie wusste ja, wo die Luke sich befand und dass sich nichts dort bewegt hatte, selbst ohne es sehen zu können. Wenn es keinen anderen Zugang gab …

»Sie haben nicht die leiseste Ahnung«, hörte sie eine wesentlich unverfälschtere Stimme, und kurz darauf flackerte rechts neben ihr kurz ein überstrahltes Gesicht auf. Sie begriff sofort, dass sie den Mann kannte, wusste aber nicht, wer es war. Misa versuchte, den Kopf zu drehen, doch die Fesseln waren so fest wie zuvor. Noch dazu hatte sie keine Ahnung, wie sie es überhaupt angestellt hatten, sie so zu fixieren, ohne dass sie sich in irgendeine Richtung drehen oder winden konnte.

Belustigt über das verzweifelte Wackeln ihres Kopfes schob sich das zu einem grotesken Lächeln versteinerte Gesicht vor die helle Lampe, sodass es ein überstrahltes Halo erhielt und Einzelheiten nicht erkennen ließ. Dennoch schrie Misa im Moment der Erkenntnis kurz auf.

Henry Yang, Millennium-Chef und Vorstand, war es höchstpersönlich, und hatte er sich etwa so leicht von einer Anfängerin wie Misa provozieren lassen? Misa beschloss, noch weiter zu gehen.

»Sie sind die Inkarnation des Bösen. Man wird Sie aufhalten«, sagte sie.

Yang lachte. »Alle, die kamen und es versucht haben, sind gescheitert, Frau Vebiletti. So wie Sie. Und alle, die da kommen werden, sind ebenso zum Scheitern verurteilt.«

Misa spürte ihre Wangen erröten und neue, frische Wut in sich aufsteigen.

»Scheitern, ja? Sie ermorden sie. Schlachten sie ab in Ihrer abstrusen Vision ... wovon eigentlich?« Misa zögerte. Verblüffte stellte sie fest, dass Yang im Grunde Recht hatte. Sie hatte wirklich keine Ahnung, worum es ihm überhaupt ging. Und wenn er sie davon schon überzeugt hatte, dass sie nichts wusste, so würde er sie womöglich wieder freilassen und als Konzession als Gerettete einer leichtgläubigen interplanetaren Öffentlichkeit präsentieren. Darum ging es. Und wenn sie behauptete, die anderen wären ermordet worden, so würde man sie diskreditieren und schon dafür sorgen, dass sie keinen Unsinn tat. Misa seufzte, ihre Wut war verraucht. Doch so leicht würde sie es ihnen nicht machen.

»Wie haben Sie es angestellt?«, fragte sie. »Haben Sie sie wie mich bei lebendigem Leibe auf einem solchen Tisch gebraten und wie auf dem elektrischen Stuhl hingerichtet?«

»Aber, aber. Wir ermorden niemanden.«

In jenem Moment sah sie, wie er im überstrahlten, kontrastlosen Dunkel die Hand hob und spürte das Kribbeln kommen. Wenig später explodierte ihr Verstand vor elektrischem Schmerz.

Als sie wieder zu sich kam, flötete die widerlich süßlich gefärbte Stimme von Yang, man ermorde niemanden. »Wir überzeugen sie, Frau Vebiletti.«

Sie spuckte auf den Boden. »Pah! So wie Sie Hugo Marcus überzeugt haben, ja?«

»Allerdings. Ich bin überrascht, dass ausgerechnet er Ihnen einfällt, wo Sie offenbar an Widerstand denken. Er war der Schwächste von allen«, sagte Yang.

»Lüge!«, schrie Misa. »Ich habe seinen leblosen Körper gesehen, als man mich herausbrachte. Er hat sich erst im Tode überzeugen lassen, das wissen Sie genau.«

Yang lachte noch lauter als zuvor. Die schrille Tonhöhe machte Misa Würgen, doch noch widerlicher war, wie er ihn verleugnete. Hugo Marcus würde niemals aufgeben, das wusste sie. Sie hätten ihn ermorden müssen ...

»Frau Vebiletti, können Sie sich vorstellen, wie Sie ohnmächtig auf diesem Tisch aussehen würden? Irgendjemand wird für jene Unachtsamkeit zur Rechenschaft gezogen werden, die Luke nicht versperrt zu haben, aber ich muss doch wirklich betonen, dass wir hier niemanden ermorden. Das wäre nicht nur schlechter Stil, sondern auch Verschwendung menschlicher Ressourcen, wenn Sie verstehen.«

Misa verstand sehr wohl, doch konnte sie nicht glauben, was sie hörte.

»Sie erwarten doch nicht, dass ich Ihnen das abnehme«, sagte sie.

»Oh, natürlich nicht«, entgegnete Yang kühl und schnippte mit den Fingern.

Kurz flackerte das Licht, und der Geruch frischer Luft schien den Nebel aus dem Gestank Misas ionisierter Haut schien zu beweisen, dass jemand den Raum betrat oder zumindest einen Zugang öffnete. Dann ging das Licht sogar vollkommen aus, ehe wenig später der ganze schmale Raum in neutraler Beleuchtung erhellt wurde.

»Hallo, Misa«, sagte Hugo Marcus.

Unter Misa zog sich der Boden unter den Füßen zu einem tiefen schwarzen Loch zusammen, das sie gleich verschlingen würde. Obschon sie wusste, dass sie an Händen und Füßen und Kopf fixiert war, fühlte es sich an, als würde sie gerade in die Unendlichkeit katapultiert. Sie würgte.

»Ich kann verstehen, dass Sie sich unwohl fühlen«, sagte er. »Doch haben Sie keine Angst.«

Sie hörte seine Stimme verzerrt und wie in Zeitlupe, denn sie konnte nicht glauben, dass er nicht nur offenbar am Leben, sondern auch zu Millennium übergelaufen war.

»Sie sind widerlich«, sagte sie.

Henry Yang schnitt eine Grimasse, doch er besann sich offenbar. »Hören Sie ihn an«, sagte er voller Genuss seines Triumphs.

»Nein«, rief Misa. »Ich will keine Lügen hören!« Sie war außer sich, zappelte – oder versuchte es zumindest – und bemerkte, wie die Riemen sich tiefer und tiefer ins Fleisch schnitten. Doch für Schmerz war keine Zeit. Ihr Verstand raste vor Verzweiflung und Ungläubigkeit.

»Er hat Recht, Misa. Hören Sie mich an«, sagte Hugo Marcus.

Misa zappelte und haderte weiter. »Nein«, rief sie immer wieder. »Verschwinden Sie!«

»Seien Sie nicht unvernünftig«, sagte Marcus. »Hören Sie mir zu.«

Fast flehentlich versuchte sie einen Funken Anstand in Haltung und Ausdruck zu finden, doch es gelang ihr nicht. Hugo Marcus zeigte also einmal mehr sein wahres Gesicht. Er hatte keine Sekunde gezögert, sich zu retten, jetzt wurde es ihr klar. Sein Opportunismus war abstoßend. Misa versuchte, ihn anzuspucken.

»Misa«, sagte er, scheinbar ohne jede Eile. »Bitte.«

»Hinfort!«, rief sie. »Lieber sterbe ich oder lasse mich bis zum Ende foltern, ehe ich Ihnen noch einmal Vertrauen schenke.«

Für einen Moment verlangsamte sich die Szenerie und Misa gelang es, den Gedanken zu fassen, der sie beschäftigte. War sie wirklich bereit, allein aus Anstand zu sterben? Einerlei. Sie würde nicht nachgeben, das stand fest.

Hugo Marcus sah Yang an und schien ihm etwas mitzuteilen. Der nickte und verließ den Raum.

»Misa«, sagte er, nachdem Yang sich entfernt hatte.

Trotzig blickte sie an ihm vorbei.

»Sie sind zu klug, um so zu enden.«

»Ach. Sie ergeben sich der Bestie? Und das ist es, was Sie für 'klug' halten?« Sie hielt es nicht aus, von ihm belehrt zu werden. Das wusste er. Sie musste vorsichtig sein. Sich nicht von ihm verführen lassen. Vielleicht konnte sie nicht das Schicksal des Universums ändern, doch sie konnte verhindern, selbst zu einem Handlanger zu werden.

»Genau das sollte Ihnen zu denken geben«, sagte er. »Sie halten mich nicht für dumm? Dann hören Sie mich an!«

»Nein«, insistierte sie.

»Na schön.« Er nestelte an der Brusttasche des überstrahlten, sicherlich geschmacklosen Millennium-Anzugs und holte ein kleines Pad heraus.

Sie spürte das bekannte Kribbeln und schrie, bevor es begann. »Sie sind der Teufel geworden«, presste sie hervor, bevor ihr Sichtfeld sich verengte.

Als es vorbei war, stand er noch immer vor ihr und blickte sie betroffen an.

»Glauben Sie, das macht mir Spaß?«, fragte er.

»Warum tun Sie es dann?«, würgte Misa hervor. Es war weniger heftig als zuvor gewesen, doch sie konnte nur erahnen, ob es an Vorahnung und Gewöhnung lag oder an echtem Mitleid seinerseits. Nein. Sie durfte nicht einmal im Traum unterstellen, dass Hugo Marcus Mitleid hatte. Er war der Feind.

»Ich tue es, Misa, weil es nötig ist.«

»Wozu?«

Irritiert sah er sie an, als erwartete er, dass sie es selbst wusste.

»Um Sie vor sich selbst zu retten.«

»Nichts kann mich mehr retten«, sagte Misa resigniert.

»Wenn Sie das so sehen, dann ist es auch wahr«, war der trockene Kommentar von Hugo Marcus, der sich abwandte.

Kribbeln. Schmerz. Explodierender Verstand. Agonie. Dunkelheit.

9

Als sie wieder zu sich kam, blieb die Dunkelheit. Die leise Panik, blind geworden zu sein, mischte sich mit der Hoffnung, dass es vorbei war. Kein Schmerz, kein Verrat.

Unfähig anzugeben, wie viel Zeit verging oder vergangen war, hing sie in der Dunkelheit und zählte vor sich hin. Es verschaffte ihr Ablenkung und gleichsam Beschäftigung.

Würde Hugo Marcus zurückkehren, um ihr den Rest zu geben? Oder wäre es doch Yang, Kopf und Hirn von Millennium, der sich den Spaß nicht nehmen ließe? Es war widerlich, überhaupt daran zu denken, dass Marcus die Seiten gewechselt hatte. Dass er es nicht nur zugelassen, sondern selbst veranlasst hatte, dass Strom, schmerzender, paralysierender Strom, durch ihren Körper floss. Wenn sich ihr die Gelegenheit bieten sollte, würde sie nicht zögern. Sie würde sie alle dahinschlachten. Keine Rücksicht, keine Gnade. Denn sie wusste, dass sie auch nichts als den Tod zu erwarten hatte. Und doch – vielleicht würde sich gerade der Tod schon bald als letzte, größte Gnade herausstellen. Noch konnte sie die Schmähungen und Folterungen und Misshandlungen ertragen – doch es war nur eine Frage der Zeit. Misa wusste gut genug, dass sie nur ein normaler, schwächlicher Mensch war, der schon bald unter der Last zusammenbrechen konnte. Doch sie würde Sorge dafür tragen, dass nicht ihr Verstand oder ihre Integrität verloren gingen. Sie würde sich nicht beugen. Nicht Yang, und erst recht nicht Hugo Marcus.

»Dies ist Ihre letzte Chance.«

Ohne Vorwarnung flammte das gleißende, fast schmerzende Licht vor ihr auf. Sie blinzelte, als sie feststellte, dass es ihr nicht gelingen würde, die Hände schützend vor das Gesicht zu halten. Hugo Marcus war zurückgekehrt. Er würde ihr den Rest geben, das schloss sie allein aus dem einen Satz, den er gönnerhaft in den Raum geworfen hatte.

Sie wusste nicht, wie viel Zeit vergangen war. Es spielte keine Rolle. Nichts spielte eine Rolle.

»Nur zu. Bringen Sie es zu Ende«, sagte sie.

»Misa.« Marcus spielte mit ihr. Mit ihrem Leid und ihrer Hoffnungs- und Machtlosigkeit. Er wartete ab. »Nein«, sagte er dann. »Ich werde Ihnen nichts tun.«

»Dann verschwenden Sie Ihre Zeit«, spottete sie.

»Das glaube ich nicht. Sehen Sie … ich war letztes Mal nicht zielstrebig genug, denke ich. Mir war nicht vollkommen klar, dass Sie mir ja zuhören *müssen*. Ich bedauere, dass es so kommen musste, aber ich sehe keine andere Möglichkeit.«

»Nur zu … versuchen Sie es doch.«

Hugo Marcus trat ins Licht. Die sauber rasierte Silhouette des Gesichtes spielte mit Schatten und Kontrast und machte Misa doch ein wenig nervös. Sie zwang sich zur Ruhe. Was hatte er vor? Warum kamen nicht einfach der Strom, der Schmerz und die Dunkelheit zurück? Wollte er sie zu Tode nerven?

»Misa, Millennium ist nicht der Feind. Ich habe das auch nicht sofort begriffen, doch Yang … hat mir die Augen geöffnet. Alles, was sie wollen, ist die Menschheit zu befreien, verstehen Sie?«

Sie spuckte versuchsweise in seine Richtung. Angst spürte sie keine.

Hugo Marcus seufzte. »Millennium Corporation versteht, was nicht vielen Menschen im Sonnensystem klar ist … dass die Wirtschaftsordnung der konkurrierenden Superkonzerne nicht gut für die Entwicklung unserer Zivilisation ist. Wie der Imperialismus damals, muss auch jetzt ein Ende gefunden werden, um das unnötige Leid und die Ausbeutung zu beenden.«

Sie pustete spöttisch Luft durch die Vorderzähne. »Sie haben diesen Monolog schon einmal gehalten. An Bord der *Leopold*. Wissen Sie noch? Alles, was man tun muss, ist Millennium durch Bavaria zu ersetzen oder umgekehrt. Ihr opportunistisches Gefasel langweilt mich.«

»Nein, Misa, so ist es doch nicht. Sie haben mich nicht einfach umgedreht, wie Sie es nennen. Sie haben mich überzeugt, dass Millennium zum ersten Mal seit Jahrzehnten das globale Patt durchbrechen kann. Sie haben gespart und sich Gefahren ausgesetzt und sich klein gemacht, doch nun ist Millennium stark geworden. Unbesiegbar. Seien Sie keine Närrin! Nicht einmal alle anderen Konzerne zusammen können sie aufhalten. Seien Sie Teil der neuen Weltordnung, Misa. Der kalte Krieg der Konzerne wird schon bald zu Ende sein.«

»Abgelöst durch einen heißen Krieg mit der Flotte, die sich bei Callisto bereithält? Mensch, Sie treiben den Teufel mit dem Beelzebub aus.«

»Und wenn schon. Die Zukunft ist besser als der Status Quo.«

»Und das garantiert wer? Millennium?«

»Ja, Misa. Millennium ist keine unmenschliche Profitmaschine wie die anderen Konzerne.«

»Doch!«

»Nur weil Sie es sagen? Oder weil Sie es wollen? Kommen Sie mit mir, lassen Sie sich durch die Basis führen. Es gibt keinen Grund, mir nicht zu vertrauen.«

Hugo Marcus aktivierte das Umgebungslicht. Misa sah nun die ganze schneidige Gestalt und strafte sich für diesen Gedanken.

»Kommen Sie«, sagte er.

»Nein.«

Sein Gesichtsausdruck veränderte sich von gespielter Offenheit zu einem seltsam verzerrten Flehen. »Bitte, Misa.«

Und dann sagte er etwas Seltsames: »Ich habe einen Plan.«

Misa verkniff sich einen ironischen Kommentar und versuchte, den Nachhall des Satzes wieder und wieder zu erleben. Einen Plan. Was meinte er denn? Bestand die Möglichkeit … Sie verbot sich, Hoffnung zu schöpfen. Und dann lachte sie. »Oh nein. Vergessen Sie's.«

»Dann bringen sie Sie um.«

Eigenartig. Wieder so ein Satz. Weder passive Konstruktion, noch Selbstbezug. Er setzte alles darauf, ihren Eindruck, dass er irgendwie als Individuum zu sehen war, zu verstärken. Doch sie durfte nicht nachgeben. Sie musste standhaft bleiben.

»Dann sterbe ich halt«, sagte sie und als Belohnung spürte sie die wohltuende Wärme des Trotzes und der Selbstversicherung der Unbeugsamkeit.

»Wie heißt es … Reisende soll man nicht aufhalten.«

»Was?«

»Wenn es Ihr Wunsch ist, zu sterben, dann sehe ich es als meine Pflicht an, Sie nicht länger überzeugen zu wollen. Ich werde mir Vorwürfe machen, aber immerhin haben Sie dann, was Sie wollen.«

Sie wurde nicht klug aus seinen Äußerungen. Auch jetzt schien er bestrebt, es wie die falsche Wahl aussehen zu lassen. Doch es gab keine Hoffnung. Keine Chance auf Erlösung. Misa war nicht gläubig, und so sah sie ihrem Ende entgegen. Sie war nicht einmal nahe herangekommen, das Rätsel um Ganymed und das Ding in Jupiters Umlaufbahn zu lösen.

Etwas knirschte, und dann fand sie sich auf dem Boden wieder. Erst jetzt stellte sie fest, dass sich unter ihr eine schmierige rote Pfütze gebildet hatte, doch die jähe Entspannung der Gliedmaßen fühlte sich gut an. Selbst für die schlechte Hand. Sie seufzte. »Wie soll es geschehen?«

»Wie es einer jämmerlichen Versagerin gebührt«, sagte er. »Ich werfe Sie an die Oberfläche. Dann werden Sie wenigstens für ein paar Sekunden überlegen können, ob es die richtige Wahl ist. Und dann, wenn die Erfrierungen eine Rückkehr unmöglich machen, werden Sie durch das Fenster sehen und wissen, welchen Fehler Sie begangen haben.«

Misa zuckte mit den Schultern. »Gut, dann mal los.« Zwar wunderte sie das Pathos des Mannes, den sie nie wirklich durchschaut hatte, etwas, doch es war ihr egal. Jetzt war alles egal.

***

Die Luke vor ihnen öffnete sich langsam. Misa sah die nackte Wand des Korridors dahinter und erwartete doch fast, dass sich kalter Weltraum zeigte, der sie unmittelbar und erbarmungslos aufsaugen sollte. Doch schließlich stand sie direkt vor dem fast quadratischen Loch in der Wand und war ganz sicher, dass der Tod nicht hier auf sie wartete.

»Kommen Sie, Misa«, sagte Hugo Marcus vollkommen ruhig. Er wirkte so entspannt, als bedeute es ihm nichts, sie in den Tod zu schicken. Und vielleicht, dachte Misa, war es auch so.

»Wo gehen wir hin?«, fragte sie.

»Zur Landeplattform. Sie werden sich auf die Hebebühne begeben und die ganze Freiheit von Ganymed bekommen, wenn die Hangartore sich öffnen und die Dekompression Sie in den Himmel über dem Jupiter hineinreißt.«

»Klingt gut«, sagte sie lakonisch und spürte doch, wie ihre Eingeweide sich verkrampften. Jetzt hatte sie doch Angst.

Hugo Marcus schien ihr Unbehagen zu bemerken. »Sie werden es sich doch nicht anders überlegen?«

»Diese Frage ist geschmacklos«, sagte Misa. Sie würde es sich nicht anders überlegen. Oder?

»Nicht so geschmacklos, wie ohne Sinn und Verstand einen Tod zu wählen, der die Mission nicht wenigstens zu beenden versucht.« Misa dachte darüber nach. Welche Mission meinte er? Doch nicht die ursprüngliche. Er wusste doch nun, was Millennium vorhatte. Oder etwa nicht?

»Welche Missionen meinen Sie eigentlich«, fragte sie. »Ihre oder meine?«

»Was ist der Unterschied?«, entgegnete er.

»Ich …« Misa stutzte. Implizierte er, dass es keinen gab? Bestand doch die Möglichkeit, dass er … nein, sie würde und durfte Hugo Marcus nicht vertrauen. Auf keinen Fall.

»Wie weit ist es noch?«, fragte sie stattdessen, um das Gespräch in eine andere Richtung zu lenken. Sie hatte keinen Plan und nicht die Absicht, zu versuchen, ihn hier zu überwältigen – sie war sicher, dass sie es nicht schaffen würde. Und selbst wenn, was sollte sie dann anfangen, allein in diesem Labyrinth und nur mit dem Moment der Überraschung und nichts als einem verwirrten Verstand bewaffnet?

»Es ist nicht weit. Haben Sie Vertrauen«, sagte Hugo Marcus.

»Vertrauen? Ich habe Ihnen nie vertraut«, sagte sie bitter. »Und, wie sich herausstellt, zu Recht.«

Hugo Marcus bremste seine Schritte und drehte sich zu Misa. »In Ordnung.«

Verwirrt blickte sie ihn an. Was kam denn jetzt?

Er nestelte an seinem Overall herum und zog eine Waffe hinaus. Wollte er sie jetzt hier erschießen, wo die saubere Lösung nur ein paar Korridorkreuzungen entfernt zu liegen schien?

»Wenn Sie mir nicht vertrauen, dann gibt es nur eine Möglichkeit, Sie zurückzugewinnen.«

»Was?« Was passierte hier? Wollte er so kurz vor dem Ende noch einmal eine Närrin aus ihr machen?

Hugo Marcus hielt ihr die Pistole hin, mit der Mündung auf sich gerichtet. »Nehmen Sie sie.«

Misa zögerte. »Was ist das für ein Trick?«

Ungeduldig und unwohl scheinend blickte Marcus umher, beinahe so, als hätte er Angst, belauscht oder verfolgt zu werden. »Es ist kein Trick, Misa. Wenn Sie mir nicht vertrauen, dann erschießen Sie mich auf der Stelle und rennen anschließend zum Hangar und nehmen das Schiff, das aufgetankt auf uns wartet.«

»Was für ein Schiff?«

Marcus feixte. »Das, das ich organisiert habe, als Yang mich kurz aus den Augen ließ.«

»Sie verarschen mich.«

»Nein, Misa, und es wird Zeit, dass Sie das kapieren. Wir haben keine Zeit mehr.«

»Keine Zeit wofür?«

»Zu diskutieren! Der Burst kann jede Minute gestartet werden. Wir müssen zur Anlage beim Jupiter und es aufhalten.«

»Was?«

»Oh bitte, Misa!«

Sie sammelte sich. Blickte auf die Waffe in ihrer Hand. Spürten den körperwarmen, ergonomischen Griff des altmodisch geformten, doch zweifellos tödlichen Strahlenbündlers. »Sie sagen, ein Schiff steht in dem Hangar und wir können damit zur fremden Struktur fliegen?«

»Es ist nicht die *Leopold*, aber das Shuttle wird es bis dahin schaffen.«

Zittrig blickte sie Hugo Marcus an. Es ergab keinen Sinn, dass er sie hinters Licht führen wollte. Und auch ergab es keinen Sinn, was für eine Geschichte er ihr zuvor im Folterzimmer präsentiert hatte.

»Warum?«

Hugo Marcus seufzte. »Es ist meine Natur, Misa. Ich belüge und täusche. Es war die einzige Möglichkeit, hier heraus zu kommen. Yang wird sich wundern.«

Misas Verstand war leer. Was er sagte, ergab Sinn, und doch war es abstrus und verrückt. Es war zu leicht und zu unglaublich. Sie schüttelte den Kopf.

»Ich brauche eine Garantie«, sagte sie.

»Die halten Sie doch in den Händen!«

Nachdenklich fuhr Misa über die Waffe. Spürte erneut den Stahl der Gerechtigkeit und blickte Hugo Marcus an. Beinahe flehentlich sah sein verkrampftes Ringen um ihre Zustimmung aus.

»Also schön«, sagte sie. »Aber nicht ohne die anderen.«

»Die anderen?«

»Rabinovic, Schmitz, wer immer von ihnen noch am Leben ist.« War er so verplant, dass er nicht an einen von ihnen als Verbündeten gedacht hatte? Gab es in seinem Kopf nur den Verrat und die Flucht?

»Dafür ist keine Zeit«, sagte Hugo Marcus.

»Dafür ist keine Zeit, aber mit mir zu diskutieren können Sie sich erlauben?« Misa bemerkte, wie das Blut in ihr Gesicht stieg und sie fast benebelte. Sie musste zwar Ruhe bewahren, aber ihre Wut würde sie leiten.

»Zehn Minuten«, sagte Hugo Marcus. »Wenn Sie dann nicht da sind, gehe ich ohne Sie.«

Sie sah, dass er es ernst meinte. Für die Winzigkeit einer Sekunde, vielleicht weniger, blitzte es hinter der Maske der Täuschung und Misa konnte aufrichtige Besorgnis und Ehrlichkeit erspähen. Das musste genügen. Er setzte sich in Bewegung, doch Misa hielt ihn fest. »Ich finde hier niemals heraus ohne einen Plan.«

Missmutig nahm er sein Pad aus der großen Overalltasche und gab es ihr. »Versuchen Sie es nicht zu verlieren.«

»Was ist denn daran so wichtig?«, fragte sie.

»Das erkläre ich später. Ihre Zeit läuft!«

Damit rannte er fort und ließ Misa inmitten des Millennium-Komplexes mit einer Handlaserpistole und einer viel zu klein skalierten Karte zurück.

10

Der erste Reflex war, sofort loszurennen, doch sie stoppte sich und machte sich klar, dass sie keine Ahnung hatte, wo sie überhaupt suchen musste. Von Resignation und neuem Mut zerrissen scrollte und suchte sie durch die Karte. Schließlich fand sie zumindest heraus, wo sie sich befand, doch düster erkannte sie, dass der Komplex nicht nur fast so groß wie der offizielle Teil der Ganymed-Basis war, sondern auch fünf Ebenen übereinander aufwies. Seltsam. Misa hatte nicht einmal überhaupt einen Lift oder so etwas gesehen. Sie fand nach einigem zittrigen Wischen auf dem Pad heraus, wo die Übergänge waren, und auch, wie man die unterschiedlichen Ebenen untersuchte. Das Pad war online, doch es war gefährlich, nach den Namen der gefangenen Gefährten zu suchen. Welch andere Möglichkeit blieb ihr?

Zittrig gab sie den Namen Rabinovic ein und wartete. Endlose Sekundenbruchteile von Latenz später leuchtete ein kleiner Punkt auf der Karte auf. »Oh schöne neue Welt!«, flüsterte Misa als ironische Reminiszenz an alle Warner und Mahner vor den Segnungen der Technik und rannte los. Sie wusste nun, dass sie drei Ebenen nach unten musste und sicher an vielen Wachen vorbei, doch die Zeit war zu knapp für übertriebene Vorsicht. Sie rannte einfach los und nahm sich vor, jede noch so kleine Regung mit der Laserpistole zu bearbeiten. Für Rücksicht war es zu knapp.

Zweimal links und einmal rechts und dann stand sie vor dem verhängnisvollen Elevator, drückte zittrig den Herbeirufknopf.

Mit einem surrealen 'Ping' öffnete sich die Tür und gab den Blick frei auf blankgeputzte Fahrstuhlverschläge. Nervös trat Misa hinein und betätigte den Schalter für −4, eine Zählung, die das Nulllevel ironischerweise auf der Oberfläche verortete, und dessen Ebene man nicht anwählen konnte. Es rumpelte, und bevor sich die Türen erneut öffneten, übernahm Panik Besitz von Misas Verstand. Ihr wurde klar, was für ein großes Glück es war, dass ihr bis hierher noch niemandem begegnet war. Sie hatte kaum noch acht Minuten Zeit und wusste, dass sie mit einiger Wahrscheinlichkeit gleich Menschen würde töten müssen, ja vielleicht sogar ein Blutbad anrichten würde, wenn sich ihr jemand in den Weg stellte.

Grimmig duckte sie sich an die Seite des Liftes, sodass man sie nicht sofort würde sehen können. Sekundenbruchteile würden den Unterschied ausmachen zwischen erschießen und erschossen werden.

Sie spürte die Bremsung der Fahrt, dann der grotesk unpassende Liftton. Die Türen öffneten sich und miefige Luft der unteren Ebene war das erste, was Misa wahrnahm. Die Beleuchtung war wie gewohnt leidlich, doch es schien niemand blutrünstig und mit gezogener Waffe auf den Fahrstuhl zu zu rennen. Noch hatte sie das Überraschungsmoment auf ihrer Seite, doch sie musste es sich unbedingt bewahren. Leise schlich sie aus dem Lift heraus. Das Layout der Korridore ähnelte dem der oberen Ebenen, was letztlich nur bedeutete, dass Misa keine intuitive Vorstellung davon entwickeln konnte, wo sie hinmusste. An die Wand in Halbschatten gedrängt befragte sie das kleine Pad, das ihr auch beschied, dass die Zeit unnachgiebig herunter tickte. Sie hielt sich rechts und kam an einen langen Gang – für Ganymeder Verhältnisse zu lang. Vorsichtig lugte sie hinein. Auch hier war niemand zu sehen. Sorgsam prüfte sie ihre Route. Sie konnte den Gang verwenden, aber hier war die Möglichkeit, gesehen zu werden, natürlich besonders groß. Doch sie hatte keine Zeit für Umwege. Genau zählte sie ab. Sieben Abzweigungen später würde sie auf den Korridor zu Rabinovics … Aufenthaltsort gelangen. Sie konnte nur mutmaßen, in welchem Zustand sie ihn vorfinden würde. Misa schluckte, blickte noch einmal in den Korridor, um zu sehen, ob jemand da war – dann rannte sie, so schnell sie konnte. Atemlos sah sie Luken und Gänge rechts und links abzweigen, doch sie konnte sich nicht damit aufhalten, zu fragen, was es hier oder da damit auf sich hatte. Sie wusste noch immer nicht, was Millennium hier anstellte, und ermahnte sich zur Konzentration.

Wenn sie sich nicht verzählt hatte, war es soweit. Sie presste sich in die Abzweigung und verschnaufte kurz, um das Pad zu checken. Es war nicht mehr weit. Rechts, links, geradeaus.

Ächzend stand sie vor einer Luke, die derjenigen, hinter der ihr Folterzimmer gelegen hatte, gar nicht so unähnlich sah. Es gab keine Zeit zu verlieren. Sie schloss die Augen, biss die Zähne zusammen und hoffte, dass Rabinovic am Leben war. Mit einem noch dästereren Knarzen, als befürchtet, schwang die Tür zur Seite. Dunkelheit.

»Na, was haben Sie diesmal vor, McNamara?«, röchelte eine matte Stimme Misa entgegen.

»Ich bin es, Pavel.«

»Misa Vebiletti!« Die Stimme des Mars-Russen schwächelte. »Sind Sie es wirklich?«

Fieberhaft suchte sie eine Möglichkeit, Licht zu machen. »Ja Pavel, ich bin es. Sind Sie festgemacht?«

»Moment …« Ihr schien, als müsse sich der Astrophysiker selbst noch vergewissern, dass es nicht träumte. Eine Empfindung, die sie gut verstehen konnte. Trotzdem lief ihnen die Zeit davon.

»Nein, ich bin los«, hörte sie die ferne Stimme. Dann polterten ängstliche, unsichere Schritte auf dem kalten Steinboden der Zelle. Wenige Sekunden später stand ein Echo von Pavel Rabinovic vor ihr. Sie hätte es nicht für möglich gehalten, doch sein Gesicht war noch weiter in sich zusammengefallen. Es zeigten sich tiefe Ringe unter den Augen. Aber er war am Leben. Fast wäre sie ihm um den Hals gefallen, so sehr konnte auch Misa ihr Glück nicht glauben. Doch es gab noch nichts zu feiern.

»Wir haben nicht viel Zeit«, sagte sie und hob das Pad.

»Was ist der Plan?«, fragte Rabinovic. Sein Verstand arbeitete mit ungehemmter Effizienz. Sofort war er Herr der Lage.

»Wir haben nicht viel Zeit«, wiederholte sie überflüssigerweise, ehe sie sich besann. »In sieben Minuten startet ein Shuttle aus dem Hangar der Millennium-Basis, und wir sollten dann besser an Bord sein«, sagte sie.

»Dann laufen wir lieber los, was?«

»Nein«, sagte Misa und wischte auf dem Pad herum.

»Was?«

»Es gibt noch mehr Gefangene«, sagte sie. Und sie würde erst dann panisch zum Hangar laufen, wenn wirklich keine Zeit mehr war. Das war sie den anderen schuldig. Sogar Karl Schmitz. Immer schneller wischte sie auf dem Pad herum. Suchte Karl, Fritzi Glöckner und Claudia van Hefeghem.

Ein widerlich hoher Ton erklang.

»Alarm«, sagte Rabinovic ungerührt.

»Wir sind nicht mehr unbeobachtet ...«, sagte Misa. »Dann müssen wir noch unvorsichtiger sein.«

»Diese Logik erschließt sich mir nicht«, sagte Rabinovic.

»Wir haben nichts mehr zu verlieren, Pavel«, sagte sie. Und dann schrie sie auf, denn sie hatte endlich die Punkte 'Glöckner' und 'Schmitz' auf dem Pad gefunden.

»Und was jetzt?«

»Folgen Sie mir, Pavel«, sagte sie entschlossen. Dann rannte sie zum nächsten Ebenenübergang.

Die Alarmsirenen schienen das ganze Deck auszufüllen. Es war nur eine Frage der Zeit, bis man sie fand. Misa umfasste den Schaft der Strahlenpistole beinahe krampfhaft. Es war für die nächsten Minuten die einzige Lebensversicherung. Ihre Lungen schmerzten bereits, doch hier war das Treppenhaus.

»Wohin?«, keuchte Rabinovic, dem es eher noch schlechter zu gehen schien als ihr. Sie war nicht sicher, ob er würde Schritt halten können, doch bald kam die Zeit, in der sie darauf keine Rücksicht nehmen konnte. Noch wollte sie ihn nicht allein zum Hangar schicken. Misa besann sich und blickte erneut auf die winzige Karte des Komplexes.

»Nach oben. Zwei Ebenen.«

Sie rannte los, ohne eine zustimmende Antwort abzuwarten.

Stakkatoartige Trittgeräusche auf den Stufen erfüllten das viel zu kleine Treppenhaus. Beinahe rechnete Misa damit, dass sie von beiden Seiten eingekesselt werden würden, doch noch immer zeigte sich keine einzige Wache in der Basis. Vollkommen atemlos erreichten sie Level −2 und pusteten aus.

»Welcher Weg?«, fragte Rabinovic ungeduldig. Misa wischte auf dem Pad umher. Sie hatte es doch eben schon herausgesucht gehabt. Wie viel Zeit war eigentlich noch? Egal. Sie fand die Orientierung auf der Karte wieder.

»Hier«, rief sie kurz und rannte weiter. Schmitz und Glöckner waren entweder in derselben Zelle untergebracht oder zumindest nahe beisammen. Doch es war so wenig Zeit ...

»Stehenbleiben.«

Misa und Rabinovic fuhren herum. In einem Seitenkorridor standen zwei Männer mit gezogenen Waffen. Wie erstarrt blickten beide in die geladenen Öffnungen der Laserwaffen, deren unheilvolles Leuchten den Gang in ein mattes, blassrotes Licht tauchte. Wie in den Holo-Romanen …

»Fallenlassen«, sagte der kleinere der beiden. Misa fragte sich, ob sie beide bei ihrer ersten oder zweiten Verhaftung gesehen hatte, doch sie begriff, dass sie derart Abseitiges jetzt nicht beschäftigen durfte. Zeit für einen Stunt.

»Renn weiter, Pavel«, flüsterte sie.

Der Physiker zögerte. Ihre Synapsen beschleunigten weiter. Dafür hatte sie keine Zeit. Sie prägte sich genau ein, wie die beiden Männer dastanden, dann zielte sie so genau sie konnte und schoss dem linken, etwas untersetzten Mann direkt in die Brust. Bevor der Laser überhaupt sein Ziel erreicht hatte, schien ihr, war ihr Unterbewusstsein bereits abgesprungen und zur Seite in Deckung gerollt. Sie wusste nicht, woher sie die Bewegung improvisiert hatte, doch das spielte für den Moment auch keine Rolle. Sie hörte ein Stöhnen und Fluchen und wusste auf einmal, dass gleich die zweite Wache auf sie zu springen würde. Die Zeit dehnte sich unerträglich weit, dann sprang sie seitwärts zurück, antizipierte den heranstürmenden Mann und schoss auch ihn direkt ab, während sie ihrerseits einen Lichtblitz auf sich zukommen sah. Beide landeten hart auf dem stahlbewehrten Boden, doch Misa war unversehrt.

»Was zur Hölle, Misa«, sagte Rabinovic ungläubig. »Haben Sie gerade alle beide erschossen?«

»Ich … bin nicht sicher, was passiert ist«, stammelte sie. Dann, noch immer wie in Trance, sammelte sie die Strahlenwaffen auf und gab Rabinovic eine davon.

Während er noch zeterte und sich auf höhere moralische Integrität berief, rannte sie einfach weiter und vertraute darauf, dass immerhin sein Überlebenstrieb funktionieren würde und er ihr weiter folgte. Sie verarbeitete ihre Tat noch nicht, sie blickte nur starr auf die Karte, die das Pad anzeigte. Es war nicht mehr weit.

Hier. Eine weitere namenlose Luke unter Hunderten, an denen sie vorbeigerannt war. Sie drückte den Schalter.

Nichts. Vielleicht war etwas passiert, doch das unrhythmische Heulen des Alarms hatte es womöglich übertönt. Sie drückte noch einmal. Die Luke blieb verschlossen.

In einem seltsamen Anflug von Zynismus trat Misa einen Schritt von der Tür und zielte genau. Sie schoss auf den Schalter – und wie durch ein groteskes Naturgesetz gebunden, das besagte, dass Gewalt alle Türen öffnen konnte – öffnete sich die Luke.

»Wer ist da?«

Misa erkannte Karls Stimme. Sie stürmte hinein und suchte nach dem Lichtschalter. Ein unbestimmtes Gefühl sagte ihr, dass es sich hier anders verhielt als mit Rabinovic.

»Karl, hier ist Misa.« Sie fand den Schalter. Die Erhellung des Raumes erwartend, hielt sie die schlechte Hand vor die Augen, dann erstarrte sie. Karl Schmitz war auf einen Tisch gebunden, der waagerecht lag, und erstarrt neben ihm stand Claudie van Hefeghem, nestelte an seinen Fesseln herum und hatte eine Art Spritzbesteck in der Hand.

»Was machen Sie denn hier?«

Die Erstarrte drehte sich zu ihr um. »Das könnte ich Sie genauso fragen.«

»Sie … sind frei?«

»So wie Sie, Misa«, sagte van Hefeghem langsam.

»Was haben Sie da in der Hand?«

Van Hefeghem blickte unschlüssig auf ihre Hände. »Medizin …«, stotterte sie.

»Treten Sie sofort von dem Tisch zurück.« Sie fuchtelte mit den Laserpistolen vor sich herum und van Hefeghem wankte tatsächlich einen Schritt nach hinten. Zu Karl gewandt fragte Misa, was hier eigentlich vorginge, doch er schien nicht ganz bei Sinnen zu sein.

»Er ist zugedröhnt«, erhob sich eine Stimme aus dem hinteren Teil des Raumes, der im Halbdunkel lag. Es war Fritzi Glöckner. »Sie haben uns sedieren wollen, aber Ihr Kollege da verträgt ganz schön was.«

»Seien Sie still«, rief Claudie van Hefeghem in einem plötzlichen Ausbruch von Emotion. »Sie verstehen ja nicht, worum es hier geht!«

Misa widerstand der Versuchung, nach der Zeit zu blicken, doch sie argwöhnte, dass das alles hier bereits zu lange dauerte. Dennoch musste es ihr irgendwie gelingen, die Männer zu befreien. Offenbar war van Hefeghem wirklich Yangs Avancen erlegen. Keine gute Gelegenheit, sich zu fragen, ob auch sie vielleicht ein doppeltes Spiel …

»Claudie, sagen Sie mir, worum es hier geht. Und was sie Karl da verabreichen wollten.«

»Nein! Sie können es ohnehin nicht mehr aufhalten, sie sind bereits unterwegs.« Dann, bevor irgendjemand es begriff, trat sie wieder an Karls Liege und rammte die Spritze in seinen Brustkorb. Epileptisch zitterte er, und Misa wusste, dass sie zu langsam war. Wie in Zeitlupe hob sie den Arm, zielte auf die zu Glöckner weiter stürmende van Hefeghem, und streckte sie mit einem gut gezielten Schuss nieder, ehe sie ihn erreichen konnte.

Dann eilte sie, ohne weiter auf die Frau zu achten, zu Karl, doch es war zu spät. Weißer Schaum vor dem Mund, zitterten seine Arme noch ein wenig von allein, doch sie hatte keinen Zweifel. Diesmal war es zu spät. Sie war zu spät, war zu langsam gewesen.

»Versprich mir, dass du sie aufhältst«, flüsterte er, ehe der Kopf zur Seite klatschte und der gewaltige Fleischberg, der auf den Namen Karl Schmitz gehört hatte, tot war.

»Nein!«, schrie Misa, doch die Dringlichkeit ihrer Mission verschaffte ihr schon bald wieder unverhoffte Klarheit.

»Pavel, Helfen Sie mir, ihn loszumachen«, rief sie und rannte zu Fritzi Glöckner.

Gemeinsam gelang es ihnen schließlich, die Fesseln des Technikers zu lösen. Betreten blickten sie auf Karl Schmitz. Unausgesprochen stand die Frage im Raum, ob sie ihn zurücklassen müssten. Doch Misa war klar, dass selbst unter normalen Umständen die drei kaum imstande gewesen wären, ihn zu tragen.

»Wir müssen los«, sagte Misa knapp und schielte auf das Pad. Sie würden es nicht mehr schaffen. Sie hatte schon wieder keine Ahnung mehr, wie es zurückging, doch „Hangar“ war ein leichter zu findendes Ziel als die Gefangenenbereiche. Misa zeigte auf die Richtung und bedeutete den Männern, ihr zu folgen. Sie hatte Bedenken, wie es um Fritzi Glöckners Zustand bestellt war, doch darüber konnten sie sich auch später noch kümmern. Wie die Wilden rannten sie dem Treppenhaus entgegen.

Ohne sich umzusehen, nahm Misa die Wende und preschte weiter voran. Es war nur ein Stockwerk, und die niedrige Gravitation trug sie hinauf …

Oben angekommen wartete sie auf die schnaufenden Männer. Rabinovic kam zuerst, doch er sah aus, als würde er jeden Moment kollabieren. Glöckner sah nicht besser aus, doch umgab ihn immerhin nicht die geisterhafte Aura des Physikers mit Raumkrankheit.

»Es ist nicht mehr weit«, schnaufte Misa, obschon sie wusste, dass sie die halbe Etage durchqueren mussten. Und die Zeitanzeige des Pads war bereits abgelaufen …

Als die Männer sie erreicht hatten, zögerte sie nicht länger und rannte weiter. Der Weg war nicht gerade, sondern führte wieder durch das bekannte Labyrinth – allerdings im Mittel immer in die gleiche Richtung. Sorgsam achtete sie darauf, dass die Männer sie nicht in den verwinkelten Korridoren verloren, was sie zusätzlich bremste. Doch Meter für Meter, Atemzug um Atemzug kamen sie dem großen, erlösenden Ziel näher.

Ewigkeiten später standen sie vor dem schweren Schott, über dem 'Haupthangar' stand. Misa zögerte. Sie wusste, dass, wenn noch etwas schiefging, es jetzt sein würde.

Die Luke war blockiert.

»Scheiße«, fluchte sie.

»Was ist los?«, fragte Rabinovic, der die Hände auf die Knie stemmte und herzhaft würgte. Misa sah, wie Fritzi Glöckner sich abwenden musste. Er kannte Rabinovic noch nicht, und mit diesem Gedanken war auch ihr unangenehm, wie abgestumpft sie schon war, dass sie die Leiden Pavels überhaupt nicht mehr störten.

»Die Luke öffnet sich nicht«, schnaufte Misa.

»Dann ist ein Start im Gange«, sagte Glöckner.

»Das kann nicht sein«, sagte Misa. »Hugo Marcus startet nicht ohne uns.« Sie wusste, dass dieser Satz nicht wahr war und Glöckner wahrscheinlich Recht hatte, doch sie würde nicht jetzt, vor der Tür stehend, aufgeben. Nicht hier. Sie hatte Menschen getötet und saß nun hier fest. Misa nahm das verschwitzte Pad aus der Hosentasche und betrachtete die Karte.

»Es gibt einen anderen Eingang«, sagte sie.

»Der wird auch verriegelt sein«, sagte Glöckner und schnaufte noch immer.

»Wir müssen es versuchen«, sagte sie. »Pavel, auf geht's!«

Langsam ... abwartend, ob die Männer ihr folgen würden, machte sie sich auf den Weg. Sie würden den viele dutzend Meter großen Hangar rechtsherum umgehen und dann die Luke an der Seite versuchen. Sie wusste, wie unwahrscheinlich es war, dass es klappte, aber irgendetwas musste sie einfach tun. Misa rannte, und, so schien es ihr, sie rannte nicht nur um ihr Leben, sondern um das der beiden Männer gleich mit. Die Gänge waren nicht so kompliziert wie im inneren Bereich der Basis, und Misa konnte nur schätzen, wie weit sie bereits von der eigentlichen Kolonie Ganymeds entfernt waren, doch immerhin gab es gerade Korridore. Das bedeutete auch, dass sie schneller rennen konnte, weil man sie nicht so leicht verlieren würde. Sorgsam achtete sie jedoch darauf, stets die schwankenden, humpelnden Silhouetten der Männer im Blick zu behalten.

Da war es. Triumphal bog Misa um die letzte Ecke. Die Luke stand offen. Maschinengeräusche. Verdammt. Entweder Hugo Marcus hatte bereits den Startvorgang aktiviert, oder er war zumindest dabei, ihn vorzubereiten.

»Schneller!«, rief sie flehentlich den Männern entgegen und linste ihrerseits in den Hangar hinein. Niemand war zwischen den leichten Raumgleitern zu sehen. Verdächtig.

Sie hörte das Schnaufen und Prusten hinter sich und wusste, dass sie es bis hierher geschafft hatten. Jetzt mussten sie es nur noch bis zum Shuttle schaffen. Eine klitzekleine Figur erschien am hintersten der Raumschiffe. Hugo Marcus auf dem Sprung.

Misa wusste, dass es unklug war, doch es gab keine andere Möglichkeit mehr. Sie rannte mit allen verbleibenden Kräften los. Schmeckte Galle in ihrem Mund. Sah, wie sich das Sichtfeld verengte.

Dann, kakophonisch, das Klatschen von Fleisch auf Metallboden. Sie wusste, sie durfte es nicht, aber es musste sein. Geschockt erspähte sie die groteske Szenerie und konnte nicht ermessen, was geschah. Sie sah bunte Lichtstrahlen nach den Körpern der beiden Männer tasten. Misa erstarrte. Auf der Reling des Hangars standen drei oder vier Männer und schossen quer durch die Halle.

Distanziert und wie ein Beobachter verfolgte Misa das Geschehen. Sie wusste nicht, wie weit es noch bis zum Shuttle war, es spielte auch keine Rolle. Rabinovic lag leblos zehn Meter hinter ihr auf dem Boden, während Glöckner gerade über ihn hinweg sprang. Mehr humpelte als sprang.

»Misa, lauf!«, hörte sie eine Stimme. Hugo Marcus? Dann war es noch nicht zu spät.

»Stehenbleiben!«

Misa drehte sich um und wollte in Richtung des Shuttles rennen, doch vor ihr waren auch zwei Männer aufgetaucht.

Mit diabolischem Grinsen stand McNamara vor ihr.

»Keinen Schritt weiter und runter mit den Waffen«, sagte er.

Misa wurde fast ohnmächtig, doch sie schaffte es gerade so, auf den Beinen zu bleiben. Sie ließ die erbeuteten Pistolen fallen und nahm die Hände in die Höhe. Sie wagte es nicht, sich umzusehen, hörte aber, wie die anderen Männer die Treppe zum Boden des Hangars hinunter nahmen.

Sie hatte verloren.

11

»Eine hübsche Show haben Sie uns geboten«, sagte McNamara und grinste noch immer.

Misa nahm ihn gar nicht richtig wahr. Das sollte es gewesen sein? Jetzt, hier? Enttäuschung ließ ihren Körper gefrieren und verengte ihr Sichtfeld. Sie wollte jetzt nicht verlieren.

»Doch hier endet es«, sagte McNamara nicht ohne Genugtuung.

»Sie denken, Sie haben gewonnen?«, schrie Misa. »Andere werden kommen!«

»Andere? Die Waffe ist bereit. Niemand wird sich jemals dem Jupiter auch nur nähern, wenn wir nicht wollen«, sagte McNamara. »Die Ära Millennium beginnt.«

»Hirnloses Gefasel«, ergänzte Misa. »Kein einziges Regime kann das ganze Sonnensystem kontrollieren. Sie mögen hier gewinnen, aber insgesamt werden Sie scheitern.«

»Wir werden nicht scheitern. Wenn die Erde erst in Trümmern liegt, wenn jeder einzelne, unbedeutende kleine Mensch wie Sie uns anflehen wird, unsere Generatoren und unser Wasser kaufen zu dürfen, wird niemand in der Lage oder willens sein, Widerstand zu leisten. Die Führer von Millennium werden den Status von Halbgöttern erreichen. Wir geben der Menschheit ihren Sinn zurück. Und dann, wenn der Kapitalismus überwunden ist, werden wir sie in eine goldene Zukunft führen.«

Unglaublich. Misa sah McNamara an und begriff, dass er glaubte, was er sagte. Dass er es die ganze Zeit geglaubt hatte. Und dann, wie ein Blitz aus der Tiefe des Alls grollte ihr Verstand, beschleunigte und wand sich und dann endlich begriff sie, dass er Recht hatte. Was die Bursts zu bedeuten hatten.

»Die Erde«, flüsterte sie.

»Ganz genau«, sagte McNamara und ließ seine Zähne blitzen.

»Mars und Titan und Ganymed mögen nicht gefährdet sein, doch Mutter Erde ist ganz und gar ungeschützt.«

Er hatte Recht. Wenn ein Gammastrahlenausbruch, so wie der von Ganymed, großflächig die Erde traf …

»Sie bomben unsere Spezies zurück in die Steinzeit«, sagte sie atemlos, noch immer die Hände über dem Kopf haltend.

»So mag es aussehen, Misa.« Er genoss seinen Auftritt in letzter Sekunde. Hatte er die Tür versperrt, sodass sie außen herum laufen mussten? »Begreifen Sie nicht, dass wir die Menschheit aus ihrer Sackgasse befreien? Henry Yang wird als großer Wohltäter in die Geschichte eingehen ...«

»*Ihre* Geschichte«, spottete Misa.

»Und wenn schon«, sagte McNamara. »Wie dem auch sei, *Ihre* Historie endet hier. Was für eine Schande.«

Damit erhob er seine Waffe ... zielte...

»Fallenlassen«, ertönte eine verzerrte Stimme aus den Lautsprechern des Hangars. Verwirrt sahen McNamara und seine Lakaien sich um. Auch Misa blickte ratlos umher. Ihr Blick fiel auf die fallengelassenen Pistolen vor ihr.

»Hier oben«, sagte die Stimme. Dann eröffnete das Shuttle das Feuer.

Hugo Marcus musste unbeobachtet zurück ins Raumschiff geklettert sein und hatte, berechnend und heimtückisch wie er war, den richtigen Moment abgewartet.

Wie ein Schwarm aufgescheuchter Vögel stoben McNamara und seine Männer in alle Richtungen davon. Misa warf sich zu Boden und schnappte die Pistolen. Sie blickte sich noch im gleichen Moment zu Glöckner und Rabinovic um. Pavel bewegte sich nicht, und es war verrückt, zu versuchen, zu hoffen ... nein, sie musste ihn zurücklassen. Doch Fritzi Glöckner bewegte sich.

Im Inferno des einen halben Meter in der Luft schwebenden und den Hangar in ein Schlachtfeld verwandelnden Shuttles robbte sie zu Glöckner.

»Können Sie aufstehen?«, brüllte sie ihm entgegen.

»Wo sollen wir hin?«, fragte er.

Zum Shuttle. Irgendwie würde Hugo Marcus sie schon erkennen. Sie deutete auf das Feuer und Licht speiende Ungeheuer zwanzig Meter vor ihnen und rannte los. Aus dem Augenwinkel sah Misa, wie einige der Millennium-Wachen die Reling erreicht hatten und begannen, das Shuttle mit Gegenfeuer zu bedenken. Misa machte einen Haken nach hinten. Sie mussten das schwebende Shuttle als Deckung verwenden und hoffen, dass sich eine Luke fand.

»Ich öffne die Luke in zehn Sekunden«, sagte die Lautsprecherstimme, während die Landestutzen sich langsam senkten.

Zu grotesken Schemen verschmiert hasteten Misa und Fritzi Glöckner hinter das Gefährt, das noch immer wie wild in die Gegend feuerte. Qualm vernebelte die Sicht, doch zum ersten Mal seit Minuten schöpfte Misa wieder Hoffnung. Es war nicht mehr weit. Sie sah, wie der Heckbereich sich öffnete. Noch ein paar Schritte, dann konnte sie zum Sprung ansetzen … Glöckner fiel auf den Boden.

Sie wusste nicht, ob er getroffen war, doch sein furchterfülltes Gesicht schien es zu bestätigen. Sie hatte keine Zeit. Sah, wie die Soldaten auf dem um den ganzen Hangar umlaufenden Geländer Position bezogen. Nicht mehr lange und jemand würde gut genug zielen …

In einem letzten Aufbäumen vor der Ungerechtigkeit des Universums machte sie einen Satz zurück und riss Fritzi Glöckner auf die Beine. Sein Gesicht klärte sich auf. Er war zumindest nicht tot. Endlich begriff sie, dass die Gravitation zu ihrem Vorteil gereichte, und sprang, wenigstens sieben Meter von der Ladeluke des Shuttles entfernt, ab. Wie eine Tontaube durch wildes Sperrfeuer segelnd landete sie hart im Inneren des Shuttles.

»Wir sind drin«, rief sie, so laut sie konnte, und schon verschloss sich die Luke auch wieder. Das kleine Raumschiff taumelte unter dem Beschuss der Wachen, doch letztlich wusste Misa, dass sie mit Laserkanonen Platzpatronen gleich auf die gepanzerte Außenhülle des Schiffes schossen.

Dann verebbte der Beschuss, das Schiff hielt sich stabiler, und schließlich spürte sie eine jähe Beschleunigung nach oben. Sie hatten es geschafft. Sie verließen Ganymed.

Misa übergab sich auf Fritzi Glöckners Schuhe.

12

»Bäh.«

Misa brauchte einen Moment, ehe sie begriff, was passiert war. Dass sie lebte und atmete und auf dem Weg zum merkwürdigen Ursprungsort der Bursts war. Sie besann sich und betrachtete das Malheur, über das Fritzi Glöckner sich beklagte.

»Verzeihung«, sagte sie, und das war auch schon alles, wozu sie in der Lage war. Sie bemühte sich, aufzustehen, doch musste sie feststellen, dass sie noch immer am ganzen Körper zitterte.

»Mir war schon klar, dass Sie es spannend machen würden.«

Angestrengt krabbelte sie auf dem Boden herum und drehte sich schließlich umständlich um die eigene Achse. Hugo Marcus.

Er lächelte. »Was für ein Finale!«, sagte er.

»Pavel ist tot, nicht wahr?«, sagte Misa und tiefe Traurigkeit breitete sich in ihr aus.

»Sie konnten sie unmöglich alle retten«, antwortete Marcus. »Ehrlich gesagt, hatte ich nicht einmal erwartet, dass Sie es bis in den Hangar schaffen.«

»Na, danke schön.«

»Das war als Ausdruck aufrichtiger Bewunderung gemeint.«

»Mit der Ehrlichkeit haben Sie es ja sonst nicht so«, sagte sie schnippisch. Noch immer benebelt von langsam zunehmender Perspektive lastete der Tod ihrer Kameraden schwer auf ihr. Vielleicht, dachte sie, hätten sie ohne ihre Intervention nicht sterben müssen.

Hugo Marcus machte ein gequältes Gesicht. »Misa, verstehen Sie doch. Es war die einzige Möglichkeit, aus der Nummer herauszukommen.«

Sie schüttelte den Kopf. »Es gibt immer eine andere Möglichkeit, als zu lügen, zu betrügen und … Freunde zu hintergehen.«

»Zuallererst …«, er zögerte. Zum ersten Mal, wenn überhaupt, hätte Misa ihm Unwohlsein zugesprochen. »Zuallererst«, sagte er, »bin ich Bavaria verpflichtet. Die Mission majorisiert alles. Das wussten Sie von Anfang an.«

Misa nickte. Natürlich wusste sie es. Dennoch fühlte sich seine kalte, erbarmungslose Gewissheit an wie Verrat. Auch erwarteter

Verrat blieb Verrat, dachte Misa. Und Verleugnung erst recht. Doch am Ende, sagte sie sich, hatte er auf sie gewartet. Ob aus Barmherzigkeit oder Berechnung oder schlichtem Sachzwang, das würde sich niemals herausfinden lassen.

»Und jetzt?«

»Jetzt sind wir auf dem Weg, herauszufinden, wer oder was Gammastrahlbursts produzieren kann, die die Erde vollkommen unvorbereitet treffen würden.«

»Sie wissen es nicht?«

Verblüfft blickte Misa Hugo Marcus an. Sie war ehrlich erstaunt. Hatte er nur sich und sein Leben gerettet, indem er zu Millennium 'übergelaufen' war?

»Ich weiß nichts Sicheres. Es wäre auch wahrlich überraschend gewesen, wenn sie mir soweit vertraut hätten.«

»Aber Sie kennen die Pläne?«

Er nickte düster. »Die Erde verwüsten und Generatoren, Wasser, Medikamente verkaufen.«

»Ein Wirtschaftskrieg«, sagte Misa.

»Eher Erpressung in milliardenfacher Ausführung.«

»Und was sollen wir tun?« Misas Ratlosigkeit hatte Glöckner aufgeschreckt, der bis dahin schwer atmend seine Schulter gehalten hatte. Sie war irgendwie sicher, dass er nicht schwerer verletzt sein konnte, und nun erwachte er wieder zu richtigem Leben.

»Ganz einfach«, sagte Hugo Marcus. »Wir jagen es in die Luft.«

»Und wie stellen Sie sich das vor?«, fragte Glöckner. »Andocken, eine Bombe platzieren, wieder abhauen?«

Hugo Marcus grinste. »Ja, so in etwa.«

Ein ungeheuerlicher Gedanke stieg in Misas Bewusstsein auf. Was wenn … er konnte doch nicht …!

»Der Nuke«, sagte sie.

Hugo Marcus schüttelte den Kopf. »Sehr scharfsinnig, aber leider nein.«

»Wovon reden Sie nur?«, fragte Fritzi Glöckner.

»Von der Atombombe, die sich an Bord der *Endeavour One*, und dann auf der *Leopold* befand.«

Der gebürtige Schweizer riss die Augen auf.

»Ich weiß nicht, wo sie ist«, sagte Hugo Marcus. »McNamara wollte sie mitnehmen, doch er fand stattdessen nur mich, bevor er die *Leopold* ... verließ.«

»Dann muss sie doch noch auf dem Schiff gewesen sein, als wir es verließen, und McNamara hat gebufft«, sagte Misa.

Marcus nickte. »Ich habe davon gehört. Tapferes kleines Schiff. Doch sie sollte dabei detoniert sein.«

»Dann wären wenigstens Pavel und ich gestorben«, sagte Misa und fühlte die Schuld des Überlebens schwer auf ihren Schultern lasten. Sie vermisste sogar das krampfartige Würgen der Raumkrankheit des Mars-Russen, so sehr hatte sie sich daran gewöhnt.

»Genau«, sagte Hugo Marcus. »Und dass sie es nicht ist, bedeutet ohne Zweifel, dass Millennium sie haben könnte. Nicht, dass eine Atombombe einen großem Unterschied machen würde, wenn man ...«

»Fuck!«, schrie Misa. Sie war sich bewusst, dass sie nicht unbedingt politisch korrekte Sprache verwendete, doch es war ... es war zu ungeheuerlich.

Die beiden Männer starrten sie an. Einer von oben herab, und einer noch immer auf dem Boden kniend.

»Sie möchten etwas sagen?«, fragte Hugo Marcus belustigt.

Sie zitterte vor Aufregung. »Ich ... ich habe nur gedacht ...« Sie sammelte sich, stand auf und ordnete ihre Gedanken. Etwas wacklig lehnte sie sich an eine Verstrebung des Frachtraumes. »Wir wissen noch immer nicht, wie sie es anstellen, einen Burst auszulösen, richtig?«

Hugo Marcus nickte langsam. »Ja, und?«

»Was, wenn sie einen thermonuklearen Sprengkopf brauchen, um es zu beginnen?«

Nachdenklich kratzte Hugo Marcus sein sorgfältig rasiertes Kinn. »Ich meine, es wäre ziemlich riskant, darauf zu wetten, dass die MSA, oder die Mars-Militärs einen Nuke nach Ganymed verschiffen, nur weil Millennium einen braucht.«

»Es sei denn ...«, begann Misa.

»Ja«, rief Marcus. »Es sei denn, McNamara hat die Fäden gezogen.«

»Er wusste nicht nur von der Bombe, er höchstpersönlich war der Kurier.«

»Verdammt.«

»Moment mal, ihr Genies«, sagte Fritzi Glöckner. »Habt ihr nicht gesagt, dass euer Schiff geburstet wurde? Mehrmals. Woher sollten sie so viele Atombomben haben?«

Das Lächeln der Erkenntnis auf Misas Lippen erstarb. »Ein guter Einwand.«

Hugo Marcus schüttelte den Kopf. »Die *Leopold* wurde lange nicht so schwer getroffen wie Ganymed.«

»Das könnte eine Frage des Zielens sein. Vielleicht wollte man das Schiff bloß nicht vaporisieren«, sagte Misa.

»Um die Bombe nicht zu detonieren, sehr richtig«, sagte Glöckner spöttisch.

»Ganz genau«, erwidert Marcus. »Womöglich ist die Intensität des Bursts abhängig davon, wie man ihn zündet.«

»Ganymed war ein Test. Die *Leopold* hingegen sollte nur kampfunfähig gemacht werden«, sagte Misa.

Hugo Marcus nickte. »Was auch gelungen ist.«

»Na schön, ihr Verschwörungstheoretiker. Ich gebe zu, dass ich nicht widerlegen kann, was ihr behauptet«, sagte Glöckner. »Aber zumindest an Misa kann ich wohl wissenschaftlich appellieren: Wo ist der Beweis?«

»Eine gute und wichtige Frage«, gab Hugo Marcus zu. »Irgendwelche Ideen?«

»Schhhh«, machte Misa und versuchte, sich zu konzentrieren. Irgendetwas war in ihrem Verstand, das ihr weiterhalf, doch sie fand es nicht. Noch nicht. »Zu dumm, dass wir den Bordcomputer der *Leopold* nicht da haben.«

»Was ... was würden Sie dort nachsehen, Misa?« Hugo Marcus versuchte, ihr zu helfen, doch er schob die Lösung nur wieder weiter von ihr weg.

»Ich ... ich weiß es nicht«, sagte sie frustriert. »Irgendetwas fehlt noch.«

»Na ja, spätestens, wenn wir diese Wunderwaffe erreicht haben, finden wir es jawohl heraus«, sagte Glöckner.

»Dann könnte es jedoch zu spät sein, mein Herr«, rief Hugo Marcus. Misa hielt sich die Ohren zu und schloss die Augen.

Fokussieren. Stellte sich vor dem inneren Auge vor, was sie wusste. Ging die Sensorechos vom Jupiter durch, die Messwerte der Spektralanalyse ... das war es! Wie konnte sie es nur vergessen haben!

»Der Jupiter!«, rief sie.

Misa blickte in zwei fragende Gesichter.

Sie sammelte sich. Eben hatte es noch Sinn ergeben ...

»Also«, begann sie. »Als alles begann und der Kontakt zu Ganymed abriss, nahm die Sonde Voyager IX mehrere Aufnahmen des Jupiters auf. Darauf war zu erkennen, dass das thermische Profil von normalen Werten abwich. Ich denke, der Grund dafür ist, dass sie eine nukleare Explosion in der oberen Atmosphäre ausgelöst haben. Die Strahlung haben sie mit dem ... Ding, das sie hinter dem Planeten verstecken, gebündelt und auf Ganymed gelenkt.«

Misas Gesicht zitterte und war nicht in der Lage, sich für Lachen oder Weinen zu entscheiden – zu groß, war die Erschütterung, wenn sie Recht behalten sollte, doch die Freude der Erkenntnis beherrschte ihre Emotionen.

»Interessant«, sagte Hugo Marcus.

»Zugegeben«, meinte Fritzi Glöckner. »Doch wie haben sie dann die Angriffe auf Ihr Schiff vorgenommen?«

»Mit konventionellem Sprengstoff kann man jedenfalls nicht genug Gammastrahlung erzeugen«, sagte Misa. Das war der Haken.

»Aber mit einer anderen konventionellen Methode«, sagte Hugo Marcus plötzlich. »Beschleunigte Elektronen.«

Misa schüttelte den Kopf. »Das wäre ein absurder Aufwand, um die Energie aufzubringen, mit der die Leopold getroffen wurde.«

»Im Prinzip ja. Es sei denn, die Strahlungsquelle ist ohnehin vorhanden ...«

»Ja«, rief Misa. »Der Nuklearsprengkopf allein reicht nicht aus. Der erzeugt nur ein großes Plasmafeld im Jupiter. Dann entzündet man es mit einem Gammastrahl ...«

»... und fängt die resultierende Strahlung auf, um sie zu fokussieren«, beendete Marcus ihren Satz. »Wie eine mehrere zehntausend Kilometer großer Laserstrahlkammer.«

Glöckner klatschte in die Hände. »Da, sie tun es schon wieder. Ich frage nach einem Beweis und Sie spinnen ihre Theorie einfach weiter ...«

Fragend sah Misa Hugo Marcus an. »Wissen Sie, wo sich die Trümmer der *Leopold* befinden?«

Er nickte. »Im Trockendock an Bord der Callisto-Station. Keine Chance.«

»Was wollen Sie denn mit den Trümmern Ihres ach so tollen Raumschiffs?«, fragte Glöckner.

»Wenn man einen Signalprozessor oder gar ein halbwegs intaktes Sensorlog in die Hände bekäme, könnte man auf die Bestrahlung aus dem Burst zurückrechnen«, antwortete Misa wie selbstverständlich. Ihr war auf einmal vollkommen klar, was sie tun mussten – nur nicht, wie sie es schaffen konnten.

Glöckner blickte sie verdutzt an. »Und es muss unbedingt die *Leopold* sein? Um Ganymed herum gibt es Trümmer von hunderten Objekten mit Sensorbänken, die geschmolzen sind, bevor die Teile komplett auseinander flogen.«

»Aber ja, er hat Recht«, sagte Hugo Marcus. »Kommen Sie.« Er stolzierte nach vorne in Richtung der Shuttlebrücke. Verdutzt blickte Misa Fritzi Glöckner an, zuckte mit den Schultern und verließ den Frachtraum und den ramponiert aussehenden Techniker.

Hugo Marcus saß beschäftigt am Pilotensitz des engen Cockpits. Misa zog den Kopf ein und blickte auf seinen Bildschirm.

»Was machen Sie da?«, fragte sie.

»Ich suche nach Trümmern.«

»Hmm?«

Hugo Marcus drehte sich um und blickte Misa mitleidig an. »Ihr Freund hat Recht. Hier gibt es überall vaporisierte Technologie, die man analysieren kann.«

»Und wie stellen wir das an?«, fragte sie.

»Jemand geht da heraus, sammelt ein paar Dinge ein, die wie Mikrochips aussehen, und ...«

»Oh nein«, sagte Misa. »Das glaube ich jetzt nicht.«

»Was?« Hugo Marcus verstand nicht, was sie meinte.

Misa stemmte die Arme in die Hüften und versuchte, möglichst beleidigt auszusehen. »Wenn Sie sagen, dass 'jemand' da rausgehen müsste und 'jemand' Trümmern einsammeln würde, dann meinen Sie mich. Immer muss ich den verdammten Raumanzug nehmen und mein Leben riskieren.«

Verdattert blickte Hugo Marcus auf Misa. »Ich … ich hatte ja keine Ahnung, dass Sie das so sehen.«

Misa lachte. »Nein, natürlich nicht. Sie waren nicht da draußen, als der Asteroid auseinanderbrach. Sie waren auch nicht da draußen, als ich durch die schwankende Gravitation der *Endeavour* lief, mit einer Kiste, von der ich erst später erfuhr, dass eine Atombombe drin war. Und«, fuhr sie fort, »Sie waren auch nicht in einem kleinen Raumanzug auf der Oberfläche Ganymeds damit konfrontiert, nicht alleine den nächsten Eingang zu finden. Sie sitzen immer im Warmen und warten darauf, dass jemand die Drecksarbeit erledigt!«

»Sind Sie fertig?« Hugo Marcus starrte Misa noch immer an, doch sein Gesicht zeigte so etwas wie das Minimum einer Regung. »Entschuldigung«, sagte er. Stille. Nervös wuselte Misa sich durch die Haare. Immerhin, er nahm es anscheinend mit Verständnis auf.

»Ich … habe vielleicht ein wenig überreagiert«, sagte sie vorsichtig. »Natürlich würde ich es machen. Es ist nur … manchmal fehlt mir die Wertschätzung für das Risiko …«

»Ja natürlich«, sagte Hugo Marcus leise. »Misa, sehen Sie … Sie haben mich mal als opportunistisch bezeichnet, und damals nahm ich es als Kompliment für meine … Arbeit. Doch jetzt sehe ich, dass Sie vielleicht nicht Unrecht hatten …«

Betreten blickte er zu Boden. Dann schien er sich zu besinnen. »Ich lokalisiere jetzt den vielversprechendsten Trümmerhaufen. Bis dahin können Sie es sich überlegen«, sagte er. »Wenn Sie es nicht möchten, was ich verstehen würde, werde ich …«

»Ich mach es.«

Beide fuhren herum. Im schmalen Durchgang zwischen dem Bauch des Shuttles und dem Cockpit lugte das Gesicht von Fritzi Glöckner hindurch. Misa fragte sich, wie lange er schon dort gestanden hatte, doch es spielte im Grunde genommen keine Rolle.

»Ich … nein, das ist wirklich nicht nötig«, sagte Misa zaghaft. »Immerhin kann man schon sagen, dass ich Erfahrung mit solche Stunts habe. Und davon abgesehen, wird es mir ein Vergnügen sein, Hugo zu beweisen, dass etwas Schlimmes passieren wird, sobald ich da draußen bin.«

Fritzi Glöckner zog eine Augenbraue herauf. »Wie Sie meinen.«

Meinte sie es? Misa war sich nicht so sicher. Vor allem der letzte Satz stand mehr aus Trotz, denn wirklicher Besorgnis im Raum. Und unklug war es obendrein. Wenn Glöckner sich anbot, warum nicht ihm die Drecksarbeit überlassen?

Irgendwie hatte sie das Gefühl, dass dies ihre Rolle war – weder war sie erpicht darauf, noch gefiel ihr die Vorstellung, einmal mehr nur von einem viel zu dünnen Stück Nanogewebe voll komprimierter Luft in die unendlichen Weiten hinaus zu müssen, doch auch sie hatte so etwas wie Stolz. Sie würde es Hugo Marcus beweisen.

»Also?«, fragte Marcus.

»Ja, ich mache es«, sagte sie, ohne noch weiter auf Glöckner zu achten. »Sagen Sie mir nur, was ich zu tun habe.«

»Moment noch«, sagte er. »Ich habe etwas, aber wir werden noch einige Zeit bis dorthin brauchen.«

»Was ist es?«, fragte Glöckner.

»Eine Beobachtungsstation, die auf einem Lagrangepunkt des Io lag und praktisch genau zwischen der seltsamen Struktur auf der Rückseite des Planeten und Ganymed gelegen haben sollte. Außerdem scheint sie nicht mehr da zu sein, also liegt es nahe, dass sie etwas abbekommen hat.«

»Einer der ödesten Jobs im bekannten Universum, dann passiert endlich mal etwas und es jagt einem gleich die Station um die Ohren«, sagte Glöckner.

»Sieht so aus, ja.«

»Immerhin kann sie uns noch von Nutzen sein«, sagte Misa. Sie konnte sich ungefähr vorstellen, wie es sein musste, über lange Zeit ganz alleine auf Beobachtungsposten zu sein. Zwar war es vermutlich vermessen, ihren Operator-Job bei der MSA mit dem Schicksal eines Deep-Space-Beobachters zu vergleichen, doch irgendwo tief in ihrem Inneren fragte sie sich, wer sich an sie erinnern würde, wenn sie an Bord einer solchen Station gewesen wäre. Und ob es anders wäre, wenn das Shuttle, auf dem sie sich jetzt befand, einfach in einer Mikrosingularität verschwände. 'Nur nicht darüber nachdenken', sagte sie sich. Niemals war es ihr darum gegangen, in die Geschichte einzugehen, wie es McNamara in seiner hochtrabenden Weise im Hangar auf Ganymed formuliert hatte – doch irgendwie hatte er Recht, irgendwann kam der Moment, wo man sich fragte, was von einem bleiben würde. Vielleicht hatte sie sich deswegen auf dieses Abenteuer eingelassen. Und vielleicht war das auch der einzige Grund, weshalb sie noch nicht tot war, dachte sie düster.

»Misa, alles in Ordnung?« Glöckner stand nun direkt hinter ihr. Sie war völlig in Gedanken gewesen. »Sind Sie sicher, dass Sie das machen wollen?«

All die Gedanken … all die Auswirkungen. All das war bedeutungslos.

»Ja«, sagte sie. »Vollkommen sicher.«

»Na dann …«, meinte Hugo Marcus, »ziehen Sie sich mal besser um. Da vorne ist es.« Er zeigte unbeholfen auf die markierte Stelle, die der Bildschirm markierte. Misa konnte nicht erkennen, wie weit es noch entfernt lag, doch spürte sie schon die Bremstriebwerke, die ihre Arbeit begannen. Konnte es nicht eigentlich sein … Misas Verstand zeigte einmal mehr seine paranoide Seite.

»Können wir sicher sein, dass wir nicht verfolgt werden?«

Hugo Marcus schüttelte den Kopf. »Die restlichen Shuttles haben wir schrottreif geschossen«, sagte er.

»Na schön.«

Misa dachte an Callisto und eine riesige Flotte von Schiffen, die vor aller Welt verborgen und doch kaum ein paar Millionen Kilometer entfernt waren. Einerlei. Diesen Stunt musste sie so oder so durchziehen. Weil er sie herausgefordert hatte. Und weil sie ein verdammt noch mal zickiger Marsmensch war.

»Wo sind die Anzüge?«, fragte sie.

»Äh … im Frachtraum?«, entgegnete Hugo Marcus. Na toll. Er wusste es auch nicht.

»Fritzi, kommen Sie mit«, beschloss Misa. »Wir suchen im Frachtraum einer großen Sardinenbüchse nach kleineren Sardinenbüchsen.«

»Jawohl«, antwortete er mäßig begeistert.

»Ich kann das schon machen«, wiederholte er, als sie allein im Frachtraum waren.

»Nein, nein«, sagte Misa. »Im Grunde genommen bin ich schon die ganze Zeit das Ein-Personen-Außenteam, da wird es dieses Mal auch wieder gehen.«

»Unsinn. Sie haben eine kaputte Hand«, sagte er so direkt und unverblümt, dass Misa die Hand unwillkürlich an ihr Bein presste. Stechender Schmerz war die Folge. Beinahe hysterisch lachte sie auf. »Ach das. Auch daran gewöhnt man sich.«

Glöckner musterte sie. »Hören Sie mal, Misa. Wir kennen uns noch nicht lange, und es ist mir ehrlich gesagt vollkommen egal, ob Sie mir etwas vorspielen oder nicht. Aber sich selbst sollten Sie etwas aufrichtiger gegenübertreten.«

»Ich ...« Misa starrte zu Boden. Sie nahm die schlechte Hand in die gute und wog sie nachdenklich hin und her. »Schmerz ist gut. Schmerz bedeutet, da ist noch etwas. Die Versicherung, dass es nicht zu spät ist, dass es besser werden kann.«

»Reden Sie von der Hand, oder von der Seele, Mädchen?«

Sie hob den Kopf und blickte ihn an. »Was macht das für einen Unterschied?« Sie begann, die Türen und Klappen des Frachtraumes zu öffnen. Ruhelos rannte sie umher. 'Hand oder Seele'? Was für ein Unsinn.

Nachdenklich blickte Glöckner sie an. »Es kommt ganz auf Sie an, Misa«

Misa seufzte. »Also schön. Wollen wir loslegen oder was?«

Glöckner nickte, schien ihr jedoch unentschlossen.

Die Raumanzüge fanden sich spät, und freilich nicht an einer besonders versteckten Stelle – neben der Dekompressionsversiegelung an der Luke zum Rest des Shuttles. Mühsam prokelte Misa die schweren Stofffetzen aus dem schmalen Regal, das unbeschriftet war, so wie beinahe alles im Frachtraum. Sie wusste schon jetzt, dass sie sie nach dem Raumspaziergang unmöglich wieder würde hinein bugsieren können, doch das war eine Sorge für später. Ganz mit sich selbst beschäftigt bemerkte sie erst, dass Fritzi Glöckner sich auch anzog, als sie fast fertig war.

»Also ...«, sagte sie.

»Keine Widerrede«, gab er entschieden zurück.

Hingebungsvoll seufzte sie erneut. »Wir sind eine Bande von Dickköpfen«, sagte sie.

Glöckner lachte. »Hadern Sie nicht, das ist der Grund, warum wir noch am Leben sind.«

Misa blickte ihn an, und als ihre Blicke sich trafen, wusste sie, dass er Recht hatte. Schmerz über den Verlust ihrer Kollegen und Freunde traf sie unerwartet. Sie musste sich an einer Verstrebung festhalten.

»Ist Ihnen nicht gut?«, fragte er sofort, doch sie winkte ab.

»Es geht schon. Die Last des Überlebens«, sagte sie matt.

»Ich … ich kenne es«, sagte Glöckner. »Zwanzig Jahre auf Ganymed härten einen ab, wissen Sie.«

Fragend blickte Misa ihn an.

»Unfälle passieren …«, sagte er. »Nicht so viele wie jetzt mit dem Burst, aber in den ersten Jahren war es wirklich hart. Kaum eine Woche verging, ohne dass menschliches oder mechanisches Versagen vorkam.«

Misa nickte und hielt seine Schulter.

»Und die meisten meiner Freunde konnten wir nicht einmal beerdigen«, fuhr er fort, düster und mit einer einzelnen, blitzenden Träne im Augenwinkel. »Niemand erinnert sich, niemand.«

Sie blickte den Boden an. Jeder einzelne, dachte sie, wusste vorher, dass ihm ein einsamer Tod in den Tiefen des Weltalls bevorstand. Aber bis es soweit war, begriff niemand wirklich, was es bedeutete.

»Wir schaffen es wieder nach Hause«, sagte sie, ohne es zu glauben.

Sie sammelte sich und begann die mühsame Prozedur, die Handschuhe anzuziehen. Sie ignorierte den Schmerz der schlechten Hand und trieb sich voran, bis Fritzi Glöckner ihr in voller Montur entgegentrat und den Helm abnahm.

»Gehen Sie wieder rein«, sagte er. »Ich mache es.«

Sie schluckte. Zögerte. Wollte sich weigern. Der Teil von ihr, der gegenüber Hugo Marcus Beschwerde geführt hatte, begehrte auf und brachte sie in Rage. Misa war zerrissen zwischen dummem Pflichtgefühl, Stolz und Bequemlichkeit oder, wie Glöckner gesagt hätte, Vernunft. Nachdenklich nickte sie und nahm die Hände von ihrem Helm. Es war kindisch. Sie waren zu weit gekommen, um wegen so einer Lappalie zu scheitern, dachte sie. Dann trat sie durch die Luke und verriegelte die Kompressionssiegel.

»Alles bereit hier hinten«, sagte Glöckner über den blechernen Bordfunk. Noch immer etwas wehmütig blickte sie durch das schmale Bullauge in die Laderampe. Das Zischen verringerte sich. Glöckner befand sich im Vakuum. Dann öffnete sich die Luke und gab den Blick frei auf orangefarbenen Hintergrund und ein metallisches Trümmerfeld. Ihr war vollkommen schleierhaft, wie irgendjemand darin Reste von brauchbarer Technologie finden sollte, aber fest stand, dass Glöckner sich der Herausforderung stellte. Die Ladeklappe schloss sich wieder, und Misa begriff, dass sie nur dann noch etwas mitbekommen würde, wenn sie zu Hugo Marcus ins Cockpit zurückkehrte.

Sie zwängte sich an ihm vorbei auf den zweiten Sitz und blickte gebannt auf die Aufnahme der rückwärtigen Kamera.

»War da jemand drin?«, fragte sie, als ihre Imagination versuchte, einige der größeren Fragmente zu ihrer Vorstellung einer Beobachtungsstation zusammenzusetzen. Welch gewaltige Energie hier gewütet haben musste.

Hugo Marcus nickte stumm und konzentrierte sich ganz auf den im All treibenden Fritzi Glöckner. Dann spielte er auf seiner Eingabeplatte herum und sagte: »Ich könnte vermutlich sogar die Datenbanken anzapfen und herausfinden, wer es war. Armer Kerl.«

»Allerdings. Ob er sah, was auf ihn zukam?«

»Den Burst? Wohl eher nicht. Vielleicht die Explosion im Jupiter, gefolgt von der thermonuklearen Entzündung. Doch innerhalb von Sekunden muss es vorbei gewesen sein.«

Misa schauderte. »Und alles für ein paar Wasserpumpen, Generatoren und Zwieback.«

»Setzen Sie es in die richtige Perspektive, Misa«, sagte er. »Diese Generatoren bedeuten nach dem Burst – wenn wir sie nicht aufhalten können – die absolute und uneingeschränkte Weltherrschaft.«

Sie seufzte.

»Ich bin jetzt mittendrin, Leute«, ertönte Glöckners Stimme. »Abgesehen davon, dass ich mächtig Schiss habe, dass mir hier eine der scharfen Kanten den Anzug aufreißt, habe ich keine Ahnung, wie es weitergeht. Irgendwelche Hinweise?«

»Einen Moment, bitte«, sagte Hugo Marcus. »Woran erkennt man einen Computerkern, wenn er in Einzelteilen im All schwebt?«, fragte er, als der Kanal zu Glöckner geschlossen war.

»Das fragen Sie jetzt?«, sagte Misa, doch sie erkannte den Mut der Verzweiflung in Hugo Marcus. Es war seine Art, Dinge zu lösen. Erst machen, dann fragen. Sie war geneigt, ihn mit dem Problem allein zu lassen, doch dann begriff sie, dass sie ihren Zorn endgültig hinter sich lassen musste, wenn sie nicht wollte, dass er ihr ewig anhing. Der Computerkern also. Irgendetwas.

»Das Problem«, sagte sie, »ist ja, dass er womöglich gar nicht mehr als solcher zu erkennen ist.«

»Alles geschmolzen«, sagte Hugo Marcus nachdenklich. »Und der Flugschreiber?«

»Richtig!« Misa erwachte aus ihrer Lethargie, wie es nur die ehrliche Macht einer frischen Idee vermochte. »Der sollte in einer orangefarbenen Kiste sein«, sagte sie. Mehr als nur einmal hatte sie eine sogenannte Black-Box, die ihrem Namen nicht ansatzweise gerecht wurde, auf den Labortischen der MSA gesehen. Glöckner hatte Recht: Unfälle gehörten zur Raumfahrt.

»Orangefarbene Kiste vor dem Jupiter«, sagte Hugo Marcus und blickte Misa an. Entschuldigend hob sie die Arme und begriff, wie absurd es einmal wieder war. Sie lachte, und auf einmal löste sich alles. Sie prustete los und brachte all das Leid heraus, das sich aufgestaut hatte. Die mäßig absurde Ironie des Flugschreibers wurde zum Ventil für all das, was sie bewegte.

Ebenso geduldig wie mitleidig wartete Hugo Marcus, bis sie sich beruhigt hatte. Dann legte er eine Hand auf ihre gute und sagte sanft: »Ist schon gut.«

Ihr kam es so vor, als wäre es das Netteste und Mitfühlendste, was er je gesagt hatte, doch sie wusste, dass er nur den Zweck verfolgte, sie zu beruhigen, und dass es ihm absolut nichts bedeutete. Doch das war egal – für den Moment tat es gut und das war alles, was zählte.

»Shuttle an Glöckner«, sagte er schließlich – und Misa fand, dass auch er etwas belustigt klang, zumindest wenn man wusste, welch großen Emotionsausbruch er gerade beobachtet hatte – zum einsam in der Trümmerwolke schwebenden Mann, der auf Hilfe wartete. »Sie suchen den orangefarben Flugschreiber.«

»Orange… was?«

»Nicht meine Idee«, sagte Hugo Marcus trocken.

Ein undeutliches Knacken quittierte Glöckners Meinung im Funkkanal.

Misa grinste noch immer. »Müsste nicht ein automatisches Signal von dem Kasten ausgehen?«

»Schon mal einen Flugschreiber nach einem Burst gesehen?«, fragte Hugo Marcus. »Vermutlich ist er weder quaderförmig noch sendet er selbstständig.«

Er hatte natürlich Recht. Unruhig rutschte Misa auf dem engen Schalensitz umher. Irgendetwas mussten sie doch tun können, um Glöckner zu helfen.

»Haben wir Postprocessing-Sensoren?«, fragte Misa.

»Moment … Infrarot, Quanten-Hall-Effekt, Quellenemissions-Sensoren. Nicht gerade ein Forschungsschiff.«

Sie rümpfte die Nase. »Trotzdem. Alles ausprobieren.«

Hugo Marcus nickte und färbte den Bildschirm im selben Moment in verschiedene Farben ein. »Wärme findet sich jedenfalls keine mehr«, sagte er trocken, und wechselte wieder vom Infrarot-Scan weg.

»Sind Sie sicher?« Misa dachte, dass das ihre beste Chance wäre. Weder war der Kasten, den sie suchten, eine Quelle elektromagnetischer Energie, noch besonders magnetisch.

Hugo Marcus stutzte. »Na ja. Ich sollte mal die Skala kontrollieren. Jupiter überstrahlt natürlich alles.«

Der blaue Hintergrund des Bildes verschwand, ehe ganz langsam verschiedene Trümmer zu erkennen waren, die sich doch vom absoluten kosmischen Frost unterschieden.

»Da«, rief Misa aus. Ein unförmiger Klumpen hatte ihre Aufmerksamkeit erregt.

»Das ist es nicht«, sagte Hugo Marcus, deaktivierte das Overlay und blickte enttäuscht drein. »Das war der Reaktor. Oder ein besonders heißer Teil davon.«

Misa nickte betreten. Er hatte Recht, und sie musste einsehen, dass der Wunsch bei ihr vor der rationalen Analyse gestanden hatte.

»Und was ist damit?«

Marcus hatte zurück auf die rein optische Anzeige geschaltet und Misa zeigte auf ein weiteres, relativ großes Objekt in Sichtweite.

Marcus' Finger wischten über das Display. »Zu weit weg«, beschied er ihr. »Das ist ein Satellit des Jupiters oder ein weiterer Trojaner von Io.

»Verzeihung«, murmelte sie.

»Keine Ursache«, sagte Hugo Marcus. »Kein Algorithmus der Welt könnte eine solche Bildanalyse leisten.«

»Na ja…«

»Nicht in diesem Shuttle, wenigstens«, fügte er hinzu.

Misa hielt sich nicht auf. Eigenmächtig drehte sie den Bildausschnitt und nahm sich neue hellblaue Flecken vor.

»Da haben wir schließlich doch etwas«, sagte Hugo Marcus schließlich, als sie ein weiteres interessantes Objekt erblickt hatte. »Ist nicht orange, aber da können wir uns auch nicht so sicher sein, nicht wahr?« Er räusperte sich, wechselte noch einmal zwischen den Darstellungen hin und her und rief dann Fritzi Glöckner. »Zwanzig Meter schräg hinter Ihnen, etwa auf einhundertzwanzig Grad azimutal, zweihundertzehn Grad Höhe, befindet sich ein interessantes Objekt. Bitte nehmen Sie es in Augenschein.«

Glöckner hielt weder etwas davon, die Funkprotokolle ein-, noch mit seiner Meinung hinter dem Berg zu halten. »Hä?«, lautete seine schlichte, ausdrucksstarke Antwort.

Hugo Marcus verdrehte die Augen, doch er ließ sich nichts anmerken. »Vier Uhr horizontal, sieben Uhr vertikal«, sagte er.

Glöckner schnaufte, und kurze Zeit später wurde der Bildschirmausschnitt von einem weißlich flirrenden Astronauten überstrahlt, der sich dem Objekt näherte, das Misa gefunden hatte.

»Okay, ich kann es sehen«, sagte Glöckner.

»Wir dafür nicht mehr«, bemerkte Hugo Marcus unnötigerweise.

»Geduld, Geduld«, sagte Glöckner. »Ich hab's. Sieht aus wie ein angeschmolzener Klumpen Metall, aber wenn Sie glauben, dass das die Black Box ist, dann sollten wir es wohl herein… oh Scheiße.«

»Was ist?«, fragte Misa, doch in diesem Moment wurde sie beinahe aus dem Sitz gerissen, so sehr erbebte das kleine Shuttle.

13

»Scheiße«, sagte auch Hugo Marcus und machte sich an den Kontrollen zu schaffen.

»Sie sind mir ja ein schöner Aufpasser«, kreischte Glöckners Stimme aus dem Lautsprecher. »Da kommt einfach so ein fremdes Schiff auf uns zu und glaubt man es, niemand ist dafür zuständig …«

»Sparen Sie sich Ihren Zynismus«, sagte Hugo Marcus und startete ein Ausweichmanöver. »Misa, sagen Sie mir, wer das ist!«

Sie brauchte einen Moment, um überhaupt zu verstehen, wie die Kontrollen funktionierten, doch dann war unübersehbar, was passierte: Schräg hinter dem Shuttle hatte ein fremdes Raumschiff Position bezogen und feuerte kleine Raketen ab. Jäh wurde sie in den Sitz gepresst, als Hugo Marcus seine Ausweichmanöver begann.

»He, wie soll ich … äh, zu Ihnen zurückkommen? Hallo?«, rief Glöckner in sein Funkgerät, als er begriff, dass statt weniger Meter ihn plötzlich mehr vom Shuttle trennte, als er mit den lahmen Steuerungsdüsen überbrücken konnte.

»Darüber sorgen wir uns später«, rief Hugo Marcus und schloss den Kanal. »Erst retten wir unseren Arsch«, fügte er an Misa gewandt hinzu. »Können Sie mir endlich etwas sagen?«

»Äh, es … also das Schiff ist nur unwesentlich größer als unser Shuttle. Eine Art Yacht, würde ich sagen. Die Raketen sind die einzige Bewaffnung.«

»Und wo kommt es her, verdammt?«

Misa versuchte den Kurs zu extrapolieren, dann schlug sie mit der flachen Hand an die Stirn. »Erinnern Sie sich an den 'Mond', den wir auf dem Sensorscan sahen?«

»Sagen Sie es nicht … es war kein Mond«, schnaufte Hugo Marcus.

»Was tun wir jetzt?«, fragte Misa zaghaft, denn sie hatte die Befürchtung, dass die Antwort darin bestehen würde, Fritzi Glöckner noch weiter zu enteilen.

»Ich versuche hier, diese Ausweichtaktik dazu zu führen, dass wir ein klares Schussfeld auf das Ding bekommen, und bis dahin checken Sie unsere Bewaffnung und versuchen den Gegner zu rufen.«

Misa murmelte Zustimmung und suchte sich durch die Menüs. Was wollte sie eigentlich sagen? »Unbekanntes Raumschiff, identifizieren Sie sich. Warum haben Sie unprovoziert das Feuer eröffnet?«, war schließlich das Beste, was ihr einfiel.

»Keine Antwort«, konstatierte sie, als das Shuttle weiter nach links und rechts gerissen wurde und waghalsigste Manöver ausführte.

»Sie sind zu schnell«, sagte Hugo Marcus. »Ich kann sie nicht abschütteln. Was ist mit den Waffensystemen?«

Misa erschrak. Das hatte sie ganz vergessen. Unruhig wischte sie die Systemübersicht herbei.

»Neben dem von Ihnen auf Ganymed leergeschossenen Maschinengewehr nur ein paar Raketen und Laserkanonen«, sagte sie matt. Damit konnte man nicht einmal eine Sonde erschrecken.

»Wir können doch nicht einfach aufgeben!«

»Nein … nicht so! Hugo!«, rief Misa. »Wir können uns tot stellen.«

»Aber natürlich«, grinste er. Dass er nicht selbst darauf gekommen war! »Wir sind zwar noch nicht schwer getroffen, aber ein Jäger, der sieht, dass die Beute strauchelt, zweifelt nie, dass er getroffen hat.«

Fieberhaft eilten Misas Finger durch die Menüs. »Ich such' etwas, das wir ablassen können, um eine Art Leck zu simulieren.«

»Großartig. Und ich werde langsam die Geschwindigkeit reduzieren.«

So großartig fand Misa die Idee noch gar nicht. Es war gefährlich. Wenn der Gegner sie traf, während sie bremsten, gab es die Chance, dass das Schiff gefährlich beschädigt wurde. Doch das Risiko mussten sie eingehen. Die hinteren Treibstoffleitungen zu den Manövrierdüsen fielen schließlich in ihren Fokus. Da gab es eine kleine Druckentlüftungsfunktion …

»Ich bin soweit«, sagte sie und richtete die Raketen ohne Ziel gerade nach vorn aus. »Sie müssen das Schiff so ins Taumeln bringen, dass es sich um die eigene Achse dreht und ich für einen Moment einen guten Zielvektor habe.«

»Verstanden.«

»Gut. Dann los.«

Obwohl sie wusste und verstanden hatte, was passieren würde, war die seitliche Beschleunigung dennoch überraschend stark. Mit der guten Hand hielt sie sich fest, während die schlechte Hand krampfhaft auf den Knopf für den Treibstoffausstoß drückte.

»Es klappt«, rief Misa erregt. »Sie reduzieren die Geschwindigkeit.«

»Geduld …«, sagte Hugo Marcus.

Misa hielt die Luft an. Sah, wie der Bug des Shuttles sich drehte. Sah das Aufblitzen eines metallisch glänzenden Etwas vor einem Hintergrund von Nichts.

»Jetzt!«

Misas Hand verkrampfte endgültig und schmerzte, als wäre sie abgetrennt, doch sie schaffte es, die Steuerung zu Ende zu bedienen.

Die Raketen waren auf dem Weg. Ganz langsam trieb die feindliche Yacht gänzlich unvorbereitet auf sie zu.

»Amateure«, sagte Hugo Marcus, als er die Hände vor die Augen nahm, um vom Feuerball, der auf sie zurollte, nicht geblendet zu werden. Die automatische Kontrastregulierung tönte die Cockpitscheibe nach, und dann rammten die Trümmer das kleine Shuttle.

»Der Geschmack des Sieges«, fügte er hinzu und seufzte.

»Da waren sicher Menschen drin«, sagte Misa angewidert.

»Es ist ebenso romantisch wie naiv, Misa, dass Sie noch immer nicht zu verstehen scheinen, woran man sich im Weltall zu halten hat«, sagte Hugo Marcus.

»Das Gesetz des Stärkeren ist archaisch und primitiv«, sagte sie und atmete schwer. Eigenartig. Als sie die Wachen im Millennium-Teil von Ganymed niedergeschossen hatte, hatte sie keine so großen Gewissensbisse gefühlt. Vielleicht weil die Gefahr direkter, nahbarer war. »Ich hatte keine Angst«, sagte sie.

»Bemerkenswert. Vielleicht, weil Sie nichts mehr vom Leben erwarten«, meinte Hugo Marcus, doch bemerkte er sofort Misas finsteren Blick. »Schon gut, schon gut«, sagte er. »Das war nur eine Vermutung.«

Sie schüttelte den Kopf. »Womöglich haben Sie Recht, doch darüber muss ich mir erst einmal selbst klar werden.« Nach einer

Weile fügte sie hinzu: »Wir müssen herausfinden, woher das Schiff kam, ob noch weitere kommen werden und wie wir reagieren sollten.«

»Einverstanden.« Nachdenklich legte er den Kopf zur Seite. »Werden Sie aussteigen und Trümmer einsammeln?«

»Nein«, sagte Misa, genoss sein fragendes Gesicht und grinste. »Das werden Sie tun.«

»Touché«, sagte er und nickte. »So soll es sein.«

»Hallo? Ich hoffe doch, dass das richtige Schiff übrig ist.«

Fritzi Glöckner hatte den Langstreckenfunk für Notfälle aktiviert und schien wahllos um Hilfe zu rufen. »Oh«, sagte Hugo Marcus. »Den hätte ich ja beinahe vergessen.«

»Es gibt eine gute und eine schlechte Nachricht«, sagte er, nachdem er den Funkkanal geöffnet hatte. »Die gute ist, es ist das richtige Schiff übrig. Die schlechte: Wir müssen erst … Reparaturen durchführen.«

Misa hob ihre Augenbrauen.

»Kommen Sie schon«, sagte er. »Sie haben selbst gesagt, wir müssen herausfinden, wo das Schiff herkam.«

Misa seufzte. »'Raus mit Ihnen.«

Marcus eilte nach hinten und stülpte sich den verbliebenen Anzug über. »Ich suche nach der Blackbox oder anderen Indentifikationsmarken, richtig?«

»Korrekt. Hopp-hopp.« Misa genoss die kurze und unerwartete Möglichkeit, ihn herumzukommandieren. Ihr … Ausbruch zuvor hatte anscheinend Eindruck hinterlassen. So oder so war es richtig, sich durchzusetzen. Ein wenig war sie gar stolz auf sich. Hugo Marcus war ja nicht irgendwer. Er hatte festen Willen und würde genau abwägen, wann er sich jemand anderem beugen musste. Zufrieden begutachtete sie den Mann in voller Weltraummontur. Er reckte den Daumen in die Höhe und teilte ihr mit, dass sie die Frequenz wechseln sollte.

»Können Sie mich hören, Marcus?«

»Positiv. Ich begreife, dass wir für den Moment nicht viel Wert auf das korrekte Protokoll legen, also werde ich weiterhin auf 'Over' verzichten und mich aufs Wesentliche konzentrieren. Bitte öffnen Sie die Ladeklappe.«

»Verstanden«, sagte Misa und suchte durch die Menüs. Gebannt verfolgte sie, wie das Shuttle einmal mehr die Luke öffnete und Hugo Marcus ausspie.

Langsam tasteten ihn die kurzen Stöße der Manövrierdüsen voran.

»Nicht viel übrig«, sagte er. »Den Reaktor hat's auf jeden Fall zerfetzt. Moment!«

Was hatte er? Sie hielt die Luft an.

»Das kann doch nicht sein«, sagte er langsam, fast meditierend. »Das Logo hier stammt von… Ecco!«

»Was?«

Hugo Marcus fluchte. »Die *Illumination* muss auf dem Weg hierher sein.«

»Das hat uns gerade noch gefehlt, was?«

»Stimmt. Ich komme wieder rein. Wir holen den Flugschreiber der zerstörten Observationsplattform und machen uns auf den Weg zur Burst-Anlage. Diese Yacht kann nicht viel Vorsprung haben.«

Misa stimmte zu, doch wunderte sie sich ob der plötzlichen Alarmierung Hugo Marcus'. Vorher war es doch auch schon wichtig gewesen, den Burst zu verhindern oder? Sie beobachtete, wie der kleine, wie eine Puppe wirkende Raumanzug wieder größer wurde und schließlich mit einiger Wucht gegen die hintere Abdeckung knallte, weil er sich keine Zeit genommen hatte, zu bremsen. Hastig schloss sie die Ladeluke und belüftete den Frachtraum.

»Warum sind Sie so aufgeregt?«, fragte sie, als Hugo Marcus den Helm abnahm.

Der pustete durch die geschlossenen Vorderzähne. »Wenn die *Illumination* da ist, dann bedeutet das, dass wir einen zusätzlichen Gegner haben.«

»Ich verstehe nicht«, sagte Misa. »Wird Ecco die Anlage nicht auch zerstören wollen?«

»Was ist besser als Zerstörung, Misa? Eroberung. Sie werden versuchen, die Burst-Anlage unter Kontrolle zu bringen.«

Misa hielt die Hand vor den Mund. Soweit hatte sie nicht gedacht. »Aber Millennium kontrolliert die Hilfslieferungen. Niemand kann eine so große Flotte …«

Hugo Marcus schüttelte den Kopf. »Wer den Burst kontrolliert, kontrolliert das Sonnensystem. Die Flotte kann einfach vaporisiert werden. Genug Zeit für Ecco, es Millennium gleichzutun, die Trümmer aufzufegen und seinerseits den Plan für sich zu vereinnahmen.«

»Aber Millennium muss doch für den Fall Vorkehrungen getroffen haben«, sagte sie. »Es muss ihnen doch klar gewesen sein, dass die anderen Konzerne nicht zusehen werden, wie sie die Weltherrschaft übernehmen.«

Hugo Marcus nickte nachdenklich. »Zwei Dinge, Misa: Erstens, die anderen Konzerne sind größtenteils beschäftigt damit, den Titan unter sich aufzuteilen. Viel lukrativer, viel weiter weg.«

»Und zweitens?«

»Zweitens, sehen sie ja, was mit der *Leopold* passiert ist. Die Verteidigung von Millennium heißt: niemanden an den Burst-Generator herankommen zu lassen. Aber jetzt steht der große Burst bevor. Der eine große Gammastrahlenausbruch, dessen natürliche Ursache unsere Vorfahren zu Recht gefürchtet haben; der Burst, der das Informationszeitalter der Erde für Jahre beendet. Dafür braucht es Vorbereitung. Jetzt sind sie verwundbar. Genau jetzt.«

»Und die Flotte?«, fragte Misa halb verzweifelt. Sie hielt es nicht für möglich, dass ein einzelnes Schiff diesen Plan vereiteln können sollte – doch andererseits, hatten sie nicht dasselbe vor?

»Die Flotte ist vor ein paar Tagen Richtung Erde gestartet. Millennium kann sich keine Verzögerung leisten. Tote Menschen bezahlen nicht mehr für Lebenserhaltung.«

Das alles sagte er mit der Ruhe und Ungerührtheit des Spions, der Schlimmeres erlebt haben musste. Misa konnte nicht fassen, dass er sie immer wieder so überraschte.

»Dann müssen wir los«, sagte sie.

»Ja«, sagte Hugo Marcus. »Und wäre nicht Fritzi Glöckner noch dort draußen, würde ich den Flugschreiber sogar liegen lassen. Wir wissen ungefähr, was wir vor uns haben.«

Er ärgerte sich, dass sie den Techniker noch einsammeln mussten, bevor sie den Kurs wieder aufnehmen konnten, das merkte sie ganz deutlich. Er war merklich unruhiger, seit er wusste, dass Ecco nun seine Finger in dieses Spiel hineinschieben wollte. Und insgeheim dachte sie gar, dass er Glöckner womöglich zurückgelassen hätte, wäre er allein an Bord des Shuttles gewesen.

Das kleine Schiff wendete inmitten der Wolke aus Trümmern und hielt auf einen winzigen weißen Punkt inmitten des Nichts zu, als Fritzi Glöckner entnervt in den Funk schnaufte. »Sind Sie dann soweit? Mir wird allmählich etwas langweilig.«

»Sie können gerne schon einmal in die Box hinein schauen«, sagte Hugo Marcus spitz. Er war genervt. Genervt von Ecco, genervt von Glöckner und wahrscheinlich auch von der bevorstehenden Konfrontation an der unbekannten Struktur, die sie mittlerweile einfach nur als Burst-Quelle bezeichneten, obschon Misa sicher war, dass das technisch gesehen nicht richtig war.

»Das würde ich gar tun«, antwortete Glöckner nun auch gereizt, »nur leider hat dieser Anzug kein Schweißgerät eingebaut. Und ohne, das sage ich Ihnen, geht dieses Ding hier garantiert nicht auf.«

Missmutig blickte Misa auf die Kontrollen des Shuttles. Es dauerte eine Ewigkeit, die Reste der Beobachtungsstation wieder anzufliegen, nun, da die Triebwerke nicht im Notfallmodus und über der Kapazitätsgrenze betrieben wurden. Hugo Marcus hatte sich wieder umgezogen und zog gelangweilt an einem Strohhalm, der in einem vakuumverpackten Trinkpäckchen steckte. Zwar gab es Schwerkraft auf dem kleinen Shuttle, doch die Ausrüstung machte deutlich, dass es sich dabei keineswegs um einen stabilen Zustand wie auf der Basis von Ganymed handelte. Den Luxus der Massenanziehung genehmigte sich das kleine Schiff nur, wenn es keine Atmosphärenmanöver durchführte. Der Autopilot zündete nun die Bremsdüsen und stoppte sanft wenige Meter neben dem zusammengekrümmten Raumanzug, in dem sich Fritzi Glöckner befand. Langsam entwirrte sich das Knäuel und gab in der seitlichen Ansicht den Blick frei auf ein kleines, orangebraunes Kästchen, das Glöckner mit zwei Fangleinen fixiert an seinem Gürtel trug.

»Wenn Sie dann eintreten möchten …«, sagte Hugo Marcus und öffnete die Ladeluke. Die Treibladungen blitzten für einen kurzen Moment auf und schon schwebte Glöckner zurück in den Laderaum des Shuttles.

»Sie können sich nicht vorstellen«, sagte er, noch unter dem Helm, »wie es sich anfühlt, dieses Schiff überhaupt wiederzusehen.«

Es zischte und der normale Druck wurde wiederhergestellt.

»Doch«, sagte Misa sanft, »das kann ich.« Tausend Gedanken flogen in ihrem Kopf umher, von Asteroiden und Sicherungsleinen. Glöckner war so viel mutiger als sie, stellte sie fest.

»Wie dem auch sei«, sagte er, als der Helm achtlos in eine Ecke geflogen war, »ich hoffe, dies hier war die Aufregung wert.«

Feierlich präsentierte er die Black-Box wie einen Sportpokal oder eine religiöse Reliquie.

»Dann wollen wir mal sehen«, sagte Hugo Marcus und verlor kein Wort über die unruhigen Minuten, die Glöckner ebenso wie das kleine Shuttle hinter sich hatte. Zielstrebig trat er an eine der vielen Klappen und entnahm ein kleines Schweißgerät.

»Wir müssen vorsichtig sein, dass wir den Inhalt dabei nicht beschädigen«, sagte er.

»Das wäre sehr ärgerlich«, pflichtete ihm Fritzi Glöckner bei, doch Misa hatte das Gefühl, dass er es nicht so meinte. Letztlich, dachte sie, ging es dabei ohnehin nur darum, den Ganymeder von ihrer Burst-Theorie zu überzeugen, denn Hugo Marcus und sie wären auch ohne stichhaltige Erklärung weiter ins Ungewisse geflogen.

Drei sauber ausgeschnittene Linien fanden sich bereits auf dem Gerät, als es zischte.

»Puh«, sagte Misa. »Was ist das denn?«

»Helium«, sagte Hugo Marcus ruhig und besonnen. »Keine Sorge, das ist nur das Sicherungsgas, das man hinein füllt, damit ein Druckausgleich besteht und die Instrumente nicht chemisch beschädigt werden.«

»Zum Glück stinkt es nicht«, sagte Fritzi Glöckner. Leider, dachte Misa, war die Menge nicht groß genug um ihre Stimmen hörbar zu verändern. Doch andererseits war wohl niemandem danach zumute, sich als Chorknabe lächerlich zu machen.

»Und da haben wir es also«, meldete Hugo Marcus, als er die abgetrennten Metallklumpen mit einer Zange von der Kiste hob. »Der Inhalt ist unbeschädigt, zumindest optisch«, stellte er fest.

»Qualitätsarbeit«, sagte Glöckner grimmig. »Jetzt bin ich gespannt.«

Marcus nahm sein Pad und wischte darüber, um eine Verbindung herzustellen.

»Sogar hier drinnen sind die Verbindungen verschmort. Die Ummantelung besteht aus zwanzig Zentimetern Blei«, stellte er verblüfft fest. »Eine gewaltige Energie muss da gewütet haben.«

»Zum Glück ist die Erde weiter weg, als das hier es war«, sagte Glöckner. »Mit so einer Leistung würde man entweder das Magnetfeld invertieren oder die halbe Atmosphäre ionisieren.«

Hugo Marcus schüttelte den Kopf. »Beides wäre zu viel Leistung, als dass Millennium noch Nutzen daraus ziehen könnte. Nein, der Burst auf Ganymed war ein Test, und zwar genau aus jenem Grund. Um die Leistung kalibrieren zu können.«

»Dann rechnet man noch die Signalabschwächung über die Entfernung heraus …«, sagte Misa.

Marcus sah sie grimmig an. »Der perfekte Plan. Der Burst wird gerade so viel Schaden anrichten, dass jegliche terranische Technologie unbrauchbar wird, aber nicht so viel, dass die Strahlung die Bevölkerung tötet oder gar den Planeten unbewohnbar macht.«

»Nicht, wenn wir es verhindern«, sagte sie.

Glöckner lachte hohl. »Und wie?« Er stellte sich auf und posierte wie ein Bodybuilder. »Ja, ich weiß schon, wir werden da hinfliegen und 'sie aufhalten'. Doch wie wir das anstellen wollen, das hat sich keiner von Ihnen überlegt, nicht wahr?«

Misa blickte ratlos zu Boden. »Nun … ich dachte, wir würden dann schon improvisieren.«

»Improvisieren!« Glöckner schlug die Hände über dem Kopf zusammen. »Dies ist vielleicht die größte Bedrohung der Menschheit seit dem '35er Asteroiden, und Sie wollen improvisieren?«

Hugo Marcus räusperte sich. »Wenn Sie keine bessere Lösung haben, Herr Glöckner, dann werden wir es genauso machen. Und wenn Ihnen das nicht passt, dann sind Sie herzlich eingeladen, den Raumanzug wieder überzuziehen und hierzubleiben …«

Misa bewunderte seine Ruhe, denn der letzte Satz klang nicht halb so verzweifelt, wie er wahrscheinlich war. Eher klang er wie eine Entscheidung.

»Nur zu«, sagte Glöckner. »Ich werde mich nicht davonstehlen. Wer weiß, vielleicht werde ich noch wider Erwarten zum …«

Der Alarm schnitt ihm das Wort ab. Hugo Marcus eilte ins Cockpit und fluchte einmal mehr. Misa ahnte, was es war. Da suchte jemand nach einer Yacht.

***

»Die *Illumination*«, sagte Hugo Marcus, als Misa und Glöckner das Cockpit erreichten. Der Ganymeder machte keine Anstalten, den Copilotensessel einzunehmen, und so quetschte Misa sich neben Hugo Marcus.

»Zeit, zu improvisieren«, sagte Glöckner. Schuldbewusst blickte er in die Runde, als Misa und Hugo Marcus ihm gleichermaßen einen finsteren Blick zuwarfen. Besonders hilfreich war er wirklich gerade nicht.

»Wo er Recht hat …«, sagte Hugo Marcus und beschleunigte.

»Was haben Sie vor?«, fragte Misa.

»Das weiß ich noch nicht«, sagte er. »Erst mal Zeit gewinnen.«

»Wir rasen also direkt auf Jupiter zu?«, fragte Glöckner, dem es dieses Mal gelang, seinen unverhohlenen Zynismus zu bändigen.

»Ja«, antwortete Marcus.

»Wollen Sie sich darin verstecken?«

Hugo Marcus legte den Kopf schief und wischte durch ein paar Menüs. »Warum eigentlich nicht?« Ohne Einwände abzuwarten, fügte er hinzu: »Das Shuttle ist für den Atmosphärenflug konstruiert, ganz im Gegensatz zur *Illumination*. Wenn sie uns nicht verfolgen können, werden sie sich vielleicht daran erinnern, dass sie eigentlich an etwas anderem interessiert sind.«

Misa schrie auf. »Ist es möglich, dass sie überhaupt nicht wissen, was hier passiert? Es ist doch total unlogisch, hier Zeit zu vergeuden, wenn auf der anderen Seite des Planeten ein Burst aufgeladen wird.«

Hugo Marcus nickte. »Es ist nicht unvernünftig, anzunehmen, dass sie weniger wissen als wir. Und hinzu kommt noch, dass wir dummerweise aussehen wie ein Millennium-Schiff, noch dazu wie das einzige in der Gegend.«

»Sie müssen doch die Flotte gesehen haben, die in Richtung Erde unterwegs ist«, sagte Glöckner.

»Möglich«, sagte Marcus. »Doch welchen Schluss würden Sie denn daraus ziehen?«

»Gute Frage«, gab Glöckner zu.

»Sie würden weiter untersuchen wollen, wo die Flotte herkam«, sagte Misa.

Hugo Marcus nickte und korrigierte den Kurs. »Vollkommen richtig. Und wir sind ihre einzige Spur. Außerdem muss man fairerweise sagen, dass sie hier in der Nähe Trümmer ihrer Vorhut finden werden.«

Ein klirrendes Zirpen erklang. »Sie rufen uns«, sagte Misa.

»Na, dann wollen wir mal sehen.« Hugo Marcus öffnete den Kanal, und auf dem Bildschirm vor ihnen erschien ein grimmiges Gesicht, an das Misa sich nicht erinnerte. Dann fiel ihr ein, dass sie bei der Bergung der *Endeavour* nur mit dem anderen Kommandanten gesprochen hatten.

»Unbekanntes Raumschiff, hier spricht die *Illumination*, Eigentum der Ecco AG. Sie stehen in dem dringenden Verdacht, eines unserer Spähschiffe zerstört zu haben. Deaktivieren Sie Ihren Antrieb und ergeben Sie sich.«

Glöckner schlug auf eine Strebe neben sich. »Das ist doch unglaublich. Die haben uns angegriffen!«

Hugo Marcus nickte beschwichtigend. »Das ist nur Politik, nichts weiter«, sagte er.

»Wir hätten es genauso gemacht, wären wir in ihrer Position«, sagte Misa.

»Sie sind mir eine schöne Bande«, antwortete Glöckner. »Lügner und Betrüger. Ich habe echt Glück, dass Sie mich wieder eingesammelt haben, was?«

Misa schluckte. Glöckner war ein anständiger Kerl, und er hatte keine Ahnung, wie Recht er hatte.

»Negativ, *Illumination*«, sagte nun Hugo Marcus. »Wir waren nicht die Aggressoren. Bedenken Sie außerdem, dass sich an Bord zwei Vertreter der MSA befinden. Wir haben den gleichen Feind.«

»Ihre Markierung lautet auf Millennium, unbekanntes Raumschiff. Versuchen Sie nicht, uns zu täuschen«, antwortete die harsche Stimme des *Illumination*-Funkers.

»Wir könnten ihnen die Blackbox und unser Kampflog zeigen«, sagte Glöckner. »Dann werden sie uns sicher glauben.«

»Ja, und wir verlieren wertvolle Zeit. Ich glaube, dass wir sie abhängen können«, antwortete Marcus.

Misa war unwohl zumute, doch sie stimmte Hugo Marcus zu, dass sie keine Zeit verschwenden durften. Doch in die Jupiter-Atmosphäre einzufliegen … das hatten bisher nur Sonden gemacht.

»Das ist Ihre letzte Warnung«, grollte die Stimme der Illumination. »Drehen Sie bei oder wir eröffnen das Feuer!«

Sie sah, wie Hugo Marcus den Kanal schloss und stoisch den Kurs hielt.

»Wir … wir fliegen wirklich da rein?«, fragte Glöckner unruhig. Hugo Marcus winkte ab, doch Misa fand, dass sie ihn vielleicht etwas bei Laune halten sollte.

»Ja, machen wir«, sagte sie. »Und dann fliegen wir wieder raus.«

»Den Plan verstehe ich«, sagte Glöckner. »Ich frage mich nur, ob er auch klappt.«

»Wir haben Sie nicht gerettet, um Sie dann im Jupiter zu begraben«, sagte Hugo Marcus.

»Schon klar. Vielen Dank, aber richtig überzeugend klingt das auch nicht.«

»Nun«, sagte Hugo Marcus und drehte sich um, »das mag daran liegen, dass es absolute Sicherheit nicht gibt. Ja, ich weiß nicht, ob klappt, was ich vorhabe. Aber wenn wir es nicht ausprobieren, dann schnetzelt uns das Schlachtschiff hinter uns, das übrigens gerade seine Raketen abfeuert, oder wir landen in seinen Arrestzellen. In beiden Fällen werden wir die eigentliche Mission, Millennium aufzuhalten, nicht zu Ende bringen können.«

Er sah wirklich gefährlich aus, fand Misa. Und was für Raketen meinte er? Sie prüfte ihre Anzeige. »Die sind viel zu weit weg«, stellte sie fest.

»Sie haben sie außerhalb der Operationsreichweite abgefeuert, um uns zu erschrecken«, sagte Hugo Marcus. »Sie vermuten sicher, dass sie in der Atmosphäre nicht funktionieren.«

»Und ist das so?«, fragte Glöckner.

Misa war geneigt, zuzustimmen, nur damit er sich besser fühlte. Doch das entsprach nicht dem Naturell Hugo Marcus'.

»Das finden wir erst heraus, wenn wir drin sind«, sagte er finster. »Ich korrigiere nebenbei gleich den Eintauchvektor. Ich möchte etwas flacher reinkommen, damit wir den Hitzeschild nicht gleich ausreizen.«

Das Shuttle erbebte, obgleich der orangefarbene Nabel noch deutlich vor und unter ihnen lag. »War das der Einstieg?«, fragte Glöckner.

»Das waren die Raketen, die zwei Kilometer hinter uns explodiert sind«, sagte Misa.

»Aber die *Illumination* kommt näher, nicht wahr?«, fragte Glöckner.

Hugo Marcus bestätigte die Einschätzung. »Sie werden direkt vor dem Eintritt noch einmal schießen wollen. Wir haben noch ein paar hundert Kilometer vor uns.«

»Das wird ziemlich knapp, was?«, fragte Glöckner.

Hugo Marcus nickte. »Wird es. Aber sie wären verrückt, uns zu folgen.«

Die ganze Cockpitscheibe war nun von dunkeloranger Atmosphäre bedeckt. »Gleich geht es rein«, sagte Hugo Marcus. »Festhalten!«

»Neue Raketen!«, rief Misa. »Und diesmal könnten sie treffen.«

»Durchhalten«, sagte Hugo Marcus. »Wir müssen nur durch die erste …«

Das Shuttle erbebte. Misa wurde von ihrem Sitz gegen die Wand geworfen und alles, was sie mitbekam, war, wie Glöckner stöhnte. Als sie sich wieder in ihren Sitz zu hieven versuchte, sah sie hinter sich, dass der Ganymeder blutend am Boden lag. Er musste gegen eine Verstrebung gestoßen sein.

Hugo Marcus gab sein Bestes, hatte sich an den Kontrollen festgekrallt und versuchte, das Schiff nicht tiefer in den Jupiter hineinzusteuern als unbedingt nötig.

»Ich weiß nicht, wie gut sich der Antrieb mit der Zusammensetzung der Atmosphäre verträgt«, sagte er. »Wo sind die Raketen?«

»Ich habe keinerlei Anzeigen«, sagte Misa.

»Gut.«

Sie schüttelte den Kopf. »Nein, ich meine nicht, dass die Raketen weg sind, sondern dass die Instrumente nicht funktionieren.«

Er wischte auf seinen Instrumenten herum. »Sie haben Recht.« Er schaltete den Schirm auf die hintere Sichtkamera um. »Sehen Sie etwas?«

»Ich glaube kaum, dass Raketen bei diesen Bedingungen die Zielerfassung beibehalten können«, sagte Misa.

»Wollen wir es hoffen.« Dann zog Hugo Marcus das Shuttle in einer engen Kurve ein Stück nach oben.

»Moment mal.«

»Was?«

»Sehen Sie das?« Misa zeigte auf drei kleine Punkte in der Rückansicht.

»Verdammt. Das sind vielleicht fünfzig Meter. Weiter kann man nicht sehen.«

»Sie kommen näher.«

Er riss das Shuttle erneut herum, und jetzt wurde es klar. Es waren Projektile und sie folgten dem Schiff nach wie vor.

»Wir müssen weiter hinein«, sagte Hugo Marcus. »Irgendwann werden sie uns verlieren. Oder keinen Treibstoff mehr haben.«

Das Shuttle wackelte, doch es blieb stabil. Immer dunkler wurde die gelbbraune Suppe, durch die das Schiff sich voran bewegte.

»Wir schütteln sie nicht ab«, sagte Glöckner, der sich aufgerappelt hatte.

»Doch, werden wir«, sagte Hugo Marcus und fuhr ein weiteres Ausweichmanöver.

Misa bemerkte erst jetzt, dass Fritzi Glöckners Stirn blutüberströmt war, doch offenbar schien er bei klarem Verstand zu sein. »Außerdem«, sagte er, »Sie wissen schon, dass so ein Shuttle zwar den Unterdruck des Vakuums gut verträgt, nicht aber Überdruck?«

»Ich mache mir viel größere Sorgen darüber, was mit der Hülle passiert, wenn uns diese Raketen da treffen – und wir wissen außerdem nicht, was passiert, wenn sie dieses Gas entzünden«, sagte Misa und hoffte, den Einwand einfach überspielen zu können. Doch irgendwie klang, was er sagte, logisch für sie. Zu logisch.

»Wir hoffen, dass das Schiff heil bleibt. Ganz einfach«, sagte Hugo Marcus. Unermüdlich versuchte er, die Raketen abzuschütteln, doch mit jedem Schlenker kamen sie nur immer näher. Die Metallverstrebungen knackten und knarzten wie die ganze Hülle.

»Es nützt nichts«, resignierte Glöckner.

»Wie ist eigentlich der Außendruck?«, fragte Hugo Marcus.

»Die Instrumente sind aus, schon vergessen?«, sagte Misa.

»Okay, dann klären wir das später. Ich habe eine Idee«, sagte er.

»Was für eine Idee?«, fragte Misa. Die Raketen kamen immer näher und würden entweder beim Aufprall explodieren oder wenn sie keinen Treibstoff mehr hatten. Es sah nicht aus, als könnten sie entkommen.

»Ich werde versuchen, sie durch konzentrische Kreise unserer Trajektorie immer weiter anzunähern.«

»Das klappt nur, wenn sie die gleiche Entfernung haben«, merkte Misa an.

»Nehmen wir einfach an, dass es unsere einzige Möglichkeit ist, ok?«, sagte Hugo Marcus und gab komplizierte Befehle in die Navigationsmenüs ein. Das Shuttle legte sich zur Seite, und gespannt starrten alle auf die hintere Perspektive. Das Bild rauschte mehr und mehr, ein sicheres Zeichen dafür, dass der Anzeigeprozessor bald von zu viel Gas ausfallen würde. Er musste nur noch durchhalten, bis die Raketen detoniert waren ... so oder so.

»Es funktioniert!«, rief Fritzi Glöckner, als langsam zu erkennen war, dass die Raketen zumindest im Anflugvektor zusammentrafen. Man konnte nicht sehen, wie weit sie noch senkrecht zur Projektionsebene voneinander entfernt waren. »Warum hat das Ding keine stereoskopische Kamera?«, fragte Hugo Marcus mehr zum Scherz, denn natürlich wusste er, warum. Weil es ein billiges Transitschiff war und niemals auch nur ein einziger Ingenieur eine solche Strapaze für möglich gehalten hatte.

»Nur noch ein Stückchen«, sagte Hugo Marcus und zwang das Shuttle in eine weitere weit ausgedehnte Kurve. Dann war es soweit. Das Schiff machte einen Satz, als die Raketen kollidierten und ihre Sprengköpfe auslösten und dann wurde es dunkel.

14

»Was ist passiert?«

Misa rappelte sich auf und betrachtete ihre beiden Kameraden, die ebenfalls quer durch das Cockpit geschleudert worden sein mussten.

»Hallo?«

Keine Antwort. Sie krabbelte zu Hugo Marcus herüber, der halb gegen die Frontscheibe gestoßen lag. Er machte ein grunzendes Geräusch, als Misa ihn anstieß. Dann fiel ihr ein, dass sie es machen konnte wie die Ärzte in Holonovellas, und fühlte den Puls. Kein Problem, schwach, aber vorhanden. Hugo Marcus drehte den Kopf, stöhnte erneut und fluchte. »Verdammter Mist. Wieso hat so ein Ding keine Anschnallgurte? Wer vergisst denn so etwas?«

»Wir leben noch«, sagte Misa lakonisch und ignorierte die Erkenntnis, dass sich unter den Sitzen ziemlich ausgefeilte Varianten von Gurten befanden. Dann drehte sie sich nach hinten und sah den blutüberströmten Körper von Fritzi Glöckner. Rasch quetschte sie sich aus dem Sitz und eilte zu ihm. Fühlte auch hier den Puls.

»Er hat kaum Puls«, sagte Misa mehr zu sich selbst, als zu dem immer noch benommen dasitzenden Hugo Marcus. Er murmelte etwas Undeutliches, doch Misa hatte längst begriffen, dass sie mit ihm nicht rechnen konnte.

»Doch nicht so, Fritzi«, sagte Misa und suchte den Koffer mit dem Erste-Hilfe-Kit. Sie hatte zumindest im Frachtraum einen gesehen, und es sollte doch auch auf der Brücke einen geben …

Sie fand ihn schließlich über ihrem Copilotensitz angebracht. Hastig riss sie ihn aus der Vergurtung und warf den Koffer neben Glöckner. Das Diagonosepad piepte und heulte auf. Es musste schlimm sein.

Knochenbrüche ignorierte sie, daran würde er nicht unmittelbar sterben. Dann waren da ein Schleudertrauma in der Brustregion und eine Wunde am Kopf. Zittrig versuchte sie an der Zusammenfassung abzulesen, was als Erstes unternommen werden musste. Sie verabreichte eine Art standardisierten Notfallcocktail mit dem subdermalen Injektor und blickte wieder auf das Pad. Der

Herzschlag normalisierte sich bereits, und daher machte sie sich daran, seine Schläfe zu untersuchen. Die Wunde, wusste sie, war nicht Ursache der Detonation, sondern schon vorher aufgetreten. Ruhig öffnete sie die versiegelten Tupfer und reinigte den Bereich.

Hugo Marcus stöhnte und richtete sich auf. »Was ist los?«, fragte er sichtlich orientierungslos.

»Die Raketen«, sagte Misa. »Sie sind explodiert, bevor sie uns trafen.«

»Oh … gut!«

Er war viel zu schwach, um etwas anderes zu tun, als sich wieder in seinen Sitz zu begeben. Und Misa musste wirklich erst Glöckner behandeln. Sie checkte das Pad. Immerhin: Die allgemeinen Werte verbesserten sich. Er stöhnte.

Vorsichtig legte Misa die Hand unter den Kopf und versuchte, ihn in eine stabile Position zu bringen. Er schien jetzt wach zu sein, stöhnte erneut und spuckte etwas Blut aus. Sie ermahnte sich zur Ruhe. Das musste nicht schlimm sein. Sorgsam tupfte sie weiter die Schläfe und hoffte, dass das Diagnose-Programm nicht etwas Wichtiges übersehen hatte. Das Pad piepte erneut und verordnete ein weiteres Medikament, aber danach stand nur noch ‚Ruhe für den Patienten‘ darauf.

Misa atmete aus und traute sich, kurz aufzustehen. Sie zwängte sich an Hugo Marcus vorbei und überprüfte die Situation des Schiffes. Alle Systeme ausgefallen. Dass sie noch Licht hatten, schien schon Grund zur Freude zu sein. So ein Mist.

Sie sah nach Hugo Marcus und scannte ihn sicherheitshalber erneut. Er schlief und war wirklich medizinisch stabil. Beruhigt erlaubte sie sich, erst mal über die Situation nachzudenken. Sie würde Glöckners Zustand kontrollieren und dann musste sie versuchen, den Reaktor wieder in Gang zu bekommen, wenn sie nicht in der Jupiter-Atmosphäre herumdriften wollten. Außerdem würden sie schon bald jämmerlich ersticken, dachte sie. Erneut stand sie auf und trat an den leise stöhnenden Ganymeder heran. Die Werte waren besser. Gut.

Sie prüfte die Maschinenkonsole hinter den Cockpitsesseln. Der Kern hatte nach der unkontrollierten Beschleunigung die Notabschaltung eingeleitet. Misa prüfte die Statusangaben der Maschinen, stellte fest, dass sie zu wenig verstand, und startete den

Kern neu. Keine Probleme. Das ruhige, gleichmäßige Rauschen der Fusionsinjektoren erfüllte das Shuttle, und erst jetzt begriff Misa, was so gespenstisch gewesen war – die absolute Ruhe nach der Explosion. Sie machte sich daran, die Schiffssysteme zu kontrollieren, doch letztlich führte das immer nur dazu, dass sie die Selbstdiagnose laufen ließ, die Fehlerangaben ignorierte, das System startete und hoffte, dass es klappte. Nach einigen Minuten hatte sie die Sensoren und Navigation wieder online gebracht, nur um festzustellen, dass sie innerhalb des Gasriesen praktisch nutzlos waren.

Schlimmer noch: Sie wusste nicht, wo sie waren, und wenn sie die falsche Richtung einschlüge, würde das nur dazu führen, dass sie sich weiter in Jupiter hinein bewegten. Keine angenehme Vorstellung. Sie ignorierte alles um sich herum und dachte nach. Wie navigierte man eigentlich in einem Medium, das sich vom Weltraum so radikal unterschied? Sie dachte an Geschichten von Unterseebooten auf der Erde, doch dort schien es stets automatisch zu gehen. Niemand hielt sich damit auf, in Holo-Romanen zu erläutern, wie ein U-Boot navigierte. Misa seufzte.

»Wir sitzen fest oder?«, sagte plötzlich Fritzi Glöckner.

»Oh, Sie sind wach«, sagte Misa und kniete sich neben ihn. »Wie geht es Ihnen?«

»Mir tut alles weh, aber irgendwie dumpf und fern. Sie haben mich mit was-weiß-ich-nicht vollgepumpt, richtig?«, sagte er matt und schwach.

»Richtig«, sagte Misa, wusste jedoch, dass es wichtig war, positiv zu bleiben. »Das medizinische Pad hier sagt, dass Sie es schaffen.«

Glöckner stellte die Arme auf, doch Misa schaffte es irgendwie, ihn davon abzuhalten, sich aufzusetzen. »Entspannen Sie sich und bleiben Sie liegen, ok?«, sagte sie.

Der Ganymeder stöhnte, doch er nickte kaum merklich mit dem Kopf.

Misa stand auf. Wo war sie gerade gewesen? Navigation. Sie zwängte sich in ihren Sitz und begann in der Schiffsdatenbank herum zu suchen. Kein alltägliches Problem. Doch es gab tatsächlich einen Artikel über Unterseeboote.

Fasziniert und gehetzt zugleich überflog sie die Kapitel. Wie musste es gewesen sein, in einem Zeitalter so viele Jahre zuvor in

einer besseren Metalldose eingepfercht unter dem Meer Krieg zu
führen? Sie begriff, dass sie keine Zeit dafür hatte, es sich
vorzustellen. Sie las Zeile um Zeile über thermische Schichten und
Auftrieb und Druckmessung. Sie hatte keine Idee. Vielleicht konnte
Hugo Marcus ihr helfen, wenn er sich erholt hatte. Nervös begann
sie, mit den Displayfarben herumzuspielen. Blau wechselte ins
Rote und Rot ins Grüne.

Das war es! Misa erinnerte sich an die Falschfarbendarstellung
ihrer Infrarotaufnahmen des Planeten und begriff, dass es zum
Kern hin wärmer werden musste. Sofort wusste sie, wie sie zur
Oberfläche gelangen würden. Sie aktivierte die Frontkamera, stellte
den Wärmefilter ein und skalierte so lange um, bis sich ein
deutlicher Gradient erkennen ließ. Das Schiff stecke mit der Nase
nach 'unten' im Jupiter fest.

Sorgsam suchte sie die Bedienung der Manövrierdüsen heraus
und brachte das Schiff in eine aufrechte Position. Dann aktivierte
sie vorsichtig den Schub. Sie war nicht vollkommen sicher, ob es
funktionieren würde, aber sie wusste, dass der Weg hinein kaum
zehn Minuten gedauert haben konnte. Wenn sie also nach der Zeit
nicht Hinweise darauf fand, dass das Gas dünner würde, musste
sie sich etwas anderes einfallen lassen.

»Was tun Sie da?«, fragte Hugo Marcus und wischte mühsam
über seine Konsole. »Woher kennen Sie den Weg?«

Misa erklärte es ihm.

»Na, wollen wir hoffen, dass Sie Recht haben.«

Das war wohl ein Lob. Misa wusste, dass sie nichts anderes tun
konnte, als zu warten, und wandte sich wieder Glöckner zu.

»Es tut so weh«, sagte er und machte ein unglückliches Gesicht.

Misa fasste seine Hand. »Das wird schon, Fritzi«, sagte sie. Mehr
konnte sie nicht machen. Sie fühlte sich hilflos und begriff mit
einem Mal, dass es für sie schlimmer war, Glöckner leiden zu
sehen, als ihre toten Kameraden zu beweinen. Der menschliche
Geist war wirklich eine seltsame Maschine.

»Misa, irgendetwas stimmt nicht«, sagte Hugo Marcus und
deutete auf den Schirm.

»Was meinen Sie?«, fragte sie.

Sie sah eine Ratlosigkeit in seinem Gesicht, die ihr so noch
niemals zuvor aufgefallen war.

»Ich … bin nicht sicher«, sagte er matt.

Misa prüfte die Anzeigen. Nach wie vor waren die externen Sensoren nicht zu gebrauchen, aber die strukturelle Integrität zumindest gab keinen Grund zur Besorgnis.

Marcus wischte weiter auf seiner Konsole umher. »Dieser Kurs … es macht mich wahnsinnig, nicht zu wissen, ob er richtig ist.«

Wenn das alles war … Misa blickte Hugo Marcus an. »Haben Sie einen Vorschlag, wie wir die Position feststellen können?«

»Nein … nein.«

Verblüfft stellte sie fest, wie er sich seiner Ratlosigkeit ergab und sich damit abfand, abwarten zu müssen. Hoffentlich würde er erst einmal ruhiger sein. Misa dachte darüber nach, zu Glöckner zurückzukehren, doch es gab nichts, was sie weiter tun konnte. Warten, dass die Nanowirkstoffe ihre Arbeit taten. Weiterhin die nicht verwendeten Gurte bedauern. Misa seufzte. Starrte das Falschfarbenbild auf dem Hauptschirm an. Und dann …

»Ist das ein Stern?«

Hugo Marcus saß aufrecht in seinem Sitz und deutete auf einen Ausschnitt des Schirmes. »Schalten Sie bitte auf die normale Ansicht um.«

Misa tat wie geheißen. Enttäuscht lehnte sich Marcus zurück. »Verzeihung …«, meinte er.

»Schon gut«, sagte Misa. »Wir alle wollen Sterne sehen.«

»Ich würde liebend gerne darauf verzichten«, grollte Glöckner. »Zumindest, wenn Sie die meinen, die das Shuttle mir verpasst hat.«

Misa hätte beinahe gelacht, doch besann sich noch rechtzeitig. Immerhin musste der Ausspruch bedeuten, dass es Fritzi Glöckner etwas besser ging. Sie stand auf und ging zu ihm herüber.

»Was?«, fragte er schreckhaft.

»Entschuldigung. Ich wollte Sie nur nochmal untersuchen«, sagte sie.

»Ach so. Ja. Äh. In Ordnung.« Glöckner entspannte sich. Seine Werte waren gut, aber das Pad administrierte Misa, neues Schmerzmittel zu geben. Sie sagte nichts und setzte den Injektor an.

»Was?«, fragte er wieder.

»Keine Sorge. Neues Schmerzmittel.«

»Gut.« Glöckner schloss die Augen. »Sie geben eine treffliche Krankenschwester ab«, sagte er.

Misa fand das gar nicht, aber immerhin war unberechtigtes Lob besser als nichts. Sie stand auf. Hatte das Maschinengeräusch sich geändert?

»Sagen Sie mal«, sagte sie zu Hugo Marcus gewandt. »Das Rauschen hängt doch nicht etwa davon ab, wie der Außendruck auf die Hülle ist?«

»Ach, natürlich«, rief er. »Und das Geräusch wird lauter.«

»Wir sind auf dem richtigen Weg«, sagte Misa.

Hugo Marcus nickte und wirkte besser gelaunt. Er wischte weiterhin auf den Konsolen umher. Dann jedoch wurde er still und deutete einmal mehr auf das schmale, gläserne Cockpitfenster über dem Hauptschirm.

»Diesmal irre ich mich nicht«, sagte er.

Misa sah es auch. »Der Weltraum.«

»Sie haben es geschafft!«, rief er und klopfte ihr auf die Schulter. »Die Sensoren funktionieren allerdings immer noch nicht.«

»Dann sehe ich mal nach, ob wir zufällig einen Sextanten an Bord haben«, sagte sie beschwingt. Es musste doch möglich sein, auch ohne Astrometriksensoren zu navigieren. Früher hatte man das schließlich auch geschafft.

»Haben Sie das gehört?«

Misa machte auf dem Absatz kehrt und blickte ihn an. »Was?«

»Irgendetwas hat hier gerade geknackt.«

»Ich … nein.«

Dann hörte sie es. Es war dumpf und langgezogen. Dann war es wieder weg.

»Ach, du Scheiße«, sagte Hugo Marcus.

»Na, was denn?«

Atemlos deutete er auf die Cockpitscheibe. Auf einem Drittel der Länge, ein wenig neben der Mitte, ging ein feiner Riss quer über die Scheibe.

»Au weia«, sagte Misa.

»Raus hier«, entschied Hugo Marcus.

»Und was ist mit der Steuerung?«

»Die werden wir nach hinten umleiten müssen. Los, los!«

Misa näherte sich vorsichtig Fritzi Glöckner, der noch immer dämmrig auf dem Boden lag. »Können Sie aufstehen?«

Er grunzte. »Eher nicht, Schwester Vebiletti.«

Misa seufzte. »Mit anfassen«, sagte sie und deutete auf Hugo Marcus.

Hastig nahmen sie Arme und Beine des Ganymeders und trugen ihn durch den Mittelgang. Als sie die Brücke verlassen hatten, rannte Hugo Marcus wie ein Wilder an das Schott und verriegelte es.

»Puh.«

Misa entspannte sich. »Wir haben keine Ahnung, wie lange die Scheibe noch halten wird, oder?«

Wieder knackte es. Das Shuttle wackelte ein wenig.

»Nein«, sagte Hugo Marcus und sah durch das kleine Bullauge des Brückenschotts. »Oh. Sie wollen Ihre Antwort? Die Scheibe ist weg.«

Misa pfiff leicht durch die Zähne. »Was?«

»Verdammt knapp«, sagte Hugo Marcus. Doch ihm schien es entweder wirklich viel besser zu gehen oder es war dem Adrenalin geschuldet, denn augenblicklich trat er ans Terminal des Frachtraums.

»Ich hoffe die Steuerung lässt sich überhaupt umleiten«, sagte Misa.

»Schon fertig«, erwiderte Marcus. »Ich mag kein überragender Hacker sein, aber mit Raumschiffen komme ich zurecht.«

Misa lachte. »Wenn Sie sie nicht in einem Gasriesen parken und die Frontscheibe eindrücken lassen.«

»Erstens«, sagte er, »ist sie nicht eingedrückt, sondern vom Vakuum hinaus gesogen worden. Und zweitens frage ich besser nicht, was Sie mit der *Leopold* angestellt haben.« Sein Ton war ernst, doch am Ende des Satzes zwinkerte er und teilte Misa so mit, dass ihm durchaus bewusst war, dass die Selbstzerstörung der *Leopold* der richtige Schritt gewesen war.

»Was machen wir jetzt?«, fragte Misa. Sie erschrak. Wie leicht sie doch die Verantwortung wieder an Marcus abgab. Sie wunderte sich. Hatte sie am Ende so viel erlebt und doch nicht gelernt, sich nicht auf andere zu verlassen? Sie hatte allein im Weltall überlebt und sich durch die Millennium-Basis gekämpft. Sie würde auch selbst eine Lösung für die defekten Sensoren finden.

»Wir versuchen die Burst-Einrichtung zu finden und Millennium aufzuhalten«, sagte Hugo Marcus automatisch. »Wie vorher auch.«

»Äh ja«, meinte Misa. »Und wie?«

Marcus kratzte sich am Kinn. »Erst mal müssen wir sie finden.«

»Das Ding ist riesig«, sagte Misa.

»Das Weltall ist größer, als dass man alle riesigen Dinge sofort finden könnte«, sagte er.

Misa nickte. Was für eine dumme Antwort von ihr. Still betrachtete sie, wie er das Terminal bediente.

»Die Astrometrie reagiert nicht«, sagte er. »Jupiter war zu viel für die Sensoren. Wir wissen einfach nicht, wo wir sind.«

»Hmm.«

»Ja?« Er drehte sich um und musterte erst Misa, dann Glöckner.

»Welche Sensoren funktionieren denn noch?«, fragte sie. »Vielleicht könnte man ja welche 'umbauen'?«

»Eine gute Idee«, beschied ihr Hugo Marcus. »Waffensysteme – welch Ironie – außerdem die Kameras für die Sichtschirme, die Funkantennen …«

Misa erinnerte sich an ihre Lektüre der U-Boot-Systeme. »Wir bauen ein Radar«, sagte sie.

»Radar? Dafür sind die Abstände im Weltall doch viel zu groß«, antwortete Hugo Marcus. »Das Signal mag gestreut werden … aber doch nur ins unendlich weite Nichts.«

»Was wir suchen, ist groß«, sagte Misa. Sie würde nicht so leicht aufgeben. »Und wir sollten zumindest die galileischen Monde identifizieren können. Anhand derer sollten wir zumindest die Rückseite des Planeten finden können, nicht wahr?«

»Wissen Sie was?«, sagte Hugo Marcus. »Das ist einen Versuch wert.« Gelangweilt tippte er auf dem kleinen Terminal herum, das viel zu klein wirkte, um wirklich alle Brückenkontrollen auf sich zu vereinen. »Ich sende jetzt die Trägerwelle«, sagte er. »Bei den herrschenden Abständen wird es ein paar Sekunden dauern, ehe der Computer ein Sensorecho zusammensetzen kann.«

»Gut. Ich sehe solange nach Fritzi.« Zufrieden, dass sie etwas unternommen hatten, suchte sie den in einer kleinen Nische nicht weit entfernt liegenden Ganymeder auf. Er schlief.

Erschreckt stellte sie fest, dass das medizinische Pad sich nicht mehr in ihrer Overalltasche befand. Sie hatte doch nicht …

Misa erschrak. Sie musste es im Cockpit vergessen haben. Alarmiert blickte sie den für den Moment stabilen Glöckner an. Ermahnte sich zur Ruhe. Hatte sie nicht noch kurz zuvor darüber nachgedacht, dass auch der Frachtraum einen Notfallkoffer enthielt?

Unruhig sah sie sich um. Im Cockpit hatte er sich oben befunden. Erleichtert fand sie das archaische Piktogramm der sich windenden Schlange, das seit dem Altertum Heilung versprach, auf einer der erhöhten Schrägklappen. Rasch öffnete sie die Luke. Sie war leer. Misa fluchte.

»Was ist los?«, fragte Hugo Marcus.

Misa näherte sich ihm und ermahnte sich zur Ruhe, um nicht Glöckner aufzuwecken oder gar zu alarmieren und erklärte Hugo Marcus das Problem.

»Das ist nicht gut«, sagte er. »Hoffen wir, dass er es auch so schafft.«

Misa nickte schuldbewusst. »Es ist so dämlich, dass ich den Medizinkoffer im Cockpit ließ …«

»Unsinn. Es war richtig, so schnell wie möglich hinaus zu kommen. Denken Sie nur, Sie wären da drin gewesen, als die Scheibe brach. Nein Misa, diese Art von Vorwürfen bringt uns nicht weiter.«

Sie sagte nichts, sondern starrte lediglich auf den kleinen Monitor, der ein grünes Koordinatensystem zeigte, in dem sich langsam, aber sicher Sensorechos sammelten. Noch so eine traditionalistische Sache, dachte sie. Es gab keinen vernünftigen, ergonomischen Grund, giftgrün auf Schwarz zur Anzeige zu verwenden, aber so war es seit den Tagen des Radars geblieben. Seltsam.

»Wie sieht es aus?«, fragte sie schließlich.

»Also das hier …«, sagte Hugo Marcus und zeigte auf die größte grüne Wolke, »ist Jupiter. Aber das wussten Sie sicher schon. Die Echos hier und hier würde ich für Monde halten, aber das kann nur die Laufzeitanalyse klären.«

»Wie meinen Sie das?«

»Letztlich wissen wir nicht, wo die *Illumination* abgeblieben ist. Es könnte gut sein, dass sie uns weiter nachstellt. Und Radar«, fuhr er fort, »ist nicht eben die effektivste Methode, herauszufinden, ob man im Weltall verfolgt wird.«

Sie nickte stumm. »Und die Navigation?«

»Wie gesagt. Unter vorsichtigem Optimismus sind diese beiden Punkte Io und Callisto. Dann wäre klar, dass wir ungefähr in diese Richtung müssen«, sagte er und zeichnete eine imaginäre Linie auf den Bildschirm. »Wir brauchen auf jeden Fall noch ein drittes Echo, aber die Auflösung wird natürlich immer schlechter, je länger wir warten müssen.«

»Sie nimmt mit dem Quadrat der Entfernung ab«, rezitierte Misa ihre Physik-Kurse und sah Hugo Marcus unzufrieden an. »Schon verrückt. Wir haben uns das ganze Sonnensystem untertan gemacht, aber hier und jetzt navigieren wir wie vor zweihundert Jahren.«

»Immerhin sind wir keine progressionistischen Technokraten, die vollkommen davon abhängig sind, dass Computer für sie denken«, entgegnete Marcus.

»Wen meinen Sie?«, fragte Misa.

»Die Erde«, sagte Hugo Marcus vieldeutig. »Das ist auch der Grund, warum Millenniums Plan so gefährlich ist. Viele der vorgebrachten Folgen wären zu vernachlässigen, wenn man nicht davon ausgehen müsste, dass viele Terraner heute ohne Technologie ziemlich hilflos sind.«

Misa dachte daran, ihn zu erinnern, dass er zumindest dem Vernehmen nach auch irdischen Ursprungs war, verzichtete jedoch darauf, ihn zu reizen. Was würde sie schon damit bezwecken?

»Zugegeben, es fällt leicht, das zu sagen, da ich selbst Erdling bin, ebenso wie unser verletzter Passagier hier …«, sagte er und deutete auf Glöckner. »Doch Sie haben schon Recht. Es entbehrt nicht einer gewissen Ironie, dass wir Raumfahrer besser auf Technologie verzichten können. Zumindest anscheinend, nicht wahr?«

Misa nickte. »Oh, sehen Sie mal.« Sie deutete auf das Terminal. Ein verwaschener, grüner Punkt bildete sich.

»Der Größe nach ein weiterer Mond. Mal sehen. Ja. Der Computer sagt, dass es nach Größe und Längenverhältnissen zu den anderen Kontakten Ganymed ist. Super.«

Misa lächelte. »Dann haben wir unsere Position?«

»Ja, allerdings. Der vorgeschlagene Kurs führt uns im Uhrzeigersinn um den Jupiter herum.«

»Klingt so gut wie anders herum«, sagte sie lakonisch, doch Hugo Marcus schüttelte den Kopf.

»Im Gegenteil. Schauen Sie sich die Position von Ganymed an. Von dort aus war die Struktur definitiv versteckt, und er liegt mehr als sechzig Grad der Jupiterbreite hinter uns. Und hier: Sehen Sie sich die Projektion der Erdposition an. In einigen Stunden müsste jedes Objekt, das sich vor beiden Himmelskörpern – also Erde und Ganymed – versteckt gehalten hätte, aus dem Schatten des Gasriesen treten. Nein Misa, das hier ist der richtige Weg.«

Misa nickte. »Machen Sie's so.«

Lautlos und mit klaffendem Loch im Cockpit raste das wie ein waidwundes Tier gebeutelte Shuttle einer Raumstation entgegen, von der sie nicht einmal wussten, ob sie wirklich mehr als ein leeres Echo einer alten Sonde war. Doch Misa spürte, dass sie näher kamen. Dass das Rätsel bald seinen Abschluss finden würde.

***

Die Zeit verging nicht gerade wie im Fluge, doch Misa und Hugo Marcus wechselten sich damit ab, die Sensoren und Maschinendaten auf dem kleinen Terminal zu verfolgen. Glöckner schlief noch immer, und Misa wusste, dass sie auf der Station, wenn es denn so etwas dort gab, ein neues Notfallkit organisieren mussten. Er war viel zu schwer verletzt, als dass eine einzelne Dosis autonome Nanodrohnen ausreichte, ihn wieder fit zu machen. Oder sie ließen ihn im Shuttle zurück.

»Wir müssten so langsam in Sichtweite sein«, sagte Hugo Marcus ungeduldig. »Sehen wir mal, was wir haben.«

»Heilige ...« Misa bremste sich. Weder war sie religiös, noch würde die Anrufung von Fäkalien, Körperteilen oder tatsächlichen Geistlichen etwas daran ändern, was sie sahen. Eine mehrere tausend Kilometer breite, in ihrer allgemeinen Form sechseckige Struktur. Monate-, ja vielleicht jahrelang versteckt hinter dem Jupiter.

»Das ist es also.«

Sie nickte. »Das ist es.«

Das leidgeprüfte Shuttle kam nur langsam näher, doch schon jetzt war klar, welche Ausmaße das Konstrukt annahm. Es lag funkelnd von Positionsleuchten erhellt in der Dunkelheit des Jupiters. Misa fand es seltsam, dass eine geheime Struktur so etwas brauchte, dachte dann jedoch, dass die schiere Größe dafür sorgen würde, dass selbst Verbündete hineincrashten. Stumm blickte sie den drohenden Schatten an. »Was denken Sie?«, fragte sie Hugo Marcus.

»Verzeihung, Misa, aber es muss gesagt werden.«

Fragend sah sie ihn an.

»Verdammte Scheiße«, sagte er. »Das ist wirklich ein Mordsding.«

»So direkt kenne ich Sie gar nicht«, sagte Misa. Vor allem so emotional, dachte sie. »Wie gehen wir vor?«

Hugo Marcus war äußerlich wieder vollkommen ruhig und ließ sich nichts mehr von seiner vorigen Reaktion anmerken. »Wir müssen da rein.«

»Oder es zerstören«, sagte Misa.

»Und wie?«

»Mhh.«

Hugo Marcus schnaufte. »Die Optionen, die mir einfallen, sind: Versuchen, eine Art Selbstzerstörungsmechanismus zu finden oder zu bauen. Oder das Ding in den Jupiter werfen.«

»Also müssen wir eine Andockrampe finden.«

»Nicht irgendeine. Vorzugsweise eine am Kontrollraum.«

Misa musterte Hugo Marcus und wunderte sich. »Was macht Sie so sicher, dass es einen gibt?«

»Eine so große Struktur vollkommen automatisch zu betreiben, halte ich für ausgeschlossen. Den Orbit halten, vielleicht. Aber die Burst-Operationen? Ausgeschlossen.«

Sie nickte nachdenklich. »Noch ist der Burst nicht abgefeuert worden, nicht wahr? Wir können es noch schaffen.«

»Ja. Aber wir werden eine Menge Glück brauchen.«

Misa grinste. »Über Chancen wage ich nicht zu spekulieren.«

»Und das ist womöglich auch besser so. Sehen Sie diese Ausläufer hier?« Er deutete auf die Außenbereiche der großen, sechseckigen Hauptstruktur. Langsam zeichneten sich Stege oder vielleicht Tunnel ab, die einzelne kleine Kapseln miteinander verbanden.

»Was meinen Sie?«, fragte Misa.

»Diese Kapseln hier … ich vergrößere eine.« Er wischte auf dem Terminal umher und schnaufte. »Wie ich dachte. Parabolspiegel.«

Misa verstand nicht, was er meinte. Doch hatte nicht Rabinovic von so etwas gesprochen? »Pavel hatte mich einmal gebeten, vom Computer einen Resonator berechnen zu lassen. Doch er nahm an, dass er sich zwischen der Struktur und Ganymed befände.«

»Und ich verstehe jetzt auch, warum«, antwortete Marcus. »Hier müssen tausende solcher Spiegel angebracht sein.« Er genoss seinen Monolog und die Stille, ehe er fortfuhr. »Sie sammeln die Strahlung, die sie im Jupiter erzeugen, und lenken sie gebündelt auf ihr Ziel …«

»Die Erde«, hauchte Misa. »Das Ding ist ein Array von Laserkanonen.«

»Jupiter ist der Laser … sozusagen. Kohärent ist der Burst zwar nicht. Aber das muss er nicht sein.«

Misa schüttelte den Kopf. »Wie um alles in der Welt konnte man so etwas hier bauen?«

Hugo Marcus lachte hohl. »Erinnern Sie sich, was ich über den Titan gesagt habe? Niemand interessiert sich für das Jupiter-Subsystem. Es ist unwichtig geworden. Sie haben Millennium gerne den unrentablen Teil des Sonnensystems überlassen.«

»Auch Bavaria«, sagte Misa.

Hugo Marcus schien die Provokation zu ignorieren. »Bis jetzt. Jetzt sind wir hier.«

»… und haben keine Ahnung, was wir tun sollen.«

Hugo Marcus rang sich ein Lächeln ab. »Vielleicht gibt es irgendwo eine Klingel.«

»Oh, Sie wissen jedenfalls, dass wir kommen«, sagte Misa und deutete auf den Schirm. Ein eingegangenes Breitbandsignal hatte eine kurze Nachricht hinterlassen. »Unbekanntes Schiff, halten Sie sich fern oder wir eröffnen das Feuer.«

»Das kann genauso gut der *Illumination* gelten«, meinte er. »Ich glaube, dass wir zu klein sind, um schon erfasst zu werden.«

Misa war sich da nicht so sicher. »Haben Sie Raketen? Mit dem Elektronenbeschleuniger können sie uns nicht treffen, wenn wir uns von der Seite nähern, nicht wahr?«

»Im Gegenteil«, sagte er. »Ich halte es für einen Bluff. Sie werden nicht in dieser Phase Raketen auf uns schießen. Sie könnten die Einrichtung treffen.«

»Und kostbare Spiegel zerstören. Natürlich.«

»Ich setze Kurs auf die Randbereiche«, sagte Hugo Marcus. »Und dann sehen wir weiter.«

Misa setzte sich auf einen der Notsitze an den Seitenwänden des Laderaumes. Die Zweifel überwogen die Freude darüber, dass sie es tatsächlich bis hierher geschafft hatten. Doch selbst wenn sie einen Weg hinein fanden – was sie nach wie vor für überaus zweifelhaft hielt – war es nicht ausgemacht, wie sie den Burst, ja den ganzen Plan Millenniums verhindern sollten.

»Haben Sie gar keine Zweifel?«, fragte sie Hugo Marcus.

Verwirrt sah er Misa an. »Zweifel sind das, was uns als Menschen definiert, nicht wahr?«, sagte er.

»Und?«

»Und was? Natürlich habe ich Zweifel, Misa. Aber ich kann sie durch Loyalität, Selbstvertrauen und Hoffnung ersetzen. Es ist mein Beruf, das zu tun. Und Ihrer auch, zumindest bis wir hier fertig sind. Überlegen Sie nur: Bei mehr als einer Gelegenheit dieser Mission sollte Ihnen klar geworden sein, dass es ein Himmelfahrtskommando ist. Wenn ich ganz ehrlich bin, ist es schon ein großer Zufall, dass ausgerechnet wir uns jetzt in diesem Moment in einem halb zusammengeschossenen Shuttle dem Burst-Generator nähern. Wir beide sind jeweils ein halbes Dutzend Mal dem Tod entronnen.«

Misa nickte. »Sehr aufbauend, danke.«

»Sie selbst sind in den Kaninchenbau hinein gekrochen«, sagte er.

»Ich mache Ihnen keinen Vorwurf«, sagte sie. »Das nicht. Es ist nur ...«

»Sie haben Angst«, sagte Hugo Marcus.

Misa nickte.

»Ich habe auch Angst«, sagte er ohne Rührung. »Und diese Angst ist es, die einen wieder und wieder am Leben erhält. Die Angst, die Sie mit verkrampften Händen nach der Sicherungsleine fassen ließ, als der Asteroid Sie in die Weite des Alls schleuderte, die Angst, die zwei Sekunden vor der Detonation einer thermonuklearen Sprengvorrichtung eine Hochspannungsbatterie überlud und bereitwillig den eigenen Schaden in Kauf nahm. Ich bin kein herzloser Roboter von Bavaria. Auch ich habe verdammt nochmal Angst, an diese Monstrosität anzudocken und mich dem zu stellen, was uns dort erwartet. Aber es ist mein Job, und den versuche ich zu erledigen. Das ist alles, was ich darüber weiß.«

»Danke«, sagte Misa mit belegter Stimme. Er hatte sich ihr tatsächlich geöffnet. Sie wusste nicht, wie viel vom echten Hugo Marcus sie gesehen hatte, aber sie wusste, dass er dies nicht sagte, um sie motiviert zu halten. Nicht diesmal. Er meinte es ernst, und das brachte Misa echten, aufrichtigen Trost.

»Sehen Sie mal …«, sagte sie und deutete auf das Terminal. Kleine Lichtpunkte leuchteten auf und verschwanden wieder. Ganz so wie … »Feuerwerk«, sagte sie.

Hugo Marcus schüttelte den Kopf und versuchte sich am digitalen Zoom. Seine Miene verdunkelte sich. »Entweder da findet ein Kampf statt oder sie bereiten den Burst vor.«

Misa erschrak nicht, übernahm aber doch seine Unruhe. Natürlich hatte sie nicht wirklich angenommen, dass es Feuerwerk war, aber der Scherz hatte ihr irgendwie Halt gegeben, dass nicht alles Licht von feindlicher, destruktiver Energie kündete.

»Was meinen Sie?«, fragte er.

»Ich finde, man kann nichts erkennen.«

»Und ich finde, dass die Struktur mit der *Illumination* beschäftigt ist.«

Misa riss die Augen auf und machte einen Satz vor die Konsole. Hielt den Kopf noch näher heran. »Puh, schwer zu sagen, nicht wahr?«

Hugo Marcus antwortete nicht. »Wir müssen näher heran.« In einer schmalen Kurve flog das kleine Shuttle knapp neben der seitlichen Begrenzung auf das zu, was sie als ‚hinten‘ identifiziert hatten.

»Sieht das aus wie jene Struktur, die die Sonde fotografiert hat?«, fragte er, als er Misas unschlüssige Musterung der Station sah.

»Ich bin nicht sicher.« Sie versuchte, sich zu erinnern. Erstens war es auch jetzt nur vom schwachen Scheinwerferlicht des Shuttles und den Positionsleuchten erhellt, und zweitens hatte die Sonde ja gar keine Aufnahmen im optischen Bereich gemacht. Sie stellte die Ansicht auf den Infrarotfilter.

»Bedauerlicherweise …«, meinte sie, »wird das verräterische thermische Muster sich wohl erst nach dem Burst einstellen. Dann kann ich es sicher sagen, wenn Sie möchten.«

»Na gut, Misa. Dann müssen wir es eben so vernichten.«

»Erst mal müssen wir einen Eingang finden«, erinnerte sie ihn.

»Ich denke, dafür kenne ich eine Lösung«, sagte er und deutete auf den zentralen Teil der Station auf dem Bildschirm. »Sehen Sie diese Positionsleuchten? Die dienen nicht der Absicherung vor Kollision.«

Erstaunt studierte Misa den Ausschnitt. »Meinen Sie, es gibt einen Hangar?«

»Ich sehe keine Andockklappen«, meinte er. »Doch irgendwie muss man schließlich hinein kommen.«

»Und wie bringen wir sie dazu, uns hineinzulassen?«

Hugo Marcus grinste. »Haben Sie schon vergessen, dass dieses Shuttle aussieht wie eines von ihren?«

»Hmm. Ich finde das etwas tollkühn, davon auszugehen, dass niemand von Ganymed Bericht erstattet hat«, sagte sie.

»Vielleicht …«, gab er zu. »Ich werde trotzdem versuchen zu behaupten, dass wir das Schiff der Renegaten verfolgt haben und zusammengeschossen wurden. Ich sende ein Notsignal …«

»Sie werden Ihre Stimme erkennen«, gab sie zu bedenken.

»Sie denken jetzt mit, Misa, gut. Ich werde sagen, dass unsere Videokommunikation ausgefallen ist und die Audioübertragungen verrauschen. Ganz einfach.«

»Entschuldigung, Hugo. Für wie blöd halten Sie die?« Misa sprach den Vorwurf sanft aus, doch sie meinte ihn ernst. Jemand, der in der Lage war, über Jahre geheime Basen am Ganymed zu bauen, würde doch nicht einfach so jemanden an Bord lassen, wenn der sich nicht identifizieren konnte. Sie fand die Vorstellung, dass es so einfach klappen könnte, geradezu absurd.

»Sie haben Recht«, gab er zu. »Doch unterschätzen Sie niemals, welch großen Einfluss Stress und Überraschung auf das Urteilsvermögen haben können. Und die Leute da drüben sind gestresst, das kann ich Ihnen sagen. Sehen Sie mal …« Er deutete auf die bunten Lichtpunkte, die noch immer weiter hinten aufblitzten. »Die *Illumination* schießt ihre Anlage zu Klump, und das wird sie voll und ganz auslasten.«

»Wollen wir es hoffen«, sagte sie unzufrieden. Dann fiel ihr noch etwas ein. »Warum warten wir eigentlich nicht einfach ab und sehen zu, wie Ecco unsere Arbeit macht?«

»Weil sie versuchen werden, die Anlage in Besitz zu bekommen, statt sie zu zerstören«, erinnerte er sie.

Dass sie daran schon wieder nicht gedacht hatte. Jeder Konzern war noch opportunistischer als der andere. Und wenn sich die Möglichkeit bot, den Plan von Millennium dadurch zunichtezumachen, dass man ihn einfach klaute …

Sie sah in Hugo Marcus kalte, gleichgültige Augen. »Und wir wollen das aber nicht? Bavaria ist damit zufrieden, die Struktur zu zerstören und nicht für eigene Zwecke zu nutzen? Wir sind … die Guten?«, fragte sie fast flehentlich.

»Misa.« Marcus seufzte. »*Gut* ist am Ende immer nur eine Frage der Perspektive. Ich gebe Ihnen mein Wort, dass ich versuchen werde, die Anlage zu zerstören. Ich kann nicht beweisen, dass Bavaria besser oder ethischer handelt als andere Konzerne, aber nach meiner Erfahrung tun wir das schon. Mir ist klar, dass Ihnen das nicht reichen wird. Deshalb lautet mein Angebot, dass Sie mich erschießen, wenn Sie feststellen, dass ich mein Wort breche. Ich würde auch nicht zögern. Im Gegenteil, wenn ich ehrlich bin, kann ich nicht final von Ihrer Loyalität überzeugt sein. Und deshalb sehe ich jetzt, dass Zwietracht uns auf diese Station begleiten wird.«

Misa nickte düster. »Ich hasse dieses Geschäft von Misstrauen und Opportunismus.«

Hugo Marcus sah sie prüfend an. »Das glaube ich Ihnen nicht. Diese Mission ist von Mut und Tapferkeit geprägt, und mir ist klar, dass Sie vor allem auch Angst und Unsicherheit zu ertragen hatten und haben. Aber im Gegenteil: Ich bin davon überzeugt, dass Sie zumindest verstehen können, was ich … was *wir* tun müssen. Sie mögen die Notwendigkeit jetzt nicht sehen, aber vielleicht später. Mir widerstrebt der Begriff 'Agent' aus verschiedenen Gründen sehr, und Ihnen wird er es aus anderen Gründen. Aber sehen wir den Tatsachen ins Auge: Wir sind Agenten der Bavaria Corp. und müssen unsere Pflicht tun. Als Sie sich mir anschlossen, haben Sie das gewusst. Vielleicht nicht mit der letzten Konsequenz, aber implizit wussten sie es. Und jetzt ...«, sagte er, ohne Misa eine Gelegenheit zur Antwort zuzugestehen, »gehen wir an Bord dieses Monstrums und tun unsere Arbeit.«

Sie sah, wie er das manipulierte Notsignal sendete und dann wartete.

»Wollen Sie wissen, wie es für mich begann?«

Sie antwortete nicht. Hugo Marcus schluckte.

»Ich war früher Buchhalter. Können Sie sich das vorstellen? Nun ja, ich gebe zu, dass die Neigung zum Dehnen von Regeln schon vorhanden war, denn mein erster Job nach dem Studium war in jener Abteilung der Bavaria, die für die Bilanzierung zuständig ist. Und natürlich musste man hier und da ... etwas tricksen. Dennoch war ich ein normaler Angestellter, so wie Sie ein zweifellos fleißiger, dennoch normaler Operator der MSA waren. Und dann schickte man mich zum Mars, um einige Positionen explizit zu prüfen. Bevor ich es begriff, hatte ich eine Pistole auf der Brust, denn einer der Attachés unserer Mars-Niederlassung hatte Geld und Waren unterschlagen. Es gab keine Zeit für moralische Überlegungen, es hieß, er oder ich. Als ich aus jenem Besprechungsraum hinausging, die Pistole unter dem Revers und die Leiche in den Müllschlucker geworfen, übergab ich mich in den ersten Blumenkübel auf der Promenade, den ich fand. Misa, ich kann verstehen, wie es für Sie sein muss, und auch ich fragte mich immer wieder, ob es richtig war, dem Konzern vorbehaltlos zu folgen. Doch von dem Tage an bekam ich immer wieder den Auftrag, verdächtige Aktivitäten im ganzen Konzerngeflecht zu untersuchen, und wieder und wieder stellte ich fest, dass es mit Reden meist nicht getan war. Ich weiß nicht, ob Bavaria mein Talent erkannt hatte oder ob es nur ein Zufall war, dass es so kam. Niemand – als letztes ich – kann sagen, ob es einen anderen Weg für mich gegeben hätte, doch ich habe aufgehört, mir diese Frage zu stellen. Ich bin gut darin geworden, Schaden vom Unternehmen abzuwenden, und zwar diskret und professionell. Ich finde nicht immer in Ordnung, welche Maßnahmen zu treffen sind, aber blicken Sie sich um in der Welt. Die Menschheit vegetiert in einem Zustand der gesellschaftlichen Innovationslosigkeit dahin. Die Konzerne sind zu staatenartigen Gebilden geworden, die viel mächtiger sind als die tatsächliche Administration. Der Beweis dafür ist, dass es einfach so geschehen kann, dass Millennium die faktische, militärische und administrative Kontrolle über das Jupiter-Subsystem übernehmen konnte, ohne dass jemand Einspruch erhob oder ein unabhängiges Gremium zur Kontrolle eingesetzt wurde. Unabhängigkeit gibt es nicht, Misa. Wählen Sie Ihre Seite und hoffen Sie, dass es die richtige ist. Millennium versucht, wenn auch vielleicht in den Konsequenzen unbeabsichtigt, aus dem kalten Wirtschaftskrieg des stellaren Zeitalters einen echten Konflikt zu machen. Sehen Sie sich um, denken Sie an die Zerstörung der *Leopold*. Die Konzerne reiben sich aneinander, und es gibt längst keine stabilisierenden Elemente mehr. Mehr als nur einmal lautete meine Mission, Menschen zu töten, um den globalen Frieden zu sichern. Das müssen Sie nicht gut finden, aber so funktioniert die Welt heute. Doch wenn ich Ihnen einen einzigen Rat geben darf, erwarten Sie nicht, dass jemand nicht auf den eigenen Vorteil bedacht handelt. Dieser Gedanke ist eine Illusion aus einer besseren Welt, die es vielleicht niemals gab und vielleicht auch niemals geben wird.«

Er schnaufte. Misa schaffte es nicht, ihm in die Augen zu blicken. Sie war beschämt davon, dass sie vergessen hatte, dass auch er eine Geschichte haben musste, eine die er lange und aus guten Gründen verschwiegen hatte, aber letztlich war der Mann, der vor ihr stand, nur ein ganz gewöhnlicher Mensch mit Gefühlen und Wünschen. Sie wollte gerne gegen das opponieren, was er tat, aber sie begriff, dass er Recht hatte mit dem, was er sagte. Dass man nicht nur aus Überzeugung die Welt verändern konnte. Als sie aufgebrochen war, hatte sie Ganymed für einen heruntergekommenen Minenaußenposten gehalten und das Rätsel um Jupiter um ein stellares. Und nun stand sie mitten in einem Wirtschaftskrieg am Rande des Sonnensystems, der die Erde verwüsten würde, wenn sie Millennium nicht aufhalten konnten. Sie besann sich und beobachtete, wie ihre Überzeugungen Platz machten für die Erkenntnis, dass es um alles oder nichts ging, und dass es von Anfang an so gewesen war. Ebenso wie Hugo Marcus vor vielen Jahren wurde sie in die Situation hineingeschleudert, ohne es sich ausgesucht zu haben. Und jetzt? Sie hatte nur die Wahl, sich durchzukämpfen, oder umzukehren und tatenlos zuzusehen.

»Ich verstehe Sie nun«, sagte sie. »Man kann nicht immer das Optimum herausholen, aber wir müssen doch versuchen, das Bestmögliche zu erreichen.«

Düster nickte Hugo Marcus. »Und jetzt suchen wir da mal den Eingang, ok?«

»Nur zu«, entgegnete Misa. Sie wusste nicht, ob sie bereit war, doch zumindest fühlte es sich jetzt so an. Auch dachte sie an die Flucht aus Ganymed. Dunkel und drohend kam die Erinnerung über sie. Natürlich hatte sie schon Menschen getötet, und zwar ohne zu zögern. Ohne überhaupt nachzudenken. Das war es, was Hugo Marcus meinte. Nachdenken konnte man später. Sie seufzte und blickte auf Fritzi Glöckner. Noch immer schlief er zugedröhnt von Schmerzmittel und Nanoantiseptika. Er würde keine Hilfe sein. Konnten sie ihn im Shuttle lassen? Keine Rücksicht, ermahnte sie sich wieder. Wie schnell man sich doch veränderte, war alles, was sie dachte, dann fokussierte ihr Verstand oder der Überlebenstrieb oder irgendetwas in ihr sie wieder auf das kleine Terminal, das die gesamte Cockpitelektronik ersetzen musste.

»Der Andockbereich ist hier«, sagte Hugo Marcus und deutete auf den Abschnitt des kontrastarmen Bildes, den er gerade vergrößert hatte.

»Da sind Schiffe«, sagte Misa.

»Allesamt Millennium, zwei Frachter, eine Yacht und ein Shuttle.«

»Wenn wir Glück haben, fallen wir nicht auf.«

»Schon«, sagte Marcus. »Aber irgendjemand muss uns die Luftschleuse öffnen.«

»Andocken, dann fragen«, sagte Misa lakonisch. »Die haben gerade andere Sorgen als Spione in einem Shuttle.«

»Hoffentlich haben Sie Recht«, sagte Hugo Marcus und gab Kommandos in den Navigationscomputer ein.

»Das hoffe ich auch«, flüsterte Misa.

15

Während die linke Aussicht aus niemals endenden, schicksalhaft blinkenden Strahlungssammlern bestand, die schon bald so etwas wie das Jüngste Gericht auf die Erde projizieren würden, lag rechts neben ihnen nur der kalte, hoffnungslose Weltraum. Der anvisierte Bereich in der Mitte der Struktur wurde einfach nicht größer.

»Was meinen Sie … wenn wir einfach hier warten … wer gewinnt?«, fragte Misa, als gerade wieder mehrere Lichtblitze von einem optisch unsichtbaren Objekt in Richtung Burst-Einrichtung abgegeben wurden.

Hugo Marcus lächelte kühl. »Ich meine, wir dürfen es nicht darauf ankommen lassen.«

Misa nickte. »So hab ich es nicht gemeint.«

»Ich weiß«, sagte er. »Ich schicke jetzt eine Breitbandnachricht an die Station.«

Er tippte und wischte auf der viel zu schmalen Eingabekonsole umher. »Mayday, Mayday. Station, kommen. Shuttle von Ganymed. Angegriffen von … Ecco. Cockpit dekomprimiert, Hauptsysteme beschädigt. Kommandocodes nicht verfügbar.«

»Sehr dramatisch«, kommentierte Misa, ehe er es abschickte.

»Dankeschön«, meinte Marcus. »Wenn Sie es nicht schlucken, müssen wir vielleicht mit Ecco verhandeln.«

»… um sie dann zu hintergehen«, fügte Misa hinzu.

Hugo Marcus lächelte erneut und zeigte seine makellosen, dem ganzen Abenteuer blitzblank trotzenden Zähne. Misa ignorierte die Frage, ob und wie viele davon echt waren, und zog es vor, nur eine Augenbraue zu heben.

»Wir hintergehen sie nicht. Wir readjustieren unsere Ziele.«

Sie schüttelte den Kopf. »Erinnern Sie sich, was Sie mir vorhin erzählt haben? Ich bin einfach kein Spion.«

Hugo Marcus zuckte mit den Schultern. »Liebe den Verrat, doch hasse den Verräter«, sagte er. »Die Notwendigkeit lehrt uns, nicht die Vorstellung davon, was zu passieren habe. Wir beide haben keine Vorstellung davon, wie es da drinnen aussieht oder was passieren wird. Aber mit einem haben Sie Recht: Ich ziehe alle

Mittel in Erwägung. Und Sie … werden das auch lernen.« Dann zwinkerte er ihr zu.

Das Terminal zirpte.

»Keine Kapazitäten. Geduld haben. Abwarten«, las Marcus vor. »Dabei ist ganz offensichtlich, dass hier eine freie Andockschleuse ist.« Er deutete auf die Außenaufnahme der Raumstation.

»Was machen wir jetzt?«, fragte Misa.

»Erst mal die dreiste Tour«, sagte er. »Wir docken und warten.«

»Und hoffen, dass sie uns hereinlassen?«

»Sie trauen uns nicht«, sagte er. »Zu Recht, wie ich finde. Aber wenn man Menschen vor vollendete Tatsachen stellt und so tut, als hätten sie bereits zugestimmt, dann denken sie das auch oftmals selbst.«

Misa rümpfte die Nase. So viel Berechnung und Hinterhältigkeit im Umgang mit Menschen war ihr nicht nur fremd – nein, sie war davon überzeugt, dass es richtig so war und immer so bleiben musste. Vielleicht taugte sie nicht zum hinterhältigen Handlanger Bavarias – doch dann war es eben so.

»Ich schicke eine weitere Nachricht«, sagte Marcus. »Nur, um unsere … verzweifelte Situation etwas auszustaffieren.«

»Strukturelles Versagen befürchtet. Docken provisorisch. Vorsichtsmaßnahmen verständlich. Dennoch Hilfsanfrage«, las er vor. Dann spürte Misa einen Stoß und begriff, dass Hugo Marcus das ramponierte Shuttle jetzt ohne eine Antwort abzuwarten an die Dockingschürze führte. Sie dachte daran, wie kompliziert es früher gewesen war, zwei Luftschleusen sicher aufeinander zu bringen, und bewunderte das neue, von Mikrodüsen gesteuerte System, das sogar zwischen den Konzernen genormt war, sodass auch die *Leopold* hier hätte andocken können … oder die *Illumination*. Es zischte und ruckelte und schließlich kam das kleine Schiff zu etwas, das in ihrem Inertialsystem Ruhe genannt worden wäre.

»So«, sagte Hugo Marcus und klang beinahe zufrieden.

»Jetzt warten wir, dass sie die Tür öffnen?«

»So ähnlich«, antwortete er und griff sich mit der Hand, die gerade nicht über die Kontrollen der kleinen Konsole huschte, über das Kinn. Es gab einen Krach, und von einer Entriegelungspatrone in dumpfem Rauch verdeckt schlug eine der oberen Wartungsklappen auf. Überrascht blickte Misa auf Hugo Marcus, dann auf die Klappe, dann wieder auf Hugo Marcus. In dem schmalen Fach lagen zwei Pistolen und etwas, das wie eine Universalgranate aussah.

»Wir können das Glas der Luftschleuse kaum damit aufschießen«, sagte sie.

»Nein, das geht anders«, gab er zu. »Als die Andockschürzen konstruiert wurden, wollte man sichergehen, dass sie wirklich Schutz vor Unfällen bieten. Zu diesem Zweck unterstützt der unterste Hardware-Layer des Schließ-Systems Feedback-Impulse sowohl zur Öffnung, als auch zum Notfallabschluss.«

»Eine Backdoor«, sagte Misa, kaum noch überrascht. »Eingebaut für Leute wie Sie.«

Marcus nickte düster. »Leute wie uns.«

Es zischte und gluckerte dumpf. Hugo Marcus schritt langsam zur schmalen Luke an der Seite der Kabine. »Die Schürze ist belüftet. Ich muss vorgehen, um die andere Seite zu öffnen«, sagte er, nahm eine der Schusswaffen nebst Granate und zwängte sich durch die Öffnung, hinter welcher der Andockstutzen der Station lag.

Unschlüssig sah Misa ihm zu. »Was ist mit Fritzi Glöckner?«

»Er kann uns nicht weiterhelfen«, sagte Hugo Marcus und verdeutlichte ihr unmissverständlich, dass er nicht darüber diskutieren würde. Widerwillig sagte Misa sich, dass er Recht hatte. Es war Zeit, sich klarzumachen, dass es nicht darum ging, ihn zu retten, sondern viel mehr unschuldige Leben. In den nächsten Minuten würde sich nicht nur die Zukunft der Erde, sondern vielleicht der ganzen Menschheit entscheiden. Misa schluckte. Entschlossen packte sie die verbliebene Pistole und folgte Hugo Marcus.

Konzentriert hockte er vor einer geöffneten Interfaceplatte von der Größe einer Hand. Er fummelte an herausgezogenen Drähten herum.

»So sieht ein allgemein standardisierte Sicherheitsprotokoll aus?«, fragte sie.

»So sieht eine für solche Fälle konstruierte Backdoor aus. Genau«, antwortete Marcus.

»Unglaublich, dass Millennium nicht daran gedacht hat, sie wieder zu entfernen.«

»Sie verlassen sich darauf, dass niemand die Station erreicht, geschweige denn davon erfährt. Und fast wären sie damit durchgekommen«, erwiderte er. »War es Clausewitz, der darauf hinwies, dass die Truppe nicht kampfbereit sein muss, wenn der Feind nicht weiß, wo sie ist?« Die Luftschleuse zischte und setzte sich in Bewegung. Ruhig und konzentriert tippte Marcus auf die Pistole in seiner Hand und bedeutete Misa, ihm nachzufolgen, egal, was auch passierte. Als der Spalt groß genug war, wählte er ein Programm der Granate aus und verwandelte den Raum dahinter geradewegs in die Hölle.

***

»Das verstehen Sie unter Anklopfen?«, fragte Misa, als sie gemeinsam den kleinen Korridor hinter der Luftschleuse gesichert hatten. Niemand hatte sie erwartet und niemand schien auch jetzt alarmiert in ihre Richtung zu kommen.

Hugo Marcus reagierte gar nicht auf das vergiftete Kompliment. Er war damit beschäftigt, den komplizierten Plan an der Korridorwand zu entziffern.

»Hunderte Sektionen«, sagte er mit einer Mischung aus Abscheu und Bewunderung. »Es ist schwierig, Unterschiede auszumachen. Wenn es eine Operationszentrale gibt, dann ist sie im undurchsichtigen Netzwerk der Sektionsübergänge versteckt.«

»Irgendwo muss es etwas geben, das anders aussieht als die anderen Sektionen. Irgendwo muss der Burst gestartet werden.«

»Lassen Sie uns eine der Sektionen ansehen«, schlug Hugo Marcus vor. »Vielleicht bekommen wir einen Eindruck davon, was überhaupt passiert, wenn der Jupiter Strahlung produziert.«

Misa nickte abwesend. »Lassen Sie uns in Richtung der *Illumination* gehen. Vielleicht haben sie die Kommandozentrale angegriffen.«

»Ha!«, sagte Marcus. »Genialer Gedanke. Hier entlang.«

Sie schoben sich an etwas vorbei, das wie große Kühlschränke aussah. Vielleicht waren es sogar Kühlaggregate für den Fall, dass der Sprengsatz die Parabolspiegel überlastete. Doch sie hielten sich damit nicht auf, sondern trieben sich gegenseitig voran. Sie mussten weitersuchen. Selbst wenn die Steuerung nicht hier war, irgendetwas mussten sie einfach bewegen können …

»Wieso hat man in das Ding eigentlich Gravitation eingebaut, wenn es praktisch leer ist?«, fragte Misa plötzlich, doch ihr fiel die Antwort ein, noch ehe Hugo Marcus abschätzig schnauben konnte. Die Zentripetalkraft der um den Jupiter kreisenden Station sorgte dafür, dass sie stets nach außen gedrückt wurden, was durch den seltsamen Aufbau gerade 'unten' entsprach.

Marcus nickte anerkennend. »Effizient. So hat man es früher auch gemacht. Vor der künstlichen Gravitation. Ein gewaltiges Projekt, das nur gelingen konnte, weil man sich auf das Wesentliche konzentrierte.«

»Es wird nicht gelingen«, erinnerte Misa ihn.

»Ja … natürlich.«

Sie hielt sich nicht damit auf, sich zu fragen, ob er Zweifel an ihrer Mission hegte. Er hatte sich einfach ungeschickt ausgedrückt. Oder?

»Sehen Sie mal«, sagte er plötzlich. »Das ist interessant.« Er war vor einer Art Schaltplan stehen geblieben. Oder war es eine Konsole? Hastig fuchtelte er mit den Fingern darauf herum.

»Eigenartig«, sagte er. »Zwar ist dies keine Konsole, aber sehen Sie sich mal diese Sektion an.«

Misa trat an die Abbildung und betrachtete den Abschnitt, auf den er zeigte.

»Da ist keine Sektion«, sagte sie.

»Ja, schon …«, bestätigte Hugo Marcus. »Doch sehen Sie sich die Leitungsschaltpläne an. Die Rohre und Lichtleiter gehen einfach durch dieses Loch im Plan hindurch.«

Misa seufzte. »Sie meinen, die Sektion existiert und ist im Plan … ausgeblendet?«

»Ich glaube es nicht nur, ich wette darauf, Misa.«

Sie schluckte. Es war leicht, Unregelmäßigkeiten in einem verkleinerten Plan einer viele Kilometer großen Raumstation zu finden, doch etwas anderes, ob sie sich auch als echt herausstellten. »Wie weit ist es?«, fragte sie mürrisch.

»Wenigstens eine halbe Stunde. Kommen Sie.« Die unerschütterliche Gewissheit von Hugo Marcus ließ sich nicht davon stören, dass Misa missmutig und unentschlossen neben ihm her trottete. Er war ganz und gar in seiner Aussicht auf die Antwort und Auflösung ihrer Mission fixiert.

Misa und Marcus verschwendeten keinen Gedanken daran, wie sie das Shuttle wiederfinden würden. Ohne Alternative oder Angst traten sie in die Dunkelheit des langen Weges ins Unbekannte, der auf dem Weg zu dem vor ihnen lag, was man ihnen vorenthielt. Vielleicht.

***

Sektion um Sektion ließen sie hinter sich. Gleichförmige, todbringende Gammastrahlspiegel lagen hinter den Wänden und warteten nur darauf, dass die Apokalypse im Jupiter – und damit auch auf der Erde – losbrechen würde.

»Ich nehme nicht an, dass diese Sektionen vor der Strahlung des Bursts geschützt sind, nicht wahr?«, fragte Misa.

»Natürlich nicht. Wer sollte auch hier sein?«

»Richtig.«

Hugo Marcus stapfte unnachgiebig in die Richtung, in der er die Unregelmäßigkeit auf dem Schaltplan vermutete. Nach einer Weile sagte er: »Wir würden bei lebendigem Leibe gebraten und regelrecht atomisiert werden, aber das wissen Sie vermutlich noch besser als ich. Das einzige, was Sie sich klar machen sollten, ist, dass es vollkommen bedeutungslos ist, was mit uns passiert. Milliarden Menschen auf der Erde verlassen sich unbekannterweise auf uns. Verstehen Sie?«

Misa lachte hohl. »Nur keinen Druck aufbauen, was?«

»Ach Misa, das wissen Sie doch alles.«

»Stimmt. Warum also nicht, so schnell wir können, zur fraglichen Sektion laufen?«

Hugo Marcus blieb stehen und musterte sie. »Das ist unvernünftig, Misa. Wenn wir dort sind, müssen wir auf alles gefasst sein. Und das bedeutet, dass wir besser nicht völlig erschöpft sein sollten.«

Unruhig sah sie Hugo Marcus an. Sie konnte nicht ermessen, was für Grauen er sich ausmalen musste. »Was erwarten Sie denn, dort zu finden?«

»Widerstand«, sagte er kühl und richtete den Blick wieder nach vorn. »Na los.«

Sie rannten weiter, unentwegt dem Unbekannten entgegen.

Doch dann stand auf einmal dieser Sichtschirm vor ihnen.

»Hallo, Herr Marcus. Frau Vebiletti.«

Wie angewurzelt blieben sie vor dem schlecht beleuchteten Schädel stehen, der sie genüsslich aus dem Bildschirm angrinste.

»Henry Yang«, sagte Hugo Marcus. Misa schauderte.

»Die Freude ist … wie soll ich sagen … ganz auf meiner Seite.«

»Natürlich ist sie das«, sagte Hugo Marcus theatralisch.

Irgendetwas fiel Misa auf. Anscheinend war Yang nicht an Bord der Station, denn die Übertragung hatte eine winzige, aber doch merkbare Verzögerung.

»Bemühen Sie sich nicht, Herrschaften«, sagte die Stimme des Millennium-Chefs und bemühte sich seinerseits kaum, nicht herablassend zu klingen.

»Bemühen? Was denn?« Misa stierte den Bildschirm herausfordernd an. »Sie sind nicht einmal hier, was wollen Sie uns also Vorschriften machen? Na?«

Sie spürte, wie Hugo Marcus sie am Arm fasste und sie beruhigen wollte. Anscheinend hatte er andere Pläne, Yang entgegenzutreten.

»Ihr jähes … sagen wir mal, 'Auftreten' lässt mich darauf schließen, dass Sie wirklich um ihr kleines Revolutiönchen besorgt sind. So besorgt, dass Sie uns etwas anbieten werden, nicht wahr?«

Hugo Marcus blickte zufrieden auf Misa und dann auf den kleinen Monitor. Henry Yang schüttelte den Kopf.

»Sie überschätzen sich, Mister Marcus. Ich habe mich lediglich dazu herabgelassen, Sie zu warnen, weil ich vermeiden möchte, dass Sie … zu Schaden kommen.«

Yang sah eindringlich in die Kamera und unheilvoll flackerten Sterne in einem Fenster hinter ihm auf. Wo immer er sich befand, er selbst würde sie nicht aufhalten können. Er sah die unerschütterlichen Blicke Misas und Marcus' und verschränkte genüsslich die Arme hinter dem Kopf.

»Sehen Sie … mir ist klar, dass Sie dieses Gespräch als Aufforderung zu noch heroischeren Handlungen und noch tollkühneren Aktionen als ihrer kopflosen Flucht von Ganymed anstiften könnte, doch es ist mir ernst: Nichts auf dieser Station lässt sich unter Ihre Kontrolle bringen. Sehen Sie diese Kontrollkonsole vor mir?«

Er machte eine ausladende Bewegung und wischte auf seinem Tisch herum, ehe die Kamera schwenkte und eine Tastatur vor ihm zeigte. »Alles, was passieren wird, steuere ich von hier aus. Sie hätten auf Ganymed bleiben oder mir nachstellen sollen. Doch im Spiegel-Array finden Sie nur den Tod.«

Hugo Marcus lachte und schnitt eine Grimasse. »Und da melden Sie sich, kurz bevor Sie die Apokalypse starten, damit niemand zu Schaden kommt? Was ist mit den Menschen auf der Erde? Um die scheinen Sie ja nicht eben besorgt zu sein.«

Yang schien nicht zu reagieren oder seine wahren Absichten zu unterdrücken. Er rutschte noch ein Stück näher an die Kamera und sprach leise, aber deutlich. »Laufen Sie weg. Weit weg. Denn wenn ich Sie zu fassen kriege, dann sehen Sie den Burst von innen.«

»Kommen Sie, Misa«, sagte Hugo Marcus und hielt ihr eine Hand hin. »Wir können unsere Zeit nicht länger mit ihm verschwenden.«

Misa trat zu ihm vom Bildschirm weg und in den nächsten Sektionsübergang.

»Merken Sie sich meine Worte, wenn Sie demnächst vaporisiert werden«, quäkte Yangs Stimme ihnen hinterher.

Misa bemerkte, dass Hugo Marcus' Schritte deutlich entschlossener ... nein, eiliger wirkten als zuvor.

»Was denken Sie?«, fragte sie.

»Wir haben nicht mehr viel Zeit. Doch Yangs kleine Einlage hat uns bewiesen, dass es noch nicht zu spät ist.«

Misa sagte nichts, sondern versuchte aus seiner üblich kryptischen Ausdrucksweise klug zu werden.

»Ich meine«, fuhr Marcus fort, »dass er blufft. Nein, sogar bluffen muss. Denn er fürchtet, dass wir doch etwas beeinflussen können. Die Frage ist nur, was ...«

»Mhh«, sagte Misa unentschlossen. Sie war hin- und hergerissen zwischen Furcht und Hoffnung und dem unmittelbaren, ernsten Gefühl der Lebensgefahr. Was auch immer Yang sich ausgedacht hatte, er hatte gewiss Recht damit, dass sie sterben würden, wenn sie beim Burst noch an Bord des Spiegel-Arrays waren.

»Kommen Sie schon«, sagte Hugo Marcus. Misa war nachdenklich stehen geblieben.

»Marcus, sehen Sie mal.«

An der Seite dieser Sektion gab es ein Fenster, das Jupiter in all seiner drohenden, orangefarbenen Pracht zeigte.

»Was?«, fragte Hugo Marcus unruhig.

Misa zeigte auf eine winzige, wellenförmige Störung in dem Teil des Gasriesen, der in etwa 'unter' ihnen lag. »Es beginnt«, hauchte sie.

»Aber es ist noch nicht zu spät«, sagte Hugo Marcus. Als er begriff, dass Misa wie angewurzelt auf die Anomalie starrte, schrie er sie an. »Kommen Sie schon.«

Dann, endlich, zuerst wie in Zeitlupe, lief auch Misa los. Die wilde Jagd hatte begonnen. Hugo Marcus und Misa Vebiletti sprinteten nun einem ungewissen Schicksal entgegen.

***

Viel Zeit blieb ihnen nicht mehr. An jedem der Sektionsfenster über ihnen, die spärlich genug gesät waren, hielten sie kurz inne um zu verschnaufen und die wellenförmige Störung der Jupiteratmosphäre zu prüfen. Sie breitete sich nur scheinbar langsam aus, denn beide wussten, dass sie nun schon viele tausend Kilometer groß war. Und wenn Yang das Plasma entzündete …

»Wie weit ist es noch?«, fragte Misa und durchbrach die stete Kulisse aus Schnaufen und Stöhnen, in der ihre Körper der ungewöhnlichen Anstrengung des Dauerlaufs Tribut zollen mussten.

»Ich weiß nicht genau«, antwortete Marcus. »Aber es kann nicht mehr weit … oh Mist.«

Erschreckt fuhr Misa herum, doch es war zu spät.

Zwei bewaffnete Männer standen im Gang vor ihnen. Hugo Marcus Hand zuckte zu seinem Gürtel, doch bevor er an seine Pistole kam, trat ihm einer der Männer mit dem Knie in den Bauch. Ohne ein Geräusch fiel er zu Boden, wo er leise vor sich hin gurgelte.

Misa hob langsam, beinahe, als wäre sie unschlüssig gewesen, die Hände über den Kopf. »Tja, sieht aus, als hätten Sie uns«, sagte sie.

»Allerdings«, sagte einer der Männer grimmig und klappte eine Art Kommunikationschip an seinem Ärmel auf. »Smith an McNamara. Wir haben sie. Sie scheinen durch eine der ventralen Luken gekommen zu sein.«

»Sehr gut gemacht«, erwiderte eine Stimme aus dem Ärmel. »Wirklich, ganz hervorragend. Und jetzt versiegeln Sie die Luftschleusen da unten, und dann bringen Sie sie her.«

»Verstanden.«

Misa starrte erstaunt an den Ärmel des Mannes. Sie hatte McNamara doch auf dem Ganymed zu Boden gehen sehen. War es tatsächlich möglich, dass er es bis hierher geschafft hatte? Ihr Bewusstsein erinnerte sie daran, dass das kleine Shuttle, das sie genommen hatten, ganz schön viel Zeit bei den Trümmern der kleinen Orbitalstation verbracht hatte und sicher noch einmal ebenso viel in der oberen Atmosphäre Jupiters. Sie verfluchte McNamara. Von dem Moment an, als er an Bord der *Endeavour One* gegangen war, hatte sie ein ungutes Gefühl gehabt. Anerkennend stellte sie fest, dass er ein würdiger Gegner für sie und Hugo Marcus zu sein schien. Dann wurde sie von zwei starken Armen der Wachmänner weggezerrt. Weg von dem Fenster, auf dem die Plasmawolke im Jupiter langsam wirklich bedrohliche Ausmaße annahm.

***

Als sie eine Art Treppenhaus erreichten, wurden Misa und Hugo Marcus Handfesseln angelegt. Es war jetzt deutlich, dass die Männer, die sie festhielten, keine Ahnung hatten, woher sie gekommen waren, denn die Luftschleusen, die sie zu versiegeln suchten, hatten sie niemals gesehen, geschweige denn eine horizontale Ebene gewechselt. Sie gingen drei Ebenen weiter hinunter, ehe sie die Luftschleusen erreicht hatten.

»Die rechte ist benutzt worden«, stellte einer der Männer fest.

»Wo sind ihre Anzüge?«, fragte ein anderer.

»Wir brauchten keine Anzüge«, sagte Hugo Marcus und grinste.

»Bullshit!«, rief der Mann und zog Hugo Marcus seinen Pistolenknauf über das Gesicht. Er stöhnte und wankte, doch ging nicht wieder zu Boden. »Also?«, fragte er, als Hugo Marcus wieder ruhig vor ihm stand.

»Also was?«, fragte Marcus. »Es gefällt dir also, wehrlose Leute zu schlagen, was?«

»Schnauze!«, rief der Mann, der ihn geschlagen hatte. »Hat euch ein Shuttle abgeliefert?«

Marcus hatte offenbar beschlossen, sie so lange zu reizen, bis sie einen Fehler machten. »Du bist aber ein ganz fixer obenrum, was? Wie schon gesagt, wir sind ohne Schiff und ohne Anzüge direkt hier herein geflattert.«

Wieder traf ihn der harte Stahl der Strahlenwaffe, doch wieder ging er nicht zu Boden. Hugo Marcus spuckte Blut aus und reckte sich. »Das langweilt mich.«

»Na schön«, sagte er Mann wieder und entriegelte seine Waffe. »Wenn du das langweilig findest …«

»Stopp!«, sagte der andere Wachmann. Er war ruhig geblieben und hatte den Dialog einigermaßen amüsiert verfolgt. »Zu versuchen, etwas aus ihnen herauszubekommen, ist eine Sache, aber der Boss hat gesagt, wir sollen sie abliefern.«

Der andere Wächter tätschelte Hugo Marcus die blutunterlaufene Wange. »Also schön … versiegeln wir diese Luftschleusen und dann gehen wir.«

»So ist's brav«, sagte Hugo Marcus. Der Wachmann drehte sich sofort wieder um und erhob die Faust, doch besann er sich noch, bevor er sie ihm ins Gesicht rammen konnte.

»Los«, sagte der Wächter mit zitternder Stimme. Misa konnte sehen, wie seine Halsschlagader pulsierte. Das würde nützlich sein, wenn sich eine Gelegenheit ergab. Impulsivität war der natürliche Verbündete des Spions, dachte sie. Und ermahnte sich im nächsten Augenblick, nicht als solcher, nicht als Agent von Bavaria zu denken. Sie schluckte und schlurfte hinter Hugo Marcus her. Es war nicht mehr zu verleugnen. Hier und jetzt musste sie eine Entscheidung treffen, ihre Katharsis vorantreiben – oder eben nicht. Wollte sie so sein wie er? Musste sie es gar, nur um der Mission willen? Eines wusste sie ganz gewiss: Es gab kein Zurück mehr. Einmal in den Kaninchenbau von Heimlichtuerei und Hinterhältigkeit hinabgestiegen, würde sie zu einer anderen Misa werden. Einer Misa, die, wie schon auf Ganymed, über Leichen gehen konnte – ja, gehen musste – um ihre Ziele zu erreichen.

Vorsichtig trippelte sie hinter Hugo Marcus her, als sie die Treppen wieder nach oben gingen. Die Männer hatten die Luftschleusen versiegelt, sodass keine weiteren Eindringlinge hineinkommen konnten. Misa feixte innerlich, dass sie nicht kritischer gegenüber der Tatsache der fehlenden Raumanzüge gewesen waren. Sie dachte noch nicht daran, wieder von der Station zu fliehen, doch sicher war, dass dieser Ausgang keine Option darstellte.

»Sagen Sie mal«, sprach nun Hugo Marcus wieder den Mann an, der ihn so gerne und viel schlug, »wie sind Sie eigentlich auf diese Monstrosität gekommen? Doch nicht mit einem Liniendampfer.«

»Das geht dich gar nichts an, Freundchen«, sagte der Mann gereizt und nestelte wieder am Halfter seiner Strahlenkanone. Misa fragte sich, ob Hugo Marcus sich wirklich den richtigen Gegner ausgesucht hatte, doch andererseits beschlich sie das Gefühl, dass sie es schon bald herausfinden würden. Sie kletterten noch eine Ebene höher, als sie anfangs gewesen waren – und tatsächlich, am Ende des schier endlosen Ganges war so etwas wie ein kleines, unbekanntes Licht zu erahnen. Die Kommandozentrale. Oder das, was diese Wächter und ihre Freunde zum Hauptperimeter der Raumstation erklärt hatten. Sollten sie versuchen, ihre Wachen zu überwältigen, bevor sie dort eintrafen oder würde es besser sein, sich erst einmal ein Bild von der Lage zu machen?

Sie hatten keine Zeit mehr, fiel Misa ein und sprunghaft spürte sie frisches Adrenalin in sich. Keine Zeit, abzuwarten oder Pläne zu schmieden. Hatte Hugo Marcus einen Plan? Sie musste davon ausgehen. Doch was, wenn sie falsch lag?

Sie begann zu husten. Es war ein trockener, hohler Husten und er war nicht echt. Misa konnte nur hoffen, dass Hugo Marcus dies erkannte und ihr Trick, mit dem Kopf in den Magen vorweg einen der Männer außer Gefecht setzen zu können, hier noch unbekannt war. Sie krümmte sich und blieb stehen. Wandte sich ab.

Hörte schwach, wie einer der Männer fragte, ob ihr nicht wohl sei – eine reichlich idiotische Frage angesichts ihres zunehmend dramatischen Auftritts.

»Misa, was ist denn nur?«, rief Hugo Marcus und beugte sich zu ihr.

In einem winzigen Augenblick, in dem sie annehmen musste, dass nur er ihr Gesicht sehen konnte hielt sie inne und zwinkerte ihm zu, nur um darauf stärker denn je Husten zu heucheln.

»Lassen Sie mal sehen…«, sagte einer der Männer und wandte sich zu ihr.

'Jetzt oder nie', dachte Misa. Sie überlegte sich ihren Plan noch einmal anders, hob den Kopf in die Höhe und verwendete das Knie statt des Kopfes, zielte aber sehr wohl auf den ungeschützten Magen des Mannes, der aufjaulte wie ein angeschossener Hund.

Auch der andere Mann schrie, jedoch eher vor Wut, doch auch sein Ausdruck verwandelte sich zu Schmerz, als Hugo Marcus es Misa gleichtat und ein Knie so überraschend in die Höhe riss, dass er den Mann damit zu Boden zwang. Geistesgegenwärtig packte der Wächter jedoch Marcus am Revers und zog ihn mit zu Boden. Hugo Marcus schnaufte und verwickelte den Mann trotz seiner Fesseln in ein wildes Knäuel aus Armen, Beinen und einer Strahlenpistole.

Misa schrie auf.

Sie hatte so gebannt Hugo Marcus zugeschaut, dass sie vergessen hatte, sich um ihr eigenes Ziel zu kümmern. Der Mann rappelte sich gerade auf und war im Begriff, seine Waffe zu ziehen. Misa reagierte, indem sie auf ihn sprang. Die Hände hinter dem Körper zusammengebunden und die schlechte Hand ohnehin schon schmerzend, lag sie wie ein nasser Sack auf dem Mann, der sie wüst von sich wegschob.

Wie in Zeitlupe schien es ihr, dass er die Zähne bleckte und grinste, als er die Waffe endlich in der Hand hielt. »Ihr wolltet es ja nicht anders«, sagte er und legte an.

Atemlos rollte Misa auf dem Boden umher, unfähig sich aufzurappeln. Doch was hätte sie denn auch tun können? Mit angstgeweiteten Augen sah sie den Mann an. Nein, sie würde nicht um ihr Leben flehen. Dies war ihr Aufbäumen … und wenn es umsonst gewesen sein sollte, dann würde sie …

Der Wächter sank mit einem stumpfen Ausdruck der Verwirrung zu Boden.

Hinter ihm erschien die Silhouette eines Mannes, den sie kannte.

Fritzi Glöckner sprang über den bewusstlosen Wächter und entriss dem zweiten Wächter die Strahlenpistole.

»Aufstehen«, sagte er zufrieden und zielte auf das noch immer kämpfende Knäuel aus Händen und Beinen und Körpern. Hugo Marcus hatte, obschon auch seine Hände gefesselt waren, den Mann in Schach halten können. Misa hob sich ihre Bewunderung für später auf. Verblüfft beobachtete sie, dass die beiden sich gar nicht um Glöckners Aufforderung scherten.

Fritzi Glöckner hingegen zuckte mit den Schultern und schoss in die Luft.

Misa wusste nicht, ob es der Geruch der ionisierten Luft oder das leichte Zischen war, was sie schließlich aufschreckte, doch nun galt die Aufmerksamkeit der Kampfhähne nicht mehr nur sich selbst. Der zweite Wächter blickte verstört auf seinen bewusstlosen Kollegen und entschloss sich schließlich, langsam die Hände zu heben und Hugo Marcus sanft aber bestimmt von sich wegzudrücken.

Mit einem tiefen Seufzer rollte der sich zur Seite und stand neben Misa auf. »Wäre dies ein Holo-Roman«, verkündete Marcus, »müssten wir Sie jetzt ‚Deus Ex Machina' nennen. Wie geht es Ihnen?«

Glöckner lachte. »Ich bitte Sie. Einfach ohne mich anfangen und dann erwarten, dass ich tatenlos zusehe?« Er zuckte mit den Schultern. »Der Kopf schmerzt, doch es wird schon gehen. Ich … fühle mich jedenfalls besser als noch im Shuttle. Und ich habe dieses Riesen … ding gesehen, das sich im Jupiter bildet. Ich dachte mir, dass meine Kopfschmerzen ein kleineres Übel dagegen sind. Und ich gebe es nicht gerne zu, aber Sie beiden Verschwörungstheoretiker scheinen tatsächlich Recht zu haben.«

»Fragen Sie mal, wie ich mich dabei fühle«, sagte Hugo Marcus. Dann drehte er Glöckner den Rücken zu und machte ihm damit klar, dass er seine Fesseln gerne loswerden würde.

»Oh, ja natürlich«, sagte er. »Wie unaufmerksam von mir.«

Als sie frei waren, und die überwältigten Wachmänner nun ihrerseits Fesseln trugen, konnten sie endlich weiter voran. Die Männer waren an eine der stabilen Leitungen gekettet, in denen sich wer weiß was befand. Zur Sicherheit knebelten sie sie auch noch. Vorsichtig näherten sich die drei nun dem vermeintlichen

Kontrollzentrum. Hugo Marcus hatte Glöckner aufgetragen, die Gruppe nach hinten zu sichern, denn er vermutete weitere Patrouillen um den Sicherheitsperimeter. Und sie kannten sich einfach nicht gut genug aus. Immer heller wurde im Halbdunkel die Insel aus Licht, die irgendwo vor ihnen in einer Sektion lag. Und immer stärker wurden auch Vibrationen und Erschütterungen.

»Die *Illumination* kämpft noch immer«, befand Hugo Marcus.

»Die Verteidigungsanlagen werden mit ihr wohl nicht fertig«, meinte Misa.

»Oder es gibt gar keine richtigen defensiven Installationen«, mutmaßte Hugo Marcus weiter.

Glöckner blickte ihn irritiert an. »Man baut ein Mordsding von einer Raumstation und niemand denkt daran, sich zu verteidigen?«

Marcus nickte. »Natürlich. Überraschung und Geheimniskrämerei sind Verteidigung genug.«

»Es ist erstaunlich, dass all dies sich so gut verstecken ließ«, entgegnete Fritzi Glöckner.

»Nun, ich habe keine Zweifel daran, dass Millennium hier über eine Menge Leichen gehen musste. Und wenn wir nicht erfolgreich sind ...«, sagte Marcud düster, »dann hat es sich womöglich gar gelohnt.«

»Ich hätte nie gedacht, dass ich mal die letzte Hoffnung der Menschheit sein würde«, sagte Glöckner.

»Mit dieser Einstellung sollten S e auch nicht an die Sache herangehen«, sagte Hugo Marcus. »Nur keinen Druck aufbauen.«

»Zu spät«, sagte Glöckner lapidar.

»Schhhh«, machte Hugo Marcus. »Ich höre etwas«, flüsterte er den anderen zu.

»Was ist es?«, wisperte Misa.

»Ich bin nicht sicher«, antwortete er. Dabei formte er mehr lautlos die Silben, als dass er sie aussprach. Beschwörend hob er die Hand. Er hatte Recht. Jetzt hörte Misa es auch. Zuerst hatte sie befürchtet, dass es die Schritte von näher kommenden Männern gewesen wären, doch es war ein gleichförmiges, tiefes Hämmern, das die ganze Station erfasste.

»Das muss die nächste Phase der Vorbereitung sein«, meinte Misa.

»Natürlich«, sagte Hugo Marcus. »Die Kühlmittelpumpen sind jetzt angesprungen. Wir haben nur noch Minuten. Vielleicht weniger.«

»Was tun wir jetzt?«, fragte Fritzi Glöckner mit panischem Unterton.

»Ich denke, dass ein Frontalangriff gar keine so schlechte Option ist«, sagte Hugo Marcus. »Die Gruppe, die wir überwältigt haben, war zu zweit. Wenn wir Glück haben, sind wir nicht so sehr numerisch in der Unterzahl, dass der Überraschungseffekt uns zum Vorteil gereicht.«

Misa sah, wie Glöckner sich aufrichtete. »Ich bin bereit«, sagte er. Noch immer hatte er Blut an Kragen und Stirn, doch er schien nicht nur entschlossen, sondern von einer seltsamen heroischen Stimmung beseelt. Schaden würde auch ihr ein wenig Heldenmut nicht, entschied sie. Doch was sie auch tat – sie fühlte sich nicht heldenhaft und noch weniger mutig.

»Also schön ...«, sagte Hugo Marcus. »Schnell und leise müssen wir sein.«

16

Sie stoppten erst wieder, als nur eine Sektion sie von dem Kommandoperimeter trennte. Hugo Marcus hob die Hand und legte einen Finger auf den Mund.

»Wie viele sind es?«

»Zu sehen ist niemand. Den Geräuschen nach sollten es aber wenigstens drei oder vier sein«, sagte Glöckner.

Misa wusste nicht, woher er taktische Einschätzungen nahm, doch sie stimmte ihm zu. Allein ihre Ohren sagten ihr dies. Und wenn sie sich schon nicht auf Geschick und Hinterhältigkeit von Hugo Marcus verlassen mochte, so musste sie doch sich selbst vertrauen.

»Wie gehen wir vor?«, fragte sie.

»Laden und Schießen«, sagte Hugo Marcus. Als er die fragenden Gesichter neben sich sah, fühlte er sich genötigt, seine pathetische Anweisung zu präzisieren. »Wir gehen so nahe heran wie möglich, ohne entdeckt zu werden, und dann schalten wir so viele aus, wie wir können, bevor sie überhaupt wissen, was passiert. Danach versuchen wir, eine gesicherte Position an einem der Bildschirme zu erreichen, die wie Konsolen aussehen. Wenn der Raum gesichert ist …«

»Falls der Raum gesichert ist«, fiel ihm Glöckner ins Wort.

»Keine Zweifel, Fritzi«, sagte Marcus. »Wenn der Raum also gesichert ist, sehen wir, was man tun kann, um den Burst aufzuhalten.«

Misa und Glöckner nickten stumm.

»Für …« Hugo Marcus stockte, als wisse er selbst nicht recht, was er eigentlich sagen wollte. Dann besann er sich, schloss den Griff um die den Wachen gestohlenen Strahlenpistolen an seinem Gürtel und sagte:

»Ja. Für Mutter Erde.«

Misa schluckte. Was hatte Hugo Marcus zuvor über Druck gesagt? Vorsichtig lugte sie um die Verstrebung, die sie vor den Blicken der vermeintlichen Insassen der Kommandosektion trennte. Niemand war zu sehen. Sie sah zu Hugo Marcus. Er nickte.

Wie in Trance rannten die drei in den Raum hinein. Die Pistolen am Anschlag, jede Bewegung, jede Andeutung eines Schattens fixierend. Der Raum war voll blinkender Armaturen und ansonsten vollkommen leer.

Atemlos vor Schreck und Ratlosigkeit sahen sie sich um. Panik huschte über Fritzi Glöckners Gesicht, doch Hugo Marcus stellte noch immer eiserne Entschlossenheit zur Schau.

»Was haben Sie denn erwartet? Einen Artillerie-befestigten Gefechtsposten?«

Sie sahen sich wieder ratlos um. Misa wusste, wem die Stimme gehörte.

Henry Yangs Gesicht erschien auf einem der großen Monitore und thronte wie ein drohender Schatten über ihnen. Viele Millionen Kilometer entfernt lachte der Geist hinter der Verschwörung des Millennium-Konzerns leise in sich hinein.

»Ich habe Ihnen doch schon gesagt, dass Sie zur falschen Zeit am falschen Ort sind. Sie können es nicht mehr aufhalten.«

In jenem Moment traten acht schwer bewaffnete Männer aus den Schatten. Unter ihnen, diabolisch grinsend: McNamara.

»Woher die Überraschung, Hugo?«, fragte er gebieterisch. »Glaubten Sie wirklich, Sie und ihre kleinen Freunde könnten mir entkommen?«

Er schien sich einmal mehr in der Rolle des überlegenen Gewinners zu gefallen. Misa spürte, wie sich ihr Magen zusammenzog. Gegen Millennium zu verlieren? Eine Sache. Yangs Spott zu ertragen, wäre ihr vielleicht auch noch möglich gewesen. Doch McNamara, die falsche Schlange, war einfach nur widerlich. Sie musste aufpassen, nicht zu würgen.

»Wissen Sie, wir hatten einige Zeit, zu überlegen, wie wir reagieren würden, nachdem Sie die beiden Männer in Sektion siebenundvierzig Alpha ausgeschaltet hatten. Wie gefällt Ihnen unser kleiner Empfang? Möchten Sie ein Glas Champagner zur Feier des großen Augenblickes? Ach so. Sie werden ihn nicht mit uns teilen, nicht wahr?«

Zufrieden sah er in die angsterfüllten Gesichter seiner Opfer.

»Der Vorsitzende«, sagte er an Yang gewandt, »hat sich entschlossen, dass er Ihnen den unangemessenen Luxus einer

Rettungskapsel gönnen möchte. Sie werden den Burst aus nächster Nähe sehen … wenn Sie auf Jupiter zurasen.«

Es war leicht zu sehen, dass McNamara sich das Lächeln kaum verkneifen konnte. Misa dachte, dass es durchaus frustrierend sein würde, sich nach der ganzen Folterei noch immer mit ihnen herumärgern zu müssen.

»Nachdem also die Höflichkeiten ausgetauscht worden sind, lasse ich Sie nun wegbringen, wenn Sie gestatten.«

Hugo Marcus verbeugte sich theatralisch, Fritzi Glöckner winkte lediglich ab. Von jeweils drei Wachen vor und hinter ihnen eingekreist, war Misa ganz und gar klar, dass diesmal keine überraschende Rettung zu erwarten war. Resigniert ließ sie die Schultern hängen und reihte sich widerstandslos in die Prozession ein. Immerhin, McNamara war sich sicher, dass sie gegen sechs Männer keine Chance zur Flucht haben würden, sodass sie nicht erneut gefesselt wurden. Misas schlechte Hand und Handgelenk dankten es ihm auf eine bittersüße Weise. Er konnte sich damit nicht vom Hass und der Wut befreien, die er sich verdient hatte.

»Wo bringen Sie uns hin?«, fragte Glöckner.

»Ruhe«, raunte einer der Männer lediglich und schubste ihn leicht vorwärts.

»Auf Nimmerwiedersehen«, flötete McNamara am Steuerpult sitzend, als sie die Kommandozentrale hinter sich ließen.

17

Die Station erzitterte. Man konnte nicht sagen, ob es der einsetzende Burst oder das mehr oder weniger ideenlose Trommelfeuer des Raumschiffs *Illumination* war, doch es schien Misa ganz so, als würde es wieder stärker werden.

Sie schritten durch namenlose, strukturlose, schier endlose Gänge, und jegliche Hoffnung verlor sich mit ihnen im Nichts. Misa seufzte. Sie waren so weit gekommen und dann gaben sie ihren Feinden doch wieder Gelegenheit, sie festzunehmen – wie amateurhafte Einbrecher, die die Torwächter an den Zugängen einfach nicht hatten sehen wollen. Zorn war nicht, was Misa fühlte. Vielmehr war es tiefe Enttäuschung über die eigene Unzulänglichkeit. Vermutlich war das Unternehmen von vornherein eine Nummer zu groß gewesen. Nur zu gern hätte sie McNamara das lose Mundwerk gestopft, doch sie musste eingestehen, dass er zu gerissen, zu gut vorbereitet war. Selbst für Hugo Marcus. Wie sagte man noch gleich? Jeder fand irgendwann seinen Meister. Sollten die Menschen der Erde sich halt gegen Millennium zur Wehr setzen. Immerhin waren sie deutlich in der Mehrzahl. Die Frage war nur, was es zählte, wenn keinerlei Technologie mehr funktionierte …

Die Raumstation erbebte erneut. Plötzlich gab es einen Lichtblitz.

»Was war das?«, fragte einer der Wachmänner? »Der Burst?«

»Wir haben noch vier Minuten«, gab ein anderer entspannt zurück. »Vielleicht dieses planlose Raumschiff da draußen, das nicht einmal unsere Panzerung zerschießen kann. Die werden sich schon bald wundern.«

»EMP«, flüsterte Hugo Marcus.

Misa wunderte sich. Wieso fand Marcus das so interessant? Bedeutete es etwa eine Chance für sie? Fest nahm sie sich vor, beim nächsten EMP aufmerksam und kampfbereit zu sein.

»Misa, wissen Sie was ein EMP tut?«, wisperte Hugo Marcus erneut.

»Natürlich!«, sagte sie fast zu laut angesichts des unverblümten Vorwurfs in Marcus' Stimme. Ein elektromagnetischer Puls überlud elektronische Geräte in der Nähe und sorgte so dafür ... aber natürlich!

Sie spürte das frische Adrenalin wie Nektar in sich aufsteigen. Noch so ein Puls, und die Waffen der Wachmänner würden versagen. Wenn sie es schafften, zwei oder drei im ersten Versuch auszuschalten, dann könnten sie sie tatsächlich überwältigen ...

Doch die Zeit wurde knapp.

Orangefarbenes Panorama. Es entbehrte nicht einer gewissen Ironie, dass Bullaugenfenster neben den Eingängen der Fluchtkapseln die drohende Katastrophe illustrierten. Misa schluckte. Kein EMP mehr. Keine Hoffnung mehr.

»Wir sind da«, sagte eine der Wachen unnötigerweise.

»Nach Ihnen«, sagte Hugo Marcus.

»Sehr witzig«, gab der Mann zurück.

»Oh, der Witz geht auf unsere Kosten, das ist mir wohl bewusst.«

'Galgenhumor', dachte Misa. Hugo Marcus gab auf. Dann gab es also wirklich keine Hoffnung mehr.

Und dann, wie ein unwirklicher Wink des Schicksals, kam der Blitz, den Misa schon fast wieder vergessen hatte.

»Jetzt«, schrie Hugo Marcus und stürzte sich sofort auf die vorderen Männer. Misa zögerte eine Winzigkeit, doch folgte sie Glöckners Beispiel, der praktisch auf dem Absatz kehrtmachte und ungelenk seine Fäuste in Richtung der hinteren Wachen schickte.

Gurgelndes Schreien vor ihr bescheinigte Misa, dass Hugo Marcus zurechtkommen musste. Sie nahm ihre letzten Kräfte zusammen und sprang Glöckner zur Seite.

Die Überraschung verfehlte ihre Wirkung nicht.

Verwirrt und panisch auf die Auslöser ihrer Waffen drückend wichen die Männer zurück, wenn sie konnten. Bis auf einen. Der Wachmann hatte begriffen, dass sie trotz EMP noch immer in der Überzahl waren, und versetzte Fritzi Glöckner einen gewaltigen Schwinger. Augenblicklich ging der Ganymeder Techniker zu Boden und rührte sich nicht mehr. Misa schwirrten tausend Dinge durch den Kopf, angefangen bei seinen vorherigen Verletzungen. Doch als der Mann sich ihr zuwandte, verschwand jegliche Sorge um ihren Mitstreiter. Sie stieß einen mehr verzweifelt als wütend klingenden Schrei aus und rammte dem Mann ihren Kopf in den Bauch – ein verlässlicher Angriff, der ihre körperlichen Defizite aufwiegen sollte. Der Mann jaulte und griff nun auch nach seiner Waffe. Instinktiv duckte sie sich weg und stellte angsterfüllt fest, dass sie gerade rechtzeitig begriffen hatte, dass der elektromagnetische Impuls nicht ewig halten würde. Im Gegensatz zu einem Gammstrahlenburst überlud er die Waffen und andere Systeme nur kurz, sodass ihr einziger taktischer Vorteil nun dahin war.

Bevor er jedoch erneut zielen konnte, fraß ein bunter Energiestrahl seinen Torso auf. Misa blickte in Richtung der Fluchtkapseln und sah Hugo Marcus triumphierend über den drei Wächtern thronen, die er ausgeschaltet hatte. Grimmig feuerte er weitere Schüsse hinter den zwei fliehenden Wachen her, ehe er sich wieder den anderen Männern zuwandte.

»Misa, helfen Sie mir.«

Sie rappelte sich auf und blickte auf das Chaos aus Armen und Beinen, die das Handgemenge beinahe kunstvoll aufeinander gestapelt hatte. Sie vernahm ein Stöhnen, konnte jedoch kaum mehr erkennen, als das Hugo den obersten der Männer nun mit der Waffe im Anschlag in Schach hielt. Misa schnappte sich die Fesseln von seinem Gürtel und verband ihm Hände und Fußknöchel, ehe sie ihn von den anderen herunter schob.

»Sind sie ...?«

»Ich fürchte ja«, sagte Hugo. »Bei drei gegen eins konnte ich mir den Luxus von Rücksicht nicht leisten.«

Misa erkannte keinen Anflug von Bitterkeit in seinen Worten. Sie begriff, dass er nur tat, was nötig war. So wie sie auch.

»Glöckner?«, fragte Marcus.

Erschreckt eilte sie zu Fritzi Glöckner. Ihre Eingeweide gefroren zu Eis, als sie sah, wie sein Kopf vom Halsansatz abstand. Der Mann, dessen Reste über Glöckner lagen, musste ihm mit seinem gewaltigen Schlag das Genick gebrochen haben. Vielleicht war er bereits geschwächt gewesen, mutmaßte sie, doch alle Überlegungen wurden bedeutungslos.

»Misa, kommen Sie?«

Hugo Marcus' Stimme war klar und ohne Zweifel. Sie wusste, dass sie ihn zurücklassen musste, so wie sie alle ihre Mitstreiter zurückgelassen hatten.

»Ja.«

18

Sie prüften ihre Waffen auf Funktion, doch sie sprachen kein Wort, ehe sie den Weg zurück zum Kontrollzentrum zurückgelegt hatten.

»Dieses verdammte EMP hat die Startsequenz unterbrochen, Boss.«

McNamara brüllte durch die Station. Hugo Marcus hob die Hand und bedeutete Misa, die Konversation abzuwarten.

»Dann nehmen Sie sie wieder auf«, sagte Henry Yangs Stimme, der noch immer auf dem Bildschirm zugeschaltet war. Er schien äußerlich vollkommen in sich zu ruhen und nicht von der Verzögerung beunruhigt. »Das thermokatalytische Plasma läuft schon nicht gleich wieder weg.«

»Natürlich. Es rekombiniert in diesem Moment mit einer Rate von zwei Prozent pro Minute!«

»Können Sie den Nuke nicht manuell abfeuern?«

»Während ich auf der Station bin?«

»Wenn Sie es nicht tun … ich habe auch von hier aus Zugriff auf die Vorrichtung.«

Yang klang wenig beeindruckt vom Gezeter McNamaras. »Sie haben Ihre Sache bisher gut gemacht, trotz dieser lästigen Bavaria-Agenten. Marcus ist ein gewiefter Mann und ich werde die Verzögerung nicht Ihnen anrechnen, wenn Sie jetzt tun, was zu tun ist, verstanden?«

McNamara seufzte kaum vernehmlich. »Natürlich, Chef.«

»Gut. Wie ist der Zustand des thermokatalytischen Plasmas?«

»Kritisch für ein paar weitere Minuten. Ich reinitialisiere den Startvorgang des Cluster-Nukes.«

»Hervorragend, McNamara.« Yang stutzte und hielt den Kopf näher an die im Monitor integrierte Kamera. »Was ist das?«

Hugo Marcus wartete nicht ab. Er feuerte ohne Vorwarnung seine Strahlenwaffe auf McNamara ab, aber dieser rollte sich ebenso schnell hinter die Konsole, vor der er zuvor gestanden hatte. Misa rannte in den Raum hinein, um hinter den Standort McNamaras zu kommen und ihn ins Kreuzfeuer zu nehmen.

»Na schön, muss ich es halt doch selbst machen«, sagte Yang unzufrieden über die verzögerte Signalleitung zu seinem Raumschiff. »Lassen Sie sie nur nicht an die Kontrollen, verstanden?«

»Ich tue, was ich kann«, brüllte McNamara und schoss wild in Richtung des Schotts, hinter dem Misa Position bezogen hatte. Sie konnte sehen, dass Hugo Marcus sich seitwärts bewegte, sodass er für McNamara verdeckt blieb.

Schließlich, als er seinen halbkreisförmigen Anlauf in Richtung McNamara abgeschlossen hatte, hob er die Stimme. »Sie sind vollkommen umstellt. Heben Sie die Hände über den Kopf und ergeben Sie sich.«

»Niemals!«, brüllte er, sprang auf und feuerte in Hugo Marcus' Richtung. Misa sah, wie Laserstrahlen hin- und her flirrten, doch sie konnte keinen der beiden schemenhaft schnell zappelnden Männer richtig ins Visier bekommen. Dann gab es einen stumpfen Schrei und kurz darauf stand McNamara offen vor ihr auf der Bildfläche. Wie in Zeitlupe schien ihr Verstand zu analysieren, dass er sich zu ihr umdrehen würde, doch ihre Hand hatte den Befehl schon umgesetzt. Bevor McNamara Misa sehen oder erreichen konnte, traf ihn der Partikelstrahl aus Misas Waffe. Wie paralysiert kippte er um, und dieses Mal war sie ganz sicher, dass er tot war. Sie hatte den Strahl ins Ziel gehen sehen und ein faustgroßes, dampfendes Loch klaffte in seinem Brustkorb.

»Misa …«

Hugo Marcus. Sie eilte hinter die Konsolenverstrebung und erstarrte. In einer großen roten Pfütze lag Hugo Marcus und wimmerte vor sich hin. Misa schluckte. Ihm fehlte ein Bein und, sofern sie es richtig hatte sehen können, bevor sie den Kopf angewidert abwandte, ein Ohr.

»Sehen Sie mich an, Misa Vebiletti!«

Sie zwang sich, den Wunsch des Sterbenden zu respektieren.

»Kümmern Sie sich um die Startsequenz. Halten Sie es auf. Dafür habe ich Sie mitgenommen.«

Sie schluckte. Natürlich war sie das Kanonenfutter und er der Held gewesen. Und doch … wenn sein Opfer nicht umsonst war und es ihr gelingen sollte, die Zündung des Plasmas in Jupiters Oberfläche abzuwenden …

Tiefes, fatalistisches Gelächter erfüllte den Kontrollraum.

»Was für eine rührende Situation. Hugo Marcus, der berühmte Bavaria-Agent, muss tatsächlich im Sterben liegend auf seine Lakaien vertrauen, um den Sieg davonzutragen. Ach, was sage ich denn, siegen können Sie gar nicht mehr, verstehen Sie das nicht? Sie konnten niemals gewinnen. Ich habe die Startsequenz auf mein Schiff umgeleitet und gelockt. Die Computer der Raumstation sind auf Autopilot und absolut nutzlos für Sie. Alles geht von selbst. Sie können nur noch zusehen, wie die Menschheit in ein neues Zeitalter eintaucht. Das heißt, wenn sie nicht vorher schon tot sind ...«

Misa würgte. Zwang sich wieder auf die Beine. Trat an die Konsole.

Sie legte ganz langsam die Hände vor ihr Gesicht. Versuchte, all die Gedanken, all die Schuld für einen winzigen Augenblick hinweg zu wischen.

»Ist Ihnen nicht wohl?«

Henry Yang genoss die Rolle des gönnerhaften, widerlichen Peinigers, der voller Lust das Scheitern der ehemaligen MSA-Operatorin ansehen wollte.

»Hören Sie nicht auf ihn, Misa.«

Sie fuhr herum.

»Ja ...« Hugo Marcus' blutunterlaufenes Gesicht zeigte ein vages Lächeln. »Ich bin noch nicht tot, also hören Sie zur Abwechslung mal mir zu.«

Sie drehte sich von der Konsole weg.

»Nein, nein, nein. Drehen Sie sich wieder um! Hören Sie mir nur zu.«

Sie nickte. »Okay.«

»Diese Konsole mag keinen Zugriff auf die Abschusssequenz haben, aber irgendeinem Zweck hat sie gedient.«

Fieberhaft fuhr sie über die Touch-Tasten des Bildschirms.

»Lebenserhaltung, Andockklammern, Flugkontrolle ... nichts, was uns weiterhelfen könnte«, zählte sie auf.

»Doch ... Misa. Denken Sie nach. Ich ... kann es nicht mehr. Das ist jetzt Ihr Job. Denken Sie einmal ohne Geländer.«

Gedankenverloren nickte sie. War auf einmal ganz bei sich. Bei dem, was sie beeinflussen konnte. Da waren die Kontrollen für die

Lebenserhaltung. Sie hätte sich selbst in Sekunden den Sauerstoff aus der Lunge ziehen lassen können, doch damit war der Burst nicht aufgehalten. Ganz deutlich vor ihr lag der Teil des Systems, der den Abschussvorgang anzeigte. 0:45 stand dort. Keine verdammte Chance mehr.

Sie rief alle Menüs auf. Webbrowser voller unwichtiger Millennium-Anweisungen, die keine Bedeutung mehr hatten. Update-Vorgänge, die den Spiegeln die Koordinaten der Erde angaben. 2303 Sektionen richteten sich synchron auf einen winzigen Lichtpunkt im Weltall aus und bereiteten sich darauf vor, jegliche Zivilisation darauf zum Erliegen zu bringen. Dreißig Sekunden noch.

Misa trieb sich weiter durch die Tiefen des Zentralrechners, doch wann immer sie etwas Interessantes, Vielversprechendes fand, war es gesperrt. Henry Yang war wirklich auf Nummer sicher gegangen. Zwanzig Sekunden. Misa schlug mit der Faust auf den Touchscreen. Sie verfluchte die schlechte Hand, doch wunderte sie sich gleichzeitig darüber, dass sie sie überhaupt zur Faust hatte ballen können. Schmerz fuhr ihren Arm entlang, doch er fühlte sich seltsam matt, gut an. Es war verrückt. Hugo Marcus lag sterbend neben ihr und die Zeit lief davon, doch Gewalt gegen Computer schien sie – zumindest ganz, ganz kurz – zu beruhigen.

»Lassen Sie alles raus, Misa«, sagte Yangs federleichte Stimme. »Schon bald wird alles vorbei sein.«

Misa blickte auf den Timer, den sie rechts oben in die Ecke gezogen hatte. Wie ein fatalistisches Menetekel tickte der Startcountdown gnadenlos der Apokalypse entgegen. Zehn ...

»Neun, acht, ...«, zählte Yang mit. »Falls Sie religiös sind, sollten Sie anfangen, zu beten.«

Sie spuckte in Richtung des Bildschirms mit der verzögerten Übertragung des Schlächters von Ganymed, dessen Namen bald jedes Kind kennen würde – oder niemand, weil es keine Medien, keine Staatsordnung und keine Hoffnung mehr geben würde.

»Aber, aber ... das ist doch gänzlich unzivilisiert und reichlich infantil, finden Sie nicht?« Seine Selbstzufriedenheit war unerträglich. Nachdenklich wog Misa die Strahlenpistole in ihrer guten Hand hin und her. Sekundenbruchteile später war der Bildschirm, von dem herab er ihr erschienen war, vaporisiert. Fünf

Sekunden bis zum Start. Vielleicht ein Wunder … ein Geistesblitz … irgendetwas?

»Meinen Sie, mit einer Strahlenpistole bin ich aufzuhalten? Mit einer Million Strahlenpistolen werden Sie nicht aufhalten, was in Gang gesetzt ist.« Yang grinste aus einem anderen der Bildschirme auf sie herab. Er hatte innerhalb kurzer Zeit sein Signal einfach auf ein anderes Terminal verlegt. Seine perverse Vorfreude widerte Misa an, doch sie würde ihm nicht den Gefallen tun und alle Bildschirme zerstören. Nein, wenn es noch Hoffnung gab, dann lag sie in dieser Konsole … und er konnte so viel reden wie er wollte, das würde sie nicht aufhalten. Sie blickte auf den Timer.

0:00

Stille. Im Universum, in der riesigen Raumstation und in Misas tiefem, ratlosem Verstand herrschte nur Stille.

Das Spiegel-Array erzitterte, als wenige Meter unter der Kontrolleinheit eine kleine Luke aufglitt und den Cluster-Nuke dem Weltraum aussetzte. Wenige Sekunden später zündete der altmodische chemische Einmalantrieb und beförderte seine Fracht in die Atmosphäre Jupiters.

Misa fühlte ihren Körper desintegrieren, obgleich sie begriff, dass es noch ein paar Sekunden dauern würde. Der Sprengkopf, den McNamara an Bord ihres Schiffes hergebracht hatte, fiel mehr auf den Jupiter zu, als das er abgeschossen wurde, doch all das war vollkommen bedeutungslos. Es gab kein Oben und kein Unten, kein Heute und kein Morgen mehr. Misa würgte. Wieder erzitterte die Station. Die Manövrierdüsen der Station aktivierten sich, um den Rückstoß des Flugkörpers auszugleichen und die Raumstation in der Balance seiner orbitalen Position zu halten.

Letzte Kurskorrekturen der Flugsteuerung, die den Burst jetzt auch nicht mehr aufhalten würden …

Die Flugsteuerung.

Misa erstarrte kurz, als sie die Ungeheuerlichkeit ihres Planes begriff. Der Burst würde passieren, doch er würde nicht die Spiegel treffen … sondern die Raumstation mit den Spiegeln ihn.

»Ich leite zusätzliche Energie in die Steuerdüsen der Backbordseite um«, sagte sie mehr zu sich selbst als Hugo Marcus. »Wir stürzen ab.«

»Phantastisch, Misa«, sagte Hugo Marcus. »Sie werden eine gute Agentin abgeben. Das habe ich ja immer gewusst.«

»Was?« Henry Yang starrte fassungslos in die kleine Tischkamera vor ihm. »Kontrollen überschreiben«, schrie er seine Konsole an. »Autorisationscode Yang Alpha-Alpha.«

Misa drückte einige weitere Tasten und sah herausfordernd zum Bildschirm über ihr. Er flackerte vor Übertragungsinterferenz. Die Antennen verloren das Signal.

»Ich habe die Energieleitungen der Flugsteuerung ausgebrannt. Niemand kann die Station retten«, sagte sie.

»Ich würde Sie bis an den Rand des Universums verfolgen«, sagte die hasserfüllte, verrauschte Fratze von Henry Yang. »Aber immerhin habe ich die Gewissheit, dass Sie mit der Station im atomaren Feuer Jupiters verglühen werden.«

Misa erschrak. Der Boden schien sich zu heben und dann erst begriff sie, dass sie tatsächlich ihr eigenes Todesurteil gefällt hatte. Das Spiegel-Array hatte den Orbit verlassen und legte sich reichlich schief in einen Anflug auf den Jupiter, der bestimmt nicht von atmosphärischen Turbulenzen abgefedert werden würde. Sie fuhr herum.

»Hugo.«

Beinahe friedlich schien der Anblick sie zu stimmen. Er hatte die Augen geschlossen und die Hände gefaltet. Sie war sicher, dass er nicht gebetet haben konnte, das passte einfach nicht zu ihm. Er war im Moment der Erlösung von ihr gegangen. Sie hätte ihn noch so viel fragen wollen …

Misa verlor das Gleichgewicht. Musste ihn zurücklassen. Der Schmerz wich einer wilden, ungetrübten Angst ums Überleben. Sie mochte vielleicht nur Sekunden haben. Das Shuttle? Viel zu weit. Die Fluchtkapseln, in die sie Yang verfrachten wollte? Natürlich.

Der Boden hatte sich fast zur Wand gewandelt und sie lief beinahe schwerelos an dem Teil der Gänge entlang, die vorher die Decke gewesen waren, doch sie konnte es schaffen. Vielleicht war es der falsche Korridor, doch ihre Orientierung hatte sie selten getäuscht, und es war zu spät, über einem Plan zu grübeln. Selbst im wilden Tanz des Adrenalins gab es eine ganz klare Orientierung in ihrem Verstand, die rechts-links-rechts-rechts diktierte. Und das, obwohl die Station kopfüber auf den orangefarbenen Gasriesen zuraste, der vielleicht ihr Grab sein würde.

BURST.

Sie brachte die Hände vors Gesicht, doch es schien ihr, als leuchte die thermokatalytische Reaktion durch sie hindurch. Die kleinen Bullaugen schienen heller als tausend Sonnen zu leuchten, doch zwischen ihnen lag die kontur- und kontrastlose Luke zur Rettungskapsel, die von zuvor noch immer offen stand. In einem letzten Aufbäumen humanoiden Willens drückten ihre armen, gepeinigten Füße sie ab und beförderten sie über die Leichen der besiegten Wachen in die Kapsel hinein. Das eingebildete Kribbeln des fernen atomaren Feuers verblasste in der abgeschirmten Kapsel und alles, wozu sie fähig war, war, den großen roten Knopf zu drücken und dem wohligen, hydraulischen Entkoppeln der Kapsel zu lauschen. Dann wurde es dunkel um Misa Vebiletti.

Nachher

»Wo bin ich?«

Es waren seltsame Worte, die ihrem Mund entsprangen und so gar nicht ihr selbst gehören zu schienen.

»Langsam. Nehmen Sie erst mal das hier«, sagte eine der schemenhaften Figuren, die sich über sie beugten.

»Was ist das?«

»Hyperthermale Jodidtabletten. Sie haben eine tausendfache Strahlendosis abbekommen.«

Hastig schluckte sie die gebotenen Medikamente in sich hinein. Das Schlucken tat weh, doch vielmehr störte sie, dass sie kaum sehen konnte.

»Ich werde ... sterben, nicht wahr?«

»An Bord der *Illumination* wird nicht gestorben«, sagte eine fernere, tiefe Stimme.

Misa grunzte etwas Undeutliches. Dann, unendlich langsam, taten die Tabletten ihre durch Gen-Engineering verstärkte Wirkung und ließen ihr Sichtfeld wieder zu normalen Ausmaßen anwachsen.

»Dies ist die *Illumination*?«

Der Mann nickte. »Captain Pedro Marquez, zu Ihren Diensten. Wissen Sie Ihren Namen?«

'Standardprotokoll bei Schwerverletzten', dachte sie: 'Dumme Fragen stellen.'

»Vebiletti«, brachte sie schließlich hervor. »Misa Vebiletti ... Der Burst...?« Sie schloss die Augen und nahm alle Hoffnung, zu der sie fähig war, zusammen. Strahlenkrankheit? Spielte keine Rolle. Nichts spielte eine Rolle.

Sie konnte hören, dass Marquez lächelte, als er sagte: »Die thermokatalytische Reaktion auf dem Jupiter wurde nicht in die vorbestimmte Richtung reflektiert. Die Erde ist sicher.«

»Sicher?« Misa schüttelte energisch den Kopf. »Henry Yang ist mit einer großen Flotte unterwegs. Er wird ...«

»... gar nichts tun können«, sagte Marquez ruhig. »Die Regierung weiß Bescheid, und ganz davon abgesehen handelt es sich bei der Hälfte der Schiffe um Frachter mit Zwieback und

Trinkwasseraufbereitungsanlagen. Damit kann man nicht Krieg führen.«

Misa seufzte. »Mission erfolgreich.«

»Mission erfolgreich«, sagte Marquez. »Wir liefern Sie am Ganymed ab, und von da aus können Sie, wohin Sie wollen.«

»Ich … danke«, sagte sie.

»Sie arbeiten für Bavaria?«

Misa zögerte.

»Ja«, sagte sie schließlich. Immerhin hatte sie sich, wenn nicht Ruhm und Ansehen, doch immerhin eine Belohnung verdient.

»In dem Fall habe ich hier eine Nachricht für Sie.«

Marquez reichte ihr ein Pad, auf dem sich eine biometrisch kodierte Nachricht befand. Zitternd bewegte sie den Daumen der schlechten Hand darüber.

»Absender: Bavaria Inc., Büro des Vorstands
Sehr geehrte Frau Vebiletti,

mit großer Trauer mussten wir zur Kenntnis nehmen, dass unser Mitarbeiter Jens Hansen, den Sie vermutlich unter dem Decknamen Hugo Marcus kannten, die Jupiter-Mission nicht überlebt hat. Wir sprechen Ihnen unser großes Mitgefühl aus und übermitteln gleichzeitig unseren ergebensten Dank. Sie haben der Menschheit, aber auch unserem Unternehmen, einen großen Dienst erwiesen. [Anbei befindet sich eine Zahlungsanweisung über Galaktische Credits im Wert von 1.750.000,-]

Darüber hinaus möchten wir Sie wissen lassen, dass der Bavaria-Konzern an einer weiteren Zusammenarbeit sehr interessiert ist. Sollten Sie noch nicht genug von interplanetaren Abenteuern haben, melden Sie sich sobald wie möglich bei Bavaria Industries Inc., Marienplatz 2, München, Erde.

Hochachtungsvoll,
Ludwig Mayr, Vorstandsvorsitzender
ps: Diese Nachricht löscht sich nach Ende der Session automatisch. Die Anhänge sind hiervon unberührt.«

Misa blinzelte und wischte die Nachricht bei Seite, um den Anhang zu sehen. Zwei Millionen Credits? Das war mehr, als sie in hundert Jahren als MSA-Operatorin je verdient hätte. Natürlich würde sie keine Bavaria-Missionen mehr bestreiten. Es fand sich gewiss jemand anders, um die Welt zu retten. Sie blinzelte noch einmal und verifizierte ebenso noch einmal die Scheck-Signatur der Zahlungsanweisung. Sie war reich. Alle ihre Freunde waren tot. Aber sie war reich. Misa dachte an all die Kameraden, die sie zurückgelassen hatte. Was hatte Hugo Marcus gemeint? Sie würde eine gute Agentin abgeben? Diesmal, ein einziges Mal, würde er nicht Recht haben.

»Verzeihung«, sagte einer der Männer, die noch immer um sie herum standen. »Hier ist noch eine Nachricht für Sie.«

»Na so was«, sagte Misa. Fast wie Geburtstag. Ein bisschen fühlte es sich so an.

Man reichte ihr ein weiteres Pad.

»Absender: unbekannt
Laufen Sie weg, Misa Vebiletti. Weit weg. Denn ich werde Sie jagen, bis Sie tot sind.
Y.«

Misa wusste sofort, wofür Y stand.
Und auch, dass es noch nicht vorbei war.

Wie geht es weiter?

Lese die Fortsetzung in

Misa Vebiletti (#3): Das Yang-Kopfgeld

»Laufen Sie weg, Misa Vebiletti. Weit weg. Denn ich werde Sie jagen, bis Sie tot sind.« – Y.

Sie hat sich noch nicht von den Strapazen des Jupiter-Abenteuers erholt, da steht die nächste Mission ins Haus: Die Bavaria Corp. möchte, dass sie Millennium-Anführer Henry Yang ein für alle mal zur Strecke bringt, beruft sich darauf, dass sie Hugo Marcus' Position „geerbt" habe und eine Verantwortung für die Folgen des Ganymed-Zwischenfalles habe. Misa zögert. Hatte sie nicht schon genug Aufregung für ein ganzes Menschenleben? Doch als sich Millennium mit der Wut der Verzweiflung aus einem Konzern-Konglomerat in eine Terror-Organisation verwandelt, bleibt Misa Vebiletti keine andere Wahl, als wieder hinaus ins Weltall zu streben, um Schlimmeres zu verhindern.

Der Newsletter

Ich weiß, ich kann unmöglich so schnell schreiben, wie Du liest, aber ich versuche es trotzdem. Auf meinem Blog findest du ein Kontaktformular, mit dem Du ganz schnell ganz persönlich Vorschläge, Anmerkungen und Kritik anbringen kannst.

Ich beantworte jede einzelne Mail meiner Leser. Versprochen!

Außerdem kannst Du Dich unter

www.fwgt.de/newsletter

für den Newsletter anmelden. Du bekommst dann eine Mail, wenn ich etwas auf dem Blog schreibe oder auf Vergünstigungen / Gewinnspiele u. ä. hinweisen möchte. Nichts davon passiert üblicherweise öfter als einmal im Monat – schließlich bin ich meistens damit beschäftigt, zu schreiben!

Ines Schultheiss' erstes Abenteuer

Verfall

Sie besiegen Krankheit.

Sie besiegen das Altern.

Sie besiegen schließlich auch den Tod.

Doch gegen Hass gibt es keine Medizin.

Wie weit werden sie gehen, konfrontiert mit dem Ende ihrer Spezies?

2082. Als in der Megacity Ulm-Stuttgart eine Frauenleiche gefunden wird, ruft man die Hamburger Profilerin Ines Schultheiss nach Süddeutschland, denn die Umstände sind alles andere als normal. Das Opfer arbeitete für den mächtigsten Biotechnologie-Konzern weltweit, Geneworks Inc. Geneworks hält das Patent für die gentechnologischen Veränderungen, welche einen Teil der Menschheit wahrhaft unsterblich gemacht hat; wer es sich leisten konnte, kaufte sich in die Riege der Unsterblichen ein.
Schon bald wird klar, dass der Mord nur dazu diente, ein bevorstehendes, viel größeres Verbrechen zu verdecken: Ein unbekannter Gentechniker droht, die Alten auf einen Schlag auslöschen zu können. Die Ermittlerin verheddert sich in einem undurchsichtigen Spiel aus Schweigen und Lügen, in dem nicht nur Geneworks gezinkte Karten hält…

Ebenfalls von F.W.G. Transchel erschienen

Misa Vebiletti

#1 BURST (Teil I): Das Rätsel um Ganymed
#2 BURST (Teil II): Katastrophe am Jupiter
#3 Das Yang-Kopfgeld
#4 Das Vebiletti-Vermächtnis (in Vorbereitung)

Verfall-Zyklus

#1 Verfall
#2 Vergessen (in Vorbereitung)

Procyon-Universum

- Die Procyon-Konspiration
- Protokoll 4190 – Eine Kurzgeschichte vom Procyon

Lyrik

#1 Robotergedichte

*Übrigens: Unter www.fwgt.de/ebooks/ findest Du jederzeit eine aktuelle
Liste meiner Veröffentlichungen.*